나하사

Nahasa

1

이현 판타지 장편소설

FANTASYSTORY & ADVENTURE

dream books
드림북스

나하사 1 소년 마법사

초판 1쇄 인쇄 / 2011년 5월 11일
초판 1쇄 발행 / 2011년 5월 21일

지은이 / 이현

발행인 / 오영배
편집장 / 허경란
편집 / 신동철, 문보람, 오미정, 윤상현
본문 디자인 / 신경선
펴낸 곳 / (주)삼양출판사 · 드림북스

주소 / 서울특별시 강북구 송천동 322-10호
대표 전화 / 02-980-2112 팩스 / 02-983-0660
편집부 전화 / 02-980-2116 팩스 / 02-983-8201
블로그 / blog.naver.com/dreambookss

등록번호 / 제9-00046호
등록일자 / 1999년 3월 11일

© 이현, 2011

값 8,000원

이현 판타지 장편소설

FANTASYSTORY & ADVENTURE

Nahasa

나하사

1 소년 마법사

dream
books
드림북스

나하사

Nahasa

목차

서장

서늘한 비가 내리는 밤. 어두운 골목에서 쓰레기 더미를 뒤지고 있던 어린아이가 문득 고개를 들었다. 낡은 회색 옷을 입은 그 아이는 이제 막 예닐곱 살이나 되었을까 싶을 정도로 조그마했다.

까아아악, 하고 젊은 여자의 비명이 들리자 아이가 놀란 듯 움찔거렸다. 그러나 다시 쓰레기 더미를 뒤지기 시작했다.

비가 오는 밤은 춥다. 뭐라도 먹어서 배를 채워야 했다.

—까아악! 사, 살려 주세요!

여자가 연거푸 비명을 질렀지만 아이는 알고 있었다. 아무도 도와주지 않을 것이고, 그 누구도 신경조차 쓰지 않을 것이라는 사실을. 이곳은 그런 곳이니까.

아이는 누군가가 먹다 버린 구운 옥수수를 찾아내고는 오늘은 운이 좋다고 생각했다. 떨어지는 빗물에 헹궈 몇 개 남지 않은 옥수수 알을 허겁지겁 뜯어먹었다. 차갑고 역한 냄새가 났다. 그래도 먹어야 했다.

초라하게 쭈그러든 옥수수를 버리고 난 후에야, 먹는 동안에는 귀에 들어오지도 않던 소음이 어지럽게 들려왔다. 쏴아아 비 내리는 소리, 살려 달라는 비명, 분노에 찬 고함…….
아이는 벽에 기대앉아 무릎을 모아 세웠다. 하늘을 향해 고개
를 들고 입을 벌리자 차가운 빗물이 바싹 마른 입안을 적셔 주
었다. 검은 땟국물과 섞인 차가운 빗물이 아이의 작은 볼을 타
고 흘러내렸다.

"춥지 않니?"

지치고 피곤해 눈을 감으려는데 목소리가 들렸다.

"……!"

아이는 재빨리 일어나 로브 안에서 단검을 꺼냈다. 이가 빠
진 하얀 검날은 전혀 날카로워 보이지 않았지만 그것은 아이
의 유일한 무기였다.

"괜찮아, 해치지 않을 거다."

아이는 부들부들 떨며 목소리의 주인을 쳐다보았다. 검은
하늘 아래, 우산도 없이 비를 맞고 있는 그 사람은 머리끝부터
로브를 뒤집어쓰고 있어 얼굴이 전혀 보이지 않았다. 낯선 사
람이 한 걸음 앞으로 다가오자 아이는 흠칫 뒤로 물러났다.

"오지 마! 넌 누구야!"

아이의 앳된 목소리가 애처로웠다. 도와 달라는 비명은 지
르지 않았다. 그래 봤자 아무도 도와주지 않으리라는 것을 알
기 때문이었다.

얼굴을 찌푸린 채 단검을 마구 휘두르는 아이에게 낯선 사
람은 주저하지 않고 다가갔다.

"꺼져! 이거 놔! X……."

단검을 휘두르던 가느다란 손목이 단숨에 잡히자, 아이는 어린 얼굴과 어울리지 않는 욕설을 거침없이 내뱉었다.

낯선 사람은 잡힌 어린 손목을 물끄러미 바라보았다.

그리고는,

"괜찮아."

아이의 앞에 무릎을 꿇고 앉아 시선을 맞추었다.

"괜찮단다."

잡힌 손목에서 전해져 오는 따뜻한 체온과 온화한 목소리, 다정한 말투에 아이는 정신을 차릴 수가 없었다.

"괜찮아……."

낯선 이는 손을 뻗어 아이의 머리를 쓰다듬으며 계속해서 말했다.

괜찮아, 해치지 않아, 괜찮아…….

어느새 아이는 낯선 이의 품 안에 안겨 있었다. 단검은 떨어뜨리고 양팔은 축 늘어뜨린 채, 조그만 얼굴을 낯선 이의 어깨에 묻고 울고 있었다.

아이에게 처음으로 다가온 따뜻한 손길이었다.

제1장
마법사와 개구리와 검사

—시그·아·로그… 아에로… 그·로데…….

한기 가득한 신전 지하실에 낮은 목소리의 영창이 울려 퍼지고 있었다. 낮고 스산한 목소리의 주인공은 회색 로브를 머리끝부터 발끝까지 뒤집어쓴 조그만 체구의 마법사였다. 현대 사람들은 알아들을 수 없는 고대의 언어로 이루어진 주문이 길어지면 길어질수록 오망성 모양의 마법진 가운데에서부터 빛이 점점 퍼져 나갔다. 마법사는 주문을 멈추고 자신의 손가락을 단검으로 찔렀다. 상처에서 흘러나온 핏방울을 마법진 한가운데의 빛 덩어리 속에 떨어뜨렸다. 그 한 방울의 피가 새하얗던 빛 덩어리를 붉게 물들였다.

마법진 밖으로 나가 다시 짤막한 주문을 외우자, 오망성의 꼭짓점에 나눠 봉인되어 있던 마기(魔氣)가 가운데의 붉은빛 덩어리와 섞여 하나로 뭉쳤다. 자그마한 체구의 마법사는 기대 어린 눈으로 그 광경을 바라보았다. 그러나 그 마기 덩어리는 마법사가 원하는 형태로 변하지 않았다.

"에휴……."

마법사의 입술 사이로 한숨이 흘러나왔다. 주먹만 한 크기로 뭉친 마기 덩어리는 누구나가 익히 알고 있고 본 적이 있는 흔하디흔한 녹색 생물체, 개구리로 변해 있었다.

"이번에도 실패구나."

마법사가 후드를 벗으며 중얼거렸다. 고대마법을 시전한 마법사치고 상당히 젊은, 아니 아직 십 대로 보이는 어린 소년이었다. 소년은 목을 덮는 연한 갈색 머리와 맑은 녹색 눈동자를 갖고 있었고, 아직 젖살도 채 빠지지 않은 곱상한 얼굴이었다.

소년은 주변을 두리번거리는 개구리 앞에 쭈그려 앉았다. 저번에는 몽마(夢魔)가 해제되는 바람에 마을 사람들 모두가 악몽을 꾸었다. 그에 비하면 고작 개구리니 마음은 가벼웠다.

"넌 무슨 죄를 지어서 봉인되었냐."

말을 알아들을 수는 없겠지만, 소년은 혼잣말처럼 중얼거렸다. 이 개구리 또한, 과거에 무언가 악행을 저질러서 봉인된 것일 터였다. 어떻게 할까 고민하는데 개구리가 눈을 크게 뜨고 소년을 보았다.

"네가 날 소환했나 개굴."

"어… 뭐?"

소년이 놀라 엉덩방아를 찧으며 소리쳤다.

"개구리가 말을 해?"

"누가 개구리인가 개굴!"

"대륙공용어를 자유롭게 쓰는 개구리?"

"실례다, 소년! 난 개구리가 아니다 개굴."

성인 남자의 주먹만 한 크기의 개구리는 엉덩이로 뒷걸음치는 소년 마법사에게 폴짝 다가갔다.

"나는 위대한 마족, 개굴족의 왕이다 개굴!"

정체가 왕이든 신하든 지금 그건 중요한 게 아니었다.

"어떻게 사람의 말을 하지?"

"나는 왕이다. 인간의 언어를 배우는 것 정도는 쉬운 일이다 개굴."

기록에 따르면 이 신전의 봉인은 백 년쯤 전에 이루어진 것이라고 했다. 대륙공용어가 통용되기 시작한 것이 삼백 년 정도 되었으니 배울 수야 있지만……. 소년은 놀란 가슴을 진정시키며 생각했다. 그래, 이놈은 진짜 개구리가 아니야. 그냥 개구리 모양을 한 마족일 뿐이다.

"그래, 뭐 좋아. 어쨌든 너, 다시 봉인되는 건 싫지?"

소년의 질문에 개구리의 눈빛이 한순간 매서워졌다.

"절대 싫다 개굴."

"그게 싫으면 그냥 얌전하게 개구리로 살아."

그러자 개구리가 기겁했다.

"위대한 개굴족의 왕에게 개구리로 살라고 말하는 것이냐, 감히 개굴!"

이런 말이 나올 줄 예상하고 있었던 소년은 고개를 절레절레 저었다.

"그럼 어쩔래? 인간들한테 들켰다간 해부당할걸? 말하는 개구리를 인간들이 가만둘 것 같아?"

소년은 잘 타일렀지만 개구리는 듣지 않았다.

"그래도 개구리 흉내는 절대 못 낸다 개굴. 어차피 기품에서 차이가 나서 들킬 것이다 개굴."

아니, 그건 절대 아닐 것 같은데. 소년은 개구리의 자존심을 위해 그 생각을 입 밖에 내지는 않았다.

"나는 내 공간으로 돌아갈 것이다 개굴."

"그거… 안 될 텐데."

소년의 말을 듣기도 전에 공간 이동을 시도했던 개구리가 공간의 틈새에서 개구리 통구이가 되기 직전에 튕겨져 나왔다.

"으악! 아파! 뜨거워! 내 몸이 타고 있다! 아프다 개굴!"

아프다고 울부짖으며 뒹구는 개구리를 본 소년이 나직한 한숨을 쉬었다. 품에서 치료약을 꺼내 개구리의 몸에 조심스레 발라 주었다. 개구리가 울먹이는 목소리로 물었다.

"아직도 마왕님이 부활하지 않으셨는가 개굴?"

개구리의 커다란 눈에 눈물이 차올랐다. 소년은 화상에 약을 다 바르고 붕대까지 감아 주었다.

"안타깝게도 그래. 그러니까 그냥 평범한 개구리로 살아. 어디 물 좋은 연못에 가서 예쁜 암컷 개구리 만나서 자식 낳으면서 그렇게 살란 말이야, 알았어?"

개구리는 생각해 보는 듯한 표정을 지었다. 표정이 금방금방 변하는 게 꼭 인간 같아서 보는 재미가 쏠쏠했다. 개구리는 소년의 손바닥에서 내려와 몇 번 뜀박질을 해 보았다. 개굴족의 왕이 맡긴 한지 금세 말짱해진 모양이다.

개구리는 소년과 몇 미터 남짓 거리를 두고 소리쳤다.

"상처 치료 고맙다 개굴. 하지만 난 긍지 높은 개굴족으로 살다가 죽을 것이다 개굴. 잘 있어라 개굴."

개구리는 소년이 어? 엇? 하는 사이에 재빨리 지하의 출입구 쪽으로 점프해 사라졌다. 덩그러니 홀로 남은 마법사는 피식, 바람 빠진 웃음을 짓더니 개구리를 치료해 주고 남은 붕대를 찢어발기며 소리쳤다.

"니가 잡히면 봉인을 해제한 나도 위험해진단 말이야—!"

말이야, 말이야, 말이야, 말이야……

어두운 지하실에서 소년의 목소리가 메아리쳤다.

"음?"

"왜 그러십니까, 니스너 님?"

앞서 가던 적발의 키 큰 청년이 걸음을 멈추자, 뒤따라가던 통통한 갈색 머리 중년 사내가 물었다.

적발의 청년은 머리색을 그대로 가져다 놓은 듯 화려한 붉은 눈동자로 뒤쪽을 응시했다.

"지금 무슨 소리 안 들렸나?"

"소리라면……."

중년의 사내는 잠시 귀를 기울였다.

"물론 아까부터 따라오는 저들을 말씀하시는 건 아니겠죠?"

"아니, 저것들 말고. 뭔가… 마리아를 외치는 것 같았는데."

잘생긴 청년의 붉은 눈썹이 근사하게 휘어졌다. 버려진 신전의 기둥들이 곳곳에 쓰러져 있고, 그 위로 덩굴이 영역을 늘려 가고 있다. 폐허가 된 지 백 년도 넘은 이런 곳에 사람이 있을 리가 없었다. 그는 나뭇잎 바스락거리는 소리를 잘못 들은 거라 생각하며 어깨를 으쓱하고 뒤돌아섰다.

"이쯤이 좋겠군."

중년 사내가 고개를 끄덕였다.

"이제 나오시죠? 친절하게 싸움터까지 안내했는데 언제까지 그렇게 숨어만 계실 겁니까?"

중년 사내가 어둠을 향해 말했다. 어둠은 아지랑이가 피는 것처럼 살짝 흔들리더니 하나둘 사람의 형체가 되어 나타났다. 모습을 드러낸 사람들은 눈만 남기고 얼굴과 몸을 검은색 천으로 감싼 채 번쩍이는 은빛 검을 들고 있었다.

"이번엔 어디서 오신 분들이려나. 달그림자? 나무의 밤?"

중년 사내가 비아냥거렸으나 아무도 대답하지 않았다.

적발의 청년이 차갑게 웃으며 검을 빼 들었다. 검신이 달빛에 붉게 빛났다.

"어디든 상관없지. 어서 덤비기나 해라."

검은 그림자는 도합 여섯이었다. 적발 청년은 중년 사내의 도움 없이 홀로 그들을 상대했다. 검을 휘두르는 동작 하나하나에 낭비라곤 없었다. 중년 사내는 눈을 빛내며 영웅으로 칭송받는 천재 검사의 검술을 보려 했으나, 청년의 동작은 너무 빨라 일반인 눈에는 보이지도 않았다. 구름 한 뭉치가 달을 가렸다가 다시 지나갔을 때에는 이미 청년의 싸움이 끝나 있었다. 어딘가 잘린 채 울컥울컥 피를 토해내는 시신들 한가운데 서 있는 청년의 모습은, 용맹하다기보다는 잔인해 보였다.

"어디 다친 곳은… 없으시군요."

중년 사내의 말에 청년이 피식 웃으며 검을 넣으려다, 덩굴이 수북한 바위 뒤편에서 바스락거리는 소리를 듣고 재빨리 검을 휘둘렀다. 깔끔한 절단면을 자랑하며 두 조각으로 갈라진 바위 뒤에서 개구리 한 마리가 바들바들 떨고 있었다.

"뭐죠, 이건?"

중년 사내가 다가왔다. 사람 주먹보다 더 큰, 두꺼비 같은 개구리였다. 청년이 눈썹을 찌푸리며 베려고 하자 개구리가 폴짝 뛰어오르며,

"사, 살려 주……!"

말했다.

"음?"

"뭐라?"

중년 사내가 눈을 크게 떴다.

"방금 말했나요?"

"그런 것 같군."

"살려 주라고 한 건가요?"

"그랬던 것 같은데."

개구리는 짧은 손으로 자신의 커다란 입을 막았다.

"야, 다시 한 번 말해 봐."

중년 사내의 명령에 개구리가 도리질을 쳤다.

"말도 알아듣네요?"

"확실히……."

개구리지만 왠지 표정도 알아볼 수 있을 것 같았다. 낭패다! 외치고 있는 것처럼 보인다. 청년은 검을 검집에 되돌린 후, 피투성이 손으로 개구리를 집어 들었다.

"넌 마물인가?"

개구리는 빠져나갈 생각도 못하고 벌벌 떨고만 있었다. 방금 일방적인 살육 장면을 눈앞에서 본 탓인지, 이 마족의 눈에는 청년이 신(神) 이칼리노처럼 보였다.

"말을 안 하는군. 그냥 죽일까?"

"헉! 죽이지 마라 개굴!"

청년의 협박에, 정확한 발음의 대륙공용어로 다급하게 답하는 개구리를 본 청년과 중년 사내가 서로 눈을 마주 보았다.

얄팍한 커튼을 통과해 노란 햇빛이 방에 들어왔다. 커튼을 통과한 햇빛은 얼굴에 따갑게 내리쬐고 바깥은 웅성거리는 소리로 소란스러웠다. 잠든 지 고작 세 시간쯤 지났을 뿐이지만,

소년은 자리에서 일어날 수밖에 없었다.

간밤에 마족 하나를 봉인에서 풀었는데, 그 마족이 도망가버린 내용의 꿈을 꾼 것 같다…고 생각하다가 소년은 곧 낙담했다. 꿈일 리가 없지…….

소년은 찬물로 세수를 하고 시끄러운 창밖을 내다보았다. 어디선가 날리는 축제용 꽃잎과 수많은 사람으로 거리가 가득 차 있었다. 오늘 무슨 날인가?

양쪽으로 쭈욱 늘어선 사람들이 환호를 보내는 길 한가운데, 잘생긴 백마가 화려한 마차를 끌고 지나가고 있었다. 지나가는 마차마다 보석과 비단으로 치장해 호화롭기가 그지없었다. 함성이 더욱더 커진다 싶더니, 흑마를 탄 한 명의 기사가 양쪽으로 두 명의 신관을 데리고 마차 뒤쪽에서 나타났다. 그 흑마를 탄 기사는 멀리서 봐도 굉장한 미남이었다.

붉은 머리에 붉은 눈동자, 크고 훤칠한 체구에 구릿빛 피부, 짙은 눈썹과 강한 눈빛에서 남성미가 물씬 풍겼다. 소년도 익히 아는 얼굴이었다.

이바노브 아시오 불세출의 천재, 무속검사(無速劍士) 니스너실 누소즈였다.

하지만 소년은 검사 니스너보다 그 옆의 신관 두 명이 더 신경 쓰였다. 이칼리노의 신관이라니! 어제 봉인을 해제했는데 하필 오늘 나타나다니, 운도 지지리도 없다. 들키기 전에 빨리 개구리를 찾아야 한다. 연못, 우물, 호숫가……. 있을 만한 곳은 다 뒤졌지만 나오지 않았다. 공간 이동도 못 하면서 어디로 사라졌단 말인가. 사실 찾을 방법이 아주 없는 건 아니지만, 개구리 한 마리 때문에 추적마법을 행하고 싶지는 않았다.

착잡해하던 소년의 눈이 순간 번쩍했다. 소년은 창문 밖으로 상체를 내밀었다. 니스너 실 누소즈의 뒤를 따르는 갈색 머리 신관의 어깨 위에 풀색을 띤 커다란 개구리 모양 인형이 눈에 띄었다. 상스러운 말을 잘 하지 않는 소년의 입에서 쌍욕이 튀어나왔다.

"X됐다."

소년은 허겁지겁 짐을 정리하고 방을 뛰쳐나갔다. 짐이라고 해 봐야 작은 가방뿐이었다. 1층 프런트로 쿠당탕 달려가 돈을 내려고 보니, 이놈의 주인도 문을 활짝 열어 놓고 바깥 행렬을 구경 중이었다.

"아저씨! 여기 돈 놓고 가요!"

"오냐오냐. 아아, 니스너 경……."

"206호실이에요!"

"그래그래. 아아, 필리아 양……."

니스너 실 누소즈와 필리아 넥터는 이바노브 아시오 전역의 남녀노소 모두가 사랑해 마지않는 영웅들이다. 소년은 혼이 빠진 듯한 주인을 바라보고 조그맣게 속삭였다.

"돈은 20도르 맞죠?"

"아니, 20도르 50돌이네."

바깥에서 눈을 떼지 못하면서도 돈은 정확하게 받는다. 소년은 제값을 치르는 수밖에 없었다. 겨우 하루 묵었는데 20도르 50돌이라니 세상 많이 삭막해졌다. 그러나 이런 데 신경 쓸 때가 아니었다. 소년은 어서 그 행렬을 따라가야 했다.

행렬을 따르는 인파 속에 자연스레 섞인 소년은 어깨에 개구리를 올린 신관을 주시했다. 옆집 아저씨처럼 생겼지만 이 칼리노 신전의 신관복을 입었다. 개구리의 마력 속에 있는 소년의 피를 찾아내는 것 정도는 쉽게 할 수 있다는 뜻이었다.

화려한 마차들은 영주의 성을 향해 사라지고, 니스너 실 누소즈와 그의 신관 두 명, 그리고 그를 따르는 기사들은 드래곤 산맥 입구에 멈추어 섰다.

행렬을 이뤘던 사람들도 해 질 무렵이 되니 눈에 띄게 줄어들어, 그나마 어린아이들과 이십 대 중후반의 청년들이 몇 명 남아 있는 상태였다. 그러나 그마저도 드래곤 산맥 입구 앞에서 다 떨어져 나가, 결국에는 소년 혼자만 남고 말았다.

드래곤 산맥은 흉악한 마물이 출몰해서 보통 사람들은 잘 들어가지 않는 곳이다. 스릴을 즐기는 탐험가나 수련생들이 주로 찾는데, 이곳은 치료약이나 고대서, 마법서 파는 상점이 몇 곳 있어 소년도 꽤 자주 찾아오곤 했다.

드래곤 산맥의 초입에는 커다란 여관이 딱 하나 있다. 모험가들이 따뜻하게 쉴 수 있는 유일한 곳이다. 니스너를 비롯한 기사들과 신관들은 그 여관에 짐을 풀었다. 여관 밖에서 기사들의 수속이 끝나기만을 기다리던 소년도 곧 안에 들어갔다.

　이 여관은 방을 빌리지 않으면 머무를 수 없다. 돈을 무려 100도르나 내고 4층 가장 구석방을 빌렸다. 소년은 여차하면 마법을 써 버리겠다는 결심을 하고 1층으로 내려갔다. 몇몇 탐험가와 용병 무리가 식사를 하고 있었고, 기사들은 갑옷을 벗고 맥주를 마시고 있었다. 니스너 실 누소즈는 보이지 않았다. 시끌벅적한 가운데, 소년은 개구리를 어깨에 올려놓았던 아저씨 신관을 쉽게 찾을 수 있었다.

　"요! 그대 드래곤의 마법을 뚫고 어둠의 계곡을 지나 나에게로 오네, 러브 러브 아이 드리밍 유!"

　중앙에 위치한 큰 식탁 위에서 하의를 벗은 채 유행가를 부르며 춤추고 있었으니까.

　"이칼리노의 축복 예— 크림 여신의 손길이 함께하네, 슈퍼 파워 플라워 러브 러브!"

　"러브 러브!"

　이칼리노 신전의 고위급 신관은 술에 취해서 상의만 입은 채 주정을 부리고, 그 주위로 용병과 기사들이 한마음이 되어 '러브 러브'를 외치고 있었다. 소년은 땀을 삐질 흘리며 근처를 둘러보았다. 개구리는 보이지 않았다.

　"여, 아저씨 노래 좀 하는데?"

　"원더 레이디 다시 한 번 열창 어떤가?"

"물론 좋지! 난 너무 멋져— 소우 엘프! 난 너무 매력 있어— 소우 엘, 엘프!"

근데 왜 하필 바지를 벗고 있지? 다리에 자신 있나? 고개를 갸웃하던 소년은 곧 이유를 알았다.

"아름다운 내 눈은 좀 러브 미야, 아름다운 내 다리는 좀 필리아—!"

신관은 헐벗은 다리를 번쩍 들었다. 그래, 자신 있을 만하다. 아저씨 주제에!

소년은 맥주를 벌컥벌컥 마시고 있는 용병들 뒤쪽에서 신관이 벗어 놓은 바지를 발견했다. 여관방 열쇠가 떨어져 있다. 소년은 301이라고 쓰여 있는 열쇠를 주워 들었다. 술판에 신이 난 남자들은 회색 로브의 소년에게 시선도 주지 않았다.

301호면 3층 첫 번째 방이다. 3층 복도는 인적 없이 조용했다. 소년은 조심스레 열쇠를 돌려 문을 열었다. 혹시 몰라서 후드를 뒤집어쓰고는, 어두컴컴한 방 안에서 더듬거리며 개구리를 찾았다.

"야, 개구리. 여기 있냐?"

들린 소리는 개구리가 아니라 누군가 흠칫 놀라는 소리였다.

"……!"

사람이 있었나! 하고 소년이 눈을 부릅뜨고 보니 어둠 속에 인영이 아른거리는 게 보였다. 자신처럼 초대받지 않은 손님으로 보이는 흑의 복면인이었다.

"아, 씨!"

소년은 욕지거리를 내뱉으며 복면인의 몸을 재빨리 훑었다. 마력석과 보석 꾸러미를 손에 들고 있는 걸로 보아 단순한 좀도둑인 듯했다. 재빨리 처리하고 나가고 싶은 마음에 처음부터 실력 차이를 보이기로 했다.

"내려놓고 조용히 꺼져."

손 위에 붉은 구체를 만들어 보였다. 그러나 도둑은 소년의 말에 따라 주지 않았을 뿐만 아니라,

"으아악! 죄송합니다, 마법사님! 마법사님인 줄 몰랐습니다!"

여관이 떠나가라 큰 소리로 울부짖기까지 했다.

"조용히 좀……!"

"살려 주세요! 으아아아악! 죄송합니다!"

"알았으니까 조용히 좀 해!"

소년이 기겁하면서 말렸지만, 복도 쪽에서 웅성거리는 소리가 들려왔다.

"누구냐!"

"저기다, 저쪽 방이야!"

투다닥 여럿이 달려오는 소리가 들렸다. 이런 제길! 소년이 창문으로 도망칠 생각을 하며 방 안쪽으로 한 걸음 다가가는데, 등 뒤의 문이 벌컥 열렸다. 젠장……. 소년은 다시 한 번 X됐다를 입에 담을 수밖에 없었다. 술 냄새가 진득하니 풍기

는 용병들과 새빨간 얼굴의 기사들이 들어왔다. 그 뒤로 머리 하나는 더 큰 남자가 한 명 서 있었는데 안타깝게도, 타오르는 듯한 적발이었다.

"죄, 죄송합니다! 죄송합니다, 니스너 경! 제가 돈에 눈이 멀어서……."

술에 조금도 취하지 않은 듯한 붉은 머리의 청년이 위엄 가득한 모습으로 걸어오자, 도둑은 눈물까지 흘리며 무릎 꿇고 빌었다. 어쩔 수 없다. 소년은 여차하면 고대마법을 쓸 생각으로 뒤로 주춤 물러서면서 적발 청년의 손을 살폈다. 저 손이 검집으로 옮겨 가면 곧바로…….

"너희는 누구지?"

낮게 깐 목소리마저 멋있는 이 적발의 검사는 모든 이의 경애의 대상인 니스너 실 누소즈였다.

그는 검은 로브를 뒤집어쓴 작은 체구의 마법사와 그 손에 들린 마법구체, 그 앞에 주저앉아 싹싹 빌고 있는 더 수상한 복면인을 차례대로 보았다. 복면인의 앞에는 금시계와 보석, 마력석이 가득 담긴 꾸러미가 있었다. 마법사는 복면인을 앞에 두고 마법구체를 던지려는 것처럼 보였다. 온 대륙에 그 지성과 미모, 체력, 검술에 관한 명성이 자자한 적발의 천재 검사 니스너 실 누소즈는 마법사를 보며 천천히 입을 열었다.

"그렇군."

그렇다니! 역시 이 상황을 일견한 것만으로 모든 자초지종을 알아냈단 말인가! 마법사 소년은 당황하며 일단 무조건 부인부터 하기로 했다.

"아니, 저는 그게 아니라……."

"그대가 도둑을 잡아 준 건가. 고맙다."

"…네?"

소년은 움찔하더니 곧 구체를 소멸하고 손을 내렸다.

"누소즈 님. 저 도둑 처리할꽈여?"

술에 취해 꼬불거리는 발음으로 기사 하나가 묻자 너도나도 말을 더했다.

"니스너 님의 물건을 취하려고 하다니, 손을 좔라 뭐리져!"

"신체 쇄지를 다 좔라 뭐리져!"

기사들의 말에 복면인이 엉엉 울며 빌었다.

"살려 주세요, 살려 주세요!"

니스너는 벌벌 떠는 도둑에게 다가갔다. 그리고는 도둑의 머리통을 한 손으로 잡아서 취객 무리에게 던져 주었다.

"처리해."

"넵!"

소년이 꿀꺽 침을 삼켰다. 어떻게 성인 남성을 한 손으로 들지? 역시 니스너 실 누소즈는 노래에 나온 것처럼 소우 파워풀하구나.

"그럼 수고하세요."

시끌벅적 떠나는 취객 무리에 묻어 고개를 꾸벅하고 떠나려는 소년의 뒷덜미를 니스너가 잡았다.

"잠깐."

역시, 그냥 넘어갈 리가 없지. 이 초천재 검사께서…….

"도둑을 잡아 줬는데 이렇게 보내면 안 되지. 사례를 하고
싶은데 무엇을 원하는가?"

진짜 도둑을 잡았다고 믿는단 말이야?! 소년은 어차피 후드에
가려 보이지 않을 텐데도 최대한 순진하게 웃으며 거절했다.

"아, 아뇨. 딱히."

그 와중에 니스너는 자기 가슴께밖에 오지 않는 마법사의
체구를 보며 놀라고 있었다. 목소리도 굉장히 어린 듯해 설마
하는 생각이 들었다.

"은인의 얼굴이 보고 싶은데."

"헉! 워, 워낙 흉측하게 생겨서 내보일 만한 게 못 됩니다."

니스너는 이 작은 마법사가 소년임을 확신했다. 어린 나이
에 도둑과 대면하고 무서웠을 텐데 장하군. 니스너는 소년이
마음에 들었다.

"저, 그럼 이만 가 볼게요."

"정말 사례가 없어도 되겠는가?"

"예, 뭐. 하하……."

소년이 어색하게 웃었다. 가까스로 복도에 발을 내딛고 이
제 막 달리려는 찰나,

"잠깐, 그렇게 보내면 안 됩니다."

라는 잔인한 목소리가 들렸다.

"너, 내 방에는 어떻게 들어와 있었지?"

잔인한 목소리의 주인공은 심지어 정상적인 사고방식을 가지고 있었다. 술 취한 기사 중 누군가가 아닌 모양이었다. 소년은 후드를 뒤집어쓰고 고개를 숙이고 있었기 때문에 끼어든 사람의 얼굴은 볼 수 없었다. 술 냄새는 나는데 말투는 취한 것 같지 않았다.

"수상하군. 대체 왜 들어온 거냐, 내 방에는."

끼어든 남자가 재차 물었다. 소년은 절망했지만, 이런 때일수록 당당하게 행동해야 한다는 생각이 들었다.

"제 방인 줄 알았어요."

"몇 호실인데?"

고개를 푹 숙이고 돌아서서 302호실이라고 대답하려는데, 로브 팔 안쪽에서 짤랑 소리를 내며 무언가가 떨어졌다.

적발의 검사 니스너가 그것을 집어 들었다.

"409호실 열쇠로군."

이제 끝났다. 소년은 속으로 마법 주문을 외웠다. 니스너가 비장한 목소리로 말했다.

"끝과 끝일뿐더러 층까지 다른데 방을 착각하다니, 혹시 너……."

"……"

"술을 마신 건가? 미성년이?"

……뭐 이런 순박한 놈이 다 있어!

"미성년자의 음주는 전 대륙에서 법으로 금지하고 있다!"

그렇긴 하지만, 사실상 전 대륙에서 공공연히 팔리고 있거든요? 소년은 믿고 싶지는 않았지만 끝내 받아들일 수밖에 없었다. 대륙에서 가장 힘세고 잘생긴 저 듬직한 체격의 청년이 이토록 순수한 사람이었다는 사실을…….

실망이지만 다행이기도 했다.

"아뇨, 술은 안 마셨는데 냄새를 하도 많이 맡았더니… 아, 머리가……."

소년은 보란 듯이 후드 바깥쪽 이마 부분에 손을 대고 쓰러지는 척, 복도 벽에 기댔다.

"뭐? 술 냄새에? 이런! 래이, 어서 멀리 떨어져라."

니스너가 그렇게 말하며 소년을 받쳐 주었다. 그러나 래이라고 불린 남자는 흐느적흐느적 소년의 곁으로 다가왔다. 소년은 후드 안쪽에서 흘깃 그를 올려다보았다. 개구리를 어깨에 올리고 있던, 테이블 위에서 반라 상태로 유행가를 부르며 춤추던 그 아저씨였다. 다행히 자기 방에 도둑이 들었다는 사실에 정신을 차렸는지, 바지를 제대로 입고 있었다.

조금 더 올려다보니 아저씨의 갈색 머리 위에 자빠져 자는 녹색 생물체가 보였다.

개구리잖아! 나는 지 때문에 이렇게 고생하는데, 지는 술 냄새 풍기며 편하게 뒹굴뒹굴하고 있어?

"래이, 저리 가라."

"하지만요, 니스너 님."

니스너는 래이라고 불린 아저씨가 자신의 말을 듣지 않자 이윽고 발로 확 찼다.

"꾸엑!"

그는 이상한 비명을 지르고 기절해 버린 래이를 방 안에 내동댕이쳤다. 소년은 땀을 삐질 흘렸다. 터프한 건지 순박한 건지 알 수 없는 남자다.

"미안하다. 아직도 머리가 아픈가?"

거기다 친절하기까지 하다. 그러나 그의 인간성에 감동받을 때가 아니었다.

"저… 그, 사례 말인데요."

"그래, 뭐 갖고 싶은 게 생각났나?"

"저거……."

소년은 복도 바닥에 떨어져 기절한 건지, 아니면 자는 건지 알 수 없는 개구리를 가리켰다.

"주시면 안 될까요?"

니스너는 곤란한 듯 고개를 저었다.

"저 개구리는 몇 년 전부터 우리 마스코트라 안 되는데."

"네?! 몇 년 전부터요?"

"그래, 우리 기사단에는 말하는 개구리를 찾으면 마스코트로 삼으라는 황태자의 엄명이 있었거든."

아니, 뭐, 그런 동심을 지닌 황태자가 다 있대요? 설마 댁 나라의 황태자? 아니죠? 그 황태자는 이십 대 후반일 텐데! 그보다 개구리가 말하는 놈이라는 걸 생판 남인 나한테 얘기해도 되는 거야? 쏟아져 나오는 질문을 침과 함께 목구멍 안으로 삼켰다. 소년은 여차하면 개구리를 들고 튈 결심을 했다. 어차피 얼굴도 보이지 않았고, 다시 만날 일도 없으니.

후드를 뒤집어쓴 조그만 체구의 소년을 가만히 보던 니스너가 문득 말했다.

"그렇게 갖고 싶다면 주마."

"네에?"

의외의 말에 소년이 자기도 모르게 얼굴을 번쩍 들었다가 다시 급히 숙였다.

"저, 정말요?"

"그래, 어차피 우리 기사단은 이젠 마스코트가 없는 게 마스코트가 되었으니."

아니, 그보다 댁 기사단의 마스코트는……. 니스너 실 누소즈의 발언을 정정하고 싶었지만 참았다. 니스너는 친절하게도 몸소 허리까지 굽혀 개구리를 주워 주었다.

"맛있게 튀겨 먹어라."

위대한 개굴족의 왕이 깨어 있었다면 펄쩍 뛸 소리를 곁들인다. 소년에게 개구리를 건넨 니스너는 방문을 잠그기 위해 쭈그리고 앉아 래이의 몸을 뒤적였다.

"열쇠가 어디 간 거지?"

정말이지 친절하고 순진한 사람이다. 이렇게 될 거라고는 생각도 못했는데. 소년은 품 안의 잠든 개구리를 바라보다가 니스너에게 말했다.

"기사단 골른 아시오에는 마스코트가 없는 게 아니라고 생각해요."

"뭐?"

니스너가 앉은 상태로 소년을 돌아보았다.

"적발의 무속검사(無速劍士) 니스너 실 누소즈라고 하면 골른 아시오를 떠올리지 않을 사람이 없으니까요. 그리고……."

소년은 표정 변화가 없는 니스너에게 들고 있던 것을 홱 던졌다. 니스너는 영문도 모르고 반사적으로 잡았다.

"열쇠 잘 썼어요."

놀란 니스너가 열쇠에서 눈을 떼고 고개를 들었을 때, 이미 소년 마법사와 개구리의 모습은 사라진 후였다.

소년은 근처 공터로 가서 커다란 바위 위에 개구리를 올려 놓았다. 그리고 그 옆에 걸터앉아 조금 전 일어난 일에 대해 생각했다.

이바노브 아시오의 희망.

우리대륙의 모든 이들이 경애하고 있는 사람.

적발의 무속검사 니스너 실 누소즈와 대화했다.

"……후."

작게 한숨을 쉬며 하늘을 올려다보았다. 드래곤 산맥 초입이지만 하얀 달이 공평하게 빛을 비춰 주고 있었다. 그러나 드래곤 산맥 쪽으로 조금만 더 들어가면 무성한 나무들에 가려 달이나 별 같은 것은 보이지도 않을 것이다. 이곳은 하늘보다 대지의 힘이 더 큰 곳이었다.

소년은 니스너 실 누소즈를 생각했다. 한때는 자신도 니스너 실 누소즈를 경애했었다. 곳곳에서 들리는 잘생긴 적발 검사의 소식이 어린 소년에게 꿈과 희망이었던 적도 있었다. 그러나 옛날 일이다. 자신과 대화하던 조그만 놈이 이 신전의 봉인을 해제한 놈이라는 걸 알면, 그 순박하던 얼굴도 배신감과 분노로 변해 버리겠지.

챙─! 사색에 잠겨 있을 때, 멀리서 검과 검이 부딪치는 소리가 났다. 어디서 싸움이라도 난 건가? 남자의 비명도 들린 것 같았다. 니스너 실 누소즈가 근처에 와 있는데 싸움이라니 간도 크다.

"음냐 음냐……."

가 볼까 하는데 옆에서 개구리 잠꼬대 소리가 들렸다. 심통이 난 소년은 개구리를 깨웠다.

"야, 야."

개구리는 몸을 뒤척였다.

"야, 개구리. 일어나."

"개구리 아니다 개굴……."

"야, 빨리 안 일어나?"

"술 그만 마실 거라니까 개굴……."

술 먹고 뻗은 거였냐. 소년은 한숨을 폭 쉬고 개구리의 배를 손바닥으로 탁 쳤다.

"으악, 언놈이냐 개굴!"

"나다."

개구리는 눈앞에 나타난 소년의 얼굴을 보고 큰 눈을 깜박거렸다.

"오랜만에 술을 마셨더니 헛것이 보인다 개굴."

"이래도 헛것이냐? 응?"

소년이 개구리의 다리를 잡아 쭉 늘어뜨렸다.

"으악, 그만해라 개굴! 알았다 개굴, 현실이다 개굴."

개구리의 다리에서 손을 떼자.개구리가 소년의 얼굴로 뛰어올랐다.

"정말 보고 싶었다 개굴. 이대로 난 버려지는 줄 알았다 개굴!"

"니가 도망간 거지, 내가 버린 거냐?"

소년은 개구리를 얼굴에서 떼어내 바위 위에 다시 올려놓았다.

"넌 어떻게 봉인에서 풀려난 지 하루도 안 돼서 신관 손에 잡혀?"

소년의 타박에 개구리가 침울한 표정을 지었다. 소년은 피식 웃었다.

개구리고, 더군다나 마족이면서 표정이 꽤나 다양하다.

"이제 여기가 마물이 살아가기에 얼마나 힘든 세상인지 잘 알겠지?"

"그래, 여전하다는 걸 알았다 개굴."

개구리는 진중한 목소리로 말했다.

"그러니 나는 마왕님을 부활시킬 것이다 개굴!"

"……."

전혀 모르는구만. 소년이 한숨을 쉬건 말건 개구리는 계속 말했다.

"마왕님이 부활하면 공간 이동이 가능해진다 개굴."

"그래, 그게 가능하면 뭐하려고? 세계 멸망? 아니면 세계 정복?"

개구리는 짧은 머리를 좌우로 흔들었다.

"난 가족이 보고 싶다 개굴."

의외의 대답이었다. 소년은 말없이 개구리를 바라보았다.

"우리 개굴족은 인간을 포함한 여러 짐승들의 피가 섞여 만들어진 마물족이다 개굴. 그 어떤 다른 마족들보다 가족이나 동료, 연인이란 개념을 진하게 지니고 있다 개굴."

"……."

"마왕님이 봉인당하시고도 아직 문이 열려 있을 때, 이곳의 마기를 가져가고자 잠깐 내려와 있었던 것뿐이다 개굴. 근데 갑자기 문이 완전히 닫혔다 개굴. 공간 이동이 되지 않는, 마왕님이 없는 마계에서 나의 동족들은 힘겹게 살고 있을 것이다 개굴."

개구리는 사람처럼 두 다리로 서더니, 한쪽 손은 주먹을 쥐고 한쪽 손은 허리…로 보이는 부분에 갖다 댔다.

"난 마왕님을 부활시킬 것이다 개굴. 공간 이동을 해서 내 가족들이 어찌 살아가고 있는지 보고 말 것이다 개굴!"

개구리의 강한 의지를 담은 목소리가 조용한 공터에 울려 퍼졌다. 가족이라……. 소년은 개구리의 말에 피식 웃었다.

"왜 웃나 개굴?"

"마왕 부활이 아주 쉬운 일인 것처럼 말하고 있네. 그런 짓 하다간 가족 만나기도 전에 네가 먼저 죽을 거야."

"지 목숨 아깝지 않은 게 가족이란 거, 너도 인간이라면 잘 알 거 아닌가 개굴."

요즘 인간 중엔 안 그런 사람도 많아. 소년은 씁쓸하게 웃었다. 하늘을 바라보니 달만 구름에 가려져 있고 사방에 별이 가득하다. 본래는 온난한 지역이지만, 드래곤 산맥 초입이라 그런지 바람이 꽤 쌀쌀하게 불어온다. 귓가에 계속해서 거슬리는 챙챙 소리만 없다면 여기서 노숙해도 될 것 같았다.

"같이 갈래?"

"무슨 말이냐 개굴?"

소년은 아주 담담하게, 오늘 날씨가 좋네 하는 식으로 말했다.

"나도 마왕 부활이 목적이거든."

개구리가 눈을 깜박였다.

"뭐라고?"

큰 소리로 외치더니 무슨 생각을 했는지, 갑자기 고개를 젓는다.

"내가 잘못 들은 거 같다 개굴."

"제대로 들었을걸."

"뭐라고 했나 개굴?"

"나도 마왕을 부활시키기 위해 살아간다고."

이번에는 무려 삶의 목적이 마왕 부활이라고 말하는 소년이다. 개구리는 세상에 세상에! 하고 인간 아줌마처럼 호들갑을 떨며 폴짝폴짝 뛰었다.

"너 세계 종말을 바라는 인간이었나 개굴? 나는 그런 거 상관없지만……. 하! 예쁘장한 것이 어쩌다 그렇게 비뚤게 자랐나 개굴? 뭐가 그렇게 증오스러워서 그러는 건가 개굴?"

연인을 잃었냐, 친구에게 배신을 당했냐 하고 별 소설을 다 쓰는 개구리의 말을 듣고 있자니 소년은 기가 찼다.

심지어 개구리는 이런 말까지 했다.

"혹시 인간이 아닌 건가 개굴?"

소년은 쓰게 웃었다. 부드러운 갈색 머리카락이 불어오는 바람에 살랑살랑 흔들렸다. 깊은 숲의 색을 띤 눈동자는 먼 곳을 보는 듯 더욱 깊어졌다.

"아니, 오히려 인간이라 그런 거야."

"무슨 말인가 개굴?"

"네 말대로. 가족을 위해서라면 목숨을 바칠 수 있는 인간이라서 그렇다는 거야."

개구리는 더더욱 이해하지 못하겠다는 듯한 표정을 지었다.

"뭐, 죽을 병 걸린 어미가 마왕님을 부활시켜 달라는 부탁이라도 했나 개굴?"

"반은 정답이네. 할머니였고, 이미 죽었어."

개구리는 할 말을 잃었다. 대수롭지 않게 말하는 소년의 눈빛은 아무것도 보고 있지 않은 것 같았다. 그 모습이 알 수 없게 느껴졌다. 알 수 없다고밖에 표현할 말이 없었다. 마족 개구리는 마음 어딘가 안쪽에서 퍼져 나오는 몽글몽글하고 시린 느낌이 무슨 감정인지 아직 깨닫지 못했다. 소년이 바위에서 내려갔다. 옷에 묻은 먼지를 털고 개구리 앞에 섰다.

"어차피 너나 나나 같은 목적이니 같이 다닐까 하는 거야. 심심하지도 않을 거고."

"그래 개굴……. 그래 주면 나야 고맙지 개굴."

개구리는 찜찜했지만 고개를 끄덕였다. 소년은 짐이 되지 않을 것이다. 오히려 마족인 자신이 짐이 될 가능성이 컸다. 개구리는 소년이 자신보다 훨씬 강하다는 사실을 알고 있었다. 자신을 봉인했던 마법진을 해제해 준 마법사인 것이다. 소년이 다시 웃었다. 이번에는 그 나이로 보이는 웃음이었다.

"좋아, 넌 이름이 뭐지?"

"난 마족 개굴족의 왕, 구르르무다 개굴. 인간 동료의 이름은 개굴?"

"난……."

쨍강! 아까부터 귀에 거슬리던 소음이 커진다 싶더니, 결국 대화를 중단시키기에 이르렀다. 소년은 소리가 들린 그다지 멀지 않은 쪽을 바라보았다.

"이 야밤에 뭐 저리 피 터지게 싸우지?"

"이 기운은… 그 사람들이다 개굴."

구르르무가 말했다.

"어제도 싸우는 모습을 봤다 개굴. 확실하다 개굴. 이렇게 강한 힘은 그 빨간 머리 인간 외에는 이 근처에 없다 개굴."

빨간 머리라면… 니스너 실 누소즈가 싸우는 중이란 말인가. 소년은 아까의 순박한 모습을 떠올렸다. 딱 봐도 수상한 마법사 로브를 입은 놈을, 도둑을 잡아 준 착한 소년으로 생각했던 사람. 그러나 아무리 순수해 보여도 그는 이 대륙에서 최강으로 손꼽히는 검사다. 전장에서 피를 뒤집어쓴 채, 잔인하고 참혹하게 적을 베어 나가는 전사. 또래 중에는 적수가 없는, 젊은 나이에 이미 이바노브 아시오의 황실 기사단 중 하나를 이끌고 있는 기사.

한 번 구경이라도 가 볼까 하는데 구르가 말을 이었다.

"방금 난 소리는 분명히 그 인간 검사의 검이 부서진 소리다 개굴. 어제 내 마기가 담긴 바위를 힘으로 내리쳐 검날이

상하는 것을 보았다 개굴."

"뭐?"

소년은 그 말에 퍼뜩 정신이 들었다.

"그걸 왜 이제 말해!"

그리고 구르르무의 말을 다 듣기도 전에 소리가 들린 쪽으로 달려갔다.

"하여튼 인간은 오지랖이 넓은 게 흠이다 개굴."

구르르무는 혼잣말처럼 중얼거리고 뒤따라갔다.

쨍강! 압도적인 실력 차로 적들을 제압하고 있었지만, 금이가 있던 검이 결국 버티지 못하고 부러졌다.

"이런."

니스너는 급한 대로 검집을 빼 들어 상대의 검날을 막았다. 검집과 검날이 부딪쳤다. 그러나 날카로운 검날로도 무속검사의 검집에는 흠집을 낼 수 없었다. 니스너가 검집에 기(氣)를 두른 탓이었다.

신관 래이는 급조한 성진(聖陳) 안에서 침을 꿀꺽 삼켰다. 강하다. 어깨까지 내려오는 붉은 곱슬머리가 마치 타오르는 불길 같다. 어두운 공기를 가르며 화려한 불길이 이는 듯했다. 역시 강하다, 저 젊은 검사는.

"흐압!"

하지만 상대 역시 강했다. 적들은 래이와 니스너, 둘 다 죽이려고 작정한 듯 강하게 밀어붙였다. 단단히 준비를 하고 나온 모양이었다. 니스너가 상대하는 다섯은 복면 때문에 눈밖에 보이지 않았으나, 오른쪽 소매 끝에 수놓인 금색의 작은 오각형이 그들의 정체를 알려 주었다.

대륙 최고의 살수 집단 달그림자.

이바노브 아시오 외에도 크루모만, 힐본세, 소냐르 등 모든 나라에 세력을 뻗고 있는 살수 집단.

지금 니스너 실 누소즈를 상대하고 있는 이들은 그중에서도 S급으로 손꼽히는 자들이었다. S급을 한꺼번에 셋이나 상대하면서, 심지어 검이 아닌 검집으로 대항하고 있는 그는 역시 신이 내린 검사였다. 하지만 워낙 뛰어난 천재라 아직 당하지 않은 것일 뿐, 살수의 검에 눌리는 건 시간문제였다. 그건 검이 부러졌다거나 혼자서 여럿을 상대한다거나 하는 것과는 다른 이유 때문이었다.

그는 현재 본 실력을 발휘하지 못하는 상태였다. 간신히 검집에 힘을 불어넣을 정도의 기밖에 없었다. 니스너 실 누소즈와 래이 줄은 드래곤 산맥에서의 임무를 이제 막 마친 상태였다. 그들의 임무는 함께 온 기사나 신관들도 제대로 모르고 있었다. 비밀리에 받은 황명이기에 극소수의 사람만이 알고 있었다. 이 달그림자의 살수들은 그 소수의 사람들 중 누군가가 보낸 것일 터였다.

챙, 채앵! 검 부딪치는 살벌한 소리에 래이는 안절부절못했다. 니스너는 십 분도 안 되는 짧은 시간에 대부분의 기를 불어넣고 말았다. 벅찰 것이다. 래이는 여차하면 성진을 나갈 생각을 했다. 황명을 거스르게 될지라도… 이바노브 아시오의 희망을 이런 곳에서 죽게 내버려 둘 수는 없다. 온 대륙 사람들, 특히 친우이기도 한 그의 아버지 얼굴은 또 어떻게 보겠는가.

"윽!"

처음으로 니스너 실 누소즈의 입에서 약한 신음이 흘러나왔다. 살수의 검날이 팔뚝을 스치고 지나간 듯했다.

"니스너 님!"

래이 줄이 비명 지르듯 니스너의 이름을 외쳤다. 이대로는 안 된다. 성진을 해제……!

"래이! 나오지 마!"

그러나 래이가 주문을 외우기 전에 니스너가 소리쳤다.

"절대, 나오지 마라."

니스너는 다시 한 번 말하고, 자신의 몸에 상처를 낸 살수에게 달려들었다. 핏물이 뚝뚝 떨어지는 팔로 검집을 휘둘러 가슴팍을 가격하고 발차기로 정확하게 골반을 찍어 눌렀다.

"으아악!"

살수가 고통의 비명을 질렀다. 적발의 검사가 쓰러진 살수의 손에서 재빨리 검을 빼내려 했지만 다른 놈들이 그렇게 놔두지 않았다.

"으윽……."

퍽 소리와 함께 니스너가 무릎을 꿇었다.

"니스너 님!"

성진을 풀 결심을 하는 래이의 눈에, 푸른 불꽃이 띄었다가 사라졌다.

"방금… 무슨?"

"시그·아·로그·예·찬!"

낯선 목소리와 함께, 방금 보았던 불꽃이 무색할 정도로 커다란 푸른 불꽃이 살수들을 감싸며 타올랐다.

"으악!"

적들이 비명을 지르며 검을 떨어트리고, 곧 쓰러져 움직이지 않게 되었다.

"……이게 대체?"

무슨 일인지는 모르겠으나, 일단 래이는 성진을 해제하고 숨을 몰아쉬는 니스너의 곁으로 다가가 치유마법 주문을 외웠다.

"괜찮습니까?"

"난 괜찮다. 그런데 이 마법은……."

래이는 푸른 불꽃 안에서 정신을 잃은 세 명의 암살자를 바라보았다. 느리게 가슴팍이 움직이는 것을 보면 죽은 건 아니다.

"저 푸른 불꽃은……."

래이는 눈을 날카롭게 뜨고 주변을 경계했다. 니스너는 몸을 일으키고 잘려 나간 나머지 검신을 챙겼다.

"우리를 구해 주었군. 대체 누가……?"

"분명히 고대어를 영창하는 소리가 났습니다."

니스너와 래이의 눈이 마주쳤다.

"무슨 말인가? 설마, 고대마법을 썼다고?"

흔들리는 붉은 눈동자가 믿을 수 없다는 마음을 표현했다.

믿을 수 없는 건 래이도 마찬가지였다. 저 푸른 불꽃과 방금 들린 시그 예 찬 등의 언어는 분명히 고대마법의 흔적이다. 그 것도… 흑마법. 정말로 누군가가 고대의 흑마법을 했다면, 그 자가 덤빈다면 자신은 반항 한 번 제대로 못 해 보고 당할 터였다. 니스너의 경우에는 다르겠지만 말이다.

"어서 이동하셔야 합니다. 텔레포트 스크롤을."

"아니, 잠깐."

니스너가 말을 끊으며 푸른 불꽃 뒤쪽 어둠 저편을 빤히 바라보았다. 뭐라도 있나 싶어 래이도 살폈지만 아무것도 보이지 않았다.

"왜 그러십니까?"

"……"

래이의 눈에는 보이지 않는 것을 니스너 실 누소즈가 빤히 바라보고 있었다. 정확히 그의 시선이 닿는 위치에 마법사 소년이 서 있었다.

대체 어떻게 보는 거지? 소년은 당황했다. 일단 구해 주기는 했는데 써서는 안 되는 고대마법을, 그것도 흑마법을 써 버려서 앞에 나설 수가 없다. 그래서 저 두 사람이 안전하게 이곳을 빠져나갈 때까지 은신마법을 써서 몸을 감추기로 했다. 그런데 저 적발의 검사가 이쪽을 빤히 보는 것이다. 신관이 보지 못하는 걸 보면 효력이 있는 것이 분명한데,

"저기 무언가가 있군."

적발의 검사는 시선을 떼지 않고 심지어 다가오는 게 아닌가.

"니스너 님?"

래이의 부름에도 멈추지 않고 걸었다. 사실 니스너도 소년을 완전히 알아본 것은 아니었다. 그저 무언가가 있다고만, 투명한 무언가가 있다는 것만 알 수 있을 뿐이었다.

"뭐지, 너는?"

니스너가 물으며 다가왔다.

"하, 하하."

소년은 멋쩍게 웃었다. 아무리 마법을 약하게 펼쳤다고는 하지만 눈치챌 줄은 몰랐다.

"인간이 아닌가? 어쨌든 구해 줘서 고맙군. 그대는 누구지?"

"니스너 님? 누구에게 말씀하시는 겁니까? 뭐가 있습니까?"

니스너는 래이의 말에 대답하지 않았고, 소년도 니스너의 말에 대답하지 않았다. 걸음을 계속 옮기자 자신보다 조그만 형체가 보였다. 가까이 갈수록 조금 더 선명해졌다.

"그대는 누구인가?"

니스너가 다시 한 번 물었다. 소년은 대답하려다가 아까 니스너 실 누소즈를 만났을 때 로브를 뒤집어쓰고 있었던 게 생각났다. 얼굴은 들켜도 되겠지만 목소리는 들으면 알 것이다.

결국 아무 말 않기로 했다. 소년은 뒤돌아 걸었다. 저벅저벅 걸을 때마다 소년의 형체가 흐릿해졌다.

"어디 가는 거지?"

니스너가 소리쳤으나 형체는 걸음을 멈추지 않았다. 달려가면 충분히 잡을 수 있는 거리다. 힘을 주고 달리려는데 이번에는 형체가 공중으로 떠올랐다.

"그대는 누구인가!"

외침이 닿았을 텐데도 야속한 형체는 그대로 사라지려 했다. 저건 도저히 인간으로 볼 수 없다.

설마, 정령? 그게 아니라면 마족인가?

"흡!"

니스너가 기합을 넣으며 눈에 기를 주입하자, 한순간이었지만 선명한 뒷모습이 보였다가 팟 하고 사라졌다.

"……!"

그는 눈을 크게 떴다. 한순간이었지만 확실히 보였다.

연한 갈색의 머리칼과 작은 체구, 그리고 동그란 머리 위의 녹색 생물……. 니스너는 한쪽 입꼬리를 올려 웃었다.

"저 개구리가 저 녀석의 마스코트가 되겠군."

"예? 개구리? 마스코트?"

물음표를 동동 띄운 술 덜 깬 아저씨 신관은 무시하고 니스너 실 누소즈, 이바노브 아시오의 희망이자 미래이며 모든 이들의 영웅인 적발의 무속검사는 어둠을 향해 고개를 숙였다.

훗날 어떻게 다시 만난다 하더라도 저 소년이 생명의 은인임을 잊지 않으리라 맹세하며.

마법으로 성벽을 가뿐히 뛰어넘어 마을에서 떠나가는 소년의 머리 위에서 구르르무가 하품을 했다.

"그래, 저 인간은 왜 살린 건가 개굴?"

"…순박하니까."

"뭔가, 그게? 아, 네 이름 말 안 했다 개굴."

어두운 밤길을 라이팅마법으로 환히 비추며 답했다.

"바다."

구르르무가 푸하하하 인간처럼 웃었다.

"이름이 바다인가 개굴?"

"나하사야. 고대어로 바다라는 뜻."

"나하사…… 좋은 이름이다 개굴."

구르르무는 잠시 고민하더니 말했다.

"나하라고 부르겠다 개굴."

"맘대로 해, 개굴아."

구르르무가 머리 위에서 펄쩍 뛰었다.

"이름도 가르쳐 줬는데 왜 개굴인가 개굴! 차라리 구르라고 해라 개굴!"

나하사는 개구리의 말은 뒷전으로 하고 대륙 모든 소년 소
녀들의 우상인 무속검사(無速劍士)를 생각했다.

내가 그 사람의 생명을 구하다니.

지금 생각해도 믿기지 않았다. 쓸데없는 도움이었을 거라고
나하사는 생각했다. 흑마법 배운 게 들키면 곤란한데 왜 그랬
을까. 어렸을 적 그를 존경했던 마음이 아직 어딘가에 남아 있
었나 보다. 아마 그 사람이라면 푸른 불꽃을 보고 대번에 흑마
법이라는 것을 알아챘을 것이다. 나하사는 안타깝지만 다시
만날 일이 없기를 바랐다.

이때는 아직, 그들 둘의 관계가 동료도 원수도 아니고 물론
연인도 아닌, 한쪽은 은인을 구하겠다는 마음에서 쫓고 다른
한쪽은 들키면 안 된다는 마음에서 도망치는 미묘하게 개그스
러운 관계가 될 줄은 둘 중 누구도 예상하지 못했다.

제2장
미힐 신전의 봉인

새벽을 바라보는 늦은 밤, 힐본세의 유명한 항구도시 미힐에 커다란 배가 도착했다. 힐본세에서의 인생 역전을 꿈꾸는 사람들이 칙칙한 옷을 입고 피곤한 표정으로 떼를 지어 내렸다. 그들은 남녀노소를 가리지 않고 모두 피로해 보였다. 삼십 년 전 이바노브에 의해 멸망한 소국 위유의 사람들이 대부분인 듯했다. 짙은 회색 머리와 검은 눈동자가 그 사실을 뒷받침해 주었다. 물론 위유 사람이 아닌 자도 있었다.

"하아… 하아……."

"괜찮나 개굴?"

그중 하나는 칙칙한 회색 로브를 뒤집어쓴 소년이었다. 소년의 어깨 위에 있던 커다란 개구리가 괜찮으냐고 다시 물었다.

"나하, 많이 아픈가 개굴?"

그러나 나하사는 아무런 대답도 하지 못하고, 갑자기 손으로 입을 틀어막았다.

"우웨엑."

항구에 꿇어앉아 넘실거리는 바다에다 구역질을 했다. 먹은 게 없어서 나오는 거라고 해 봤자 침과 위액뿐이었다. 개굴족

의 왕 구르르무가 인간 동료의 토하는 모습을 보고 쯧쯧 혀를
찼다.

"돈도 많다며 왜 배를 타서 고생인가 개굴."

"고소공포증… 있다니까……."

"그냥 밖만 안 보면 되는 것을. 쯧. 조금만 참을 것이지 개굴."

"시끄러워……."

나하사는 이마를 꾹꾹 눌렀다.

"아… 도무지 속이 나아지질 않네. 아직도 바다 위인 것 같
아. 어지러워."

고대마법을 쓸 줄 아는 마법사는 몇 발짝 걷다가 포기하고
바닥에 주저앉아 버렸다.

"힘내라 개굴. 잠잘 곳은 잡고 뻗어야 하지 않겠나 개굴."

말이 쉽지, 먹은 것도 없는데 그마저도 계속 토해서 진이 다
빠져 버렸다. 하지만 나하사는 불굴의 의지로 일어섰다.

마법사의 계획은 도착하자마자 신전에 가 봉인을 깨부수고,
아침 배를 타고 다시 대륙으로 돌아가는 것이었다.

힐본세는 이바노브 아시오의 오른쪽 국경을 마주하는 나라
이다. 오른쪽 바다 건너에 작지 않은 섬을 가지고 있는데, 이
섬의 미힐 시에 있는 봉인소는 세계 주요봉인소 스무 곳 중 하
나라 기대할 만했다. 원래는 마다스에 있던 주요봉인소를 먼
저 해제하려 했으나, 이바노브 아시오의 기사들이 산맥에 와
있었기 때문에(특히 니스너 실 누소즈가 와 있었기 때문에) 그들

이 떠난 다음으로 순서를 미룬 것이었다.

"왜 그렇게 안쓰럽게 걷나 개굴. 힘내 봐라 개굴. 마법이라도 쓰면……."

"쉿! 입 닫아, 개굴아. 사람 와."

개굴이라 불린 개구리는 불만스러운 눈을 하면서도 입을 닫았다. 배 안에서 깜빡하고 말을 걸었다가 정말 개구리 맞느냐고 사람들이 하도 물어보는 통에, 개굴개굴하며 세 시간 내내 울어야 했던 악몽이 떠올랐기 때문이다.

"거기, 마법사님. 쉴 곳 찾으시면 오세요. 딱 한 장만 받아요."

"마법사 오빠, 여기 아침밥까지 해서 한 장이요."

"소년 마법사님, 욕실 있고 바다 보이는 방으로 15도르 어때요?"

아주머니, 어린 여자아이, 아름다운 아가씨 등이 우르르 나하사의 주위로 몰려들어 흥정을 했다. 소년을 정말 마법사라고 생각하고 있는 것은 아니었다. 로브를 입고 있으니 마법사라 불러 주는 것이다. 같은 배를 타고 들어온 위유 사람들도 방을 잡고 있었다.

"난 방 안 잡아요……."

나하사가 지친 목소리로 거절했으나, 억척스러운 아주머니 한 명이 가까이 와서 후드까지 벗기더니 호들갑을 떨었다.

"어머, 예쁘장한 마법사님이 고생을 심하게 했나 보네. 아줌마가 약 줄 테니까 일루 와요, 응?"

"필요 없어요……."

나하사는 힘들게 말을 이었다. 귓가에 쨍알대는 목소리가 머리를 울려 괴로웠다. 돈은 남아도니 그냥 바닥에 뿌리고 도망칠까도 생각했다. 이런 어중간한 시간에 나와서 호객하는 아주머니들도 힘들 것이다. 한편으로는 약 먹고 폭신한 침대에서 푹 자고 싶기도 했다. 그러나 나하사는 날이 밝기 전에 신전에 가야 했다. 봉인을 깨는 데 얼마나 오래 걸릴지 모르는 일이고, 이곳은 유명한 관광도시라 아침이 되면 신전에 사람이 바글바글할 것이다.

그러나 아주머니는 나하사의 거절에도 포기하지 않았다.

"무슨 말을 하는 거니? 나이도 어린 게 이렇게 멀리까지 와서. 몸은 왜 이렇게 말랐어? 밥 스무 번씩 꼭꼭 씹어 먹고 있는 거니?"

"아줌마 누구예요……? 웬 엄마 흉내?"

"아줌마는 본래 이 세상 모든 아이들의 엄마란다."

억척스러운 아주머니가 나하사의 팔을 잡고 무작정 끌었다.

"욕실, 침대, 아침밥, 약까지 해서 딱 한 장만 받을 테니까 일단 학생 잠이나 좀 자."

"난 학생 아니거든요……. 마법사거든요……."

"그래그래, 마법사님. 자러 가자. 응?"

"괜찮다니… 윽."

나하사는 몸에 힘도 안 들어가고, 이런 일반인에게 마법을 쓰고 싶지도 않아서 그저 끌려가는 수밖에 없었다. 솔직히 아직 해가 뜨려면 좀 남았으니까, 조금만 쉬다 갈까 싶은 생각도 조금 있었다. 한 삼십 분 정도.

"이렇게 작아서는. 요즘 네 또래 중에 이런 키 없어."

"……."

나이를 오해하고 있을 테지만 맞는 말이기는 했다.

"그런데 눈은 동그란 게 참 잘생겼네. 인기 많겠어."

아무렇지도 않게 콤플렉스를 자극해 놓고서 바로 칭찬을 한다. 사람을 다루는 데 능숙한 아주머니의 수다를 들으며 걷다 보니, 얼마 지나지 않아 여관에 도착했다.

바다는 안 보여도 제일 폭신한 침대가 있는 방이라는 말과 함께 2층 방에 안내받았다. 나하사는 시세에 맞게 돈을 주려 했지만 아주머니는 정말로 딱 한 장만 받았다.

"그럼 잘 자요, 마법사님! 이건 배탈 났을 때 먹는 약이니까 꼭 먹고."

소년을 부축해 침대 위까지 눕혀 주는 친절함을 보인 아주머니가 방에서 나갔다. 침대는 정말로 여관 침대답지 않게 폭신폭신했다. 잠시 침대에 누운 채, 천장을 멍하니 보며 눈을 깜빡이던 나하사는 계속 이러고 있으면 잠들 것 같아서 비틀거리며 일어났다.

"이 약 먹으면 졸릴 텐데……."

아주머니가 준 약을 보며 고민하자, 똑같이 침대에서 뒹굴던 구르가 탁자로 점프해 착지했다.

"그래도 이왕 챙겨 준 건데 먹어라 개굴."

"으음. 빈속에 먹어도 괜찮을지 모르겠고……."

구르가 짧은 팔로 손수 컵에 물을 따라 주었다.

"그 인간이 준 거 보면 괜찮지 않겠나 개굴. 호들갑스러워
도 착해 보이는 인간이었다 개굴."

그렇긴 하다. 나하사는 약봉지를 뜯어 알약을 꿀꺽 삼켰다.
약을 먹으면 졸려진다는 선입견 때문인지 알약을 먹자마자 졸
음이 밀려왔다.

"졸리면 자라 개굴."

침대에 걸터앉아 병든 병아리처럼 꾸벅꾸벅 졸면서도 눈을
뜨려 애쓰는 나하사의 옆에서, 벌써 이불 속으로 파고들어 누
운 구르가 말했다. 나하사는 으음, 소리를 내며 고민하더니 도
저히 안 되겠는지 자리에 누웠다.

"구르야, 한 시간만 잘게. 깨워 줘."

"알았다 개굴. 편히 잘 자라 개굴."

구르는 자신만 믿으라는 듯 말했고, 나하사는 '역시 둘이
여행하면 이런 좋은 점이 있구나!' 라고 생각하며 잠들었다.

그리고 다음날 나하사는 정오가 다 되어서야, 쏟아지는 뜨
거운 햇볕 세례 때문에 잠에서 깨어났다.

세계 주요봉인소 중 한 곳인 데다가 이 도시 자체가 관광도

시다 보니, 한낮의 신전에는 역시 사람이 엄청나게 많았다.

힐본세의 고유 음식인 솜사탕과 원대륙에서 수입한 아이스크림을 하나씩 손에 들고 신전을 들락날락하는 사람들을 보던 나하사는 벤치에 털썩 앉았다. 한숨이 절로 나왔다.

"어린 게 왜 벌써부터 한숨인가 개굴?"

"원흉한테 그런 말 듣고 싶지 않다."

나하사는 제법 근엄하게 말했으나 구르에게는 소용없는 짓이었다.

"못 깨운 거 가지고 아직도 삐쳤나 개굴. 소년이여 대심을 품어라, 라는 말 모르나 개굴."

나하사는 백 년 전 종이 만화의 유행어를 하는 구르를 잡아들고 웃었다.

"너 때문에 지금 내 계획이 스물네 시간이나 엇나갔거든? 양심 좀 가져 볼래?"

"나는 긍지 높은 마족! 양심 같은 건……!"

"닥쳐라, 넌 그냥!"

나하사는 개구리를 공중에 들고 마구마구 흔들었다.

"스무 곳의 주요봉인소를 다 돌려면 그야말로 세계 일주를 해야 한단 말이야. 한 달에 한 곳이라 쳐도 일 년하고도 팔 개월! 만약 주요봉인소 중에 마왕의 봉인이 없으면 그땐 무작정 대륙의 봉인소라는 봉인소는 다 깨부숴야 한다고. 몇십 년 걸릴지 몰라. 알아들어, 이 녀석아? 엉? 엉?"

구르는 눈앞이 핑 돌아 무조건 네네 대답했다.

보통 크기보다 커다란 구르를 들고 흔들어댄 탓으로 팔이 아파진 나하사는 손에서 그대로 힘을 뺐다. 철푸덕 땅에 떨어진 구르가 원망의 눈길을 보냈지만, 나하사는 오히려 발을 들며 밟아 줄까? 라는 표정으로 응수했다. 구르가 울먹였다.

"목표 달성을 위해 노력하는 건 좋지만 가끔은 여유도 찾아야 하지 않겠나 개굴. 마법 소년 리난의 여유를 좀 본받아라 개굴."

"너도 참 구시대적이다. 그건 백오십 년도 전 거잖아."

"벌써 백오십 년이나 지났나 개굴! 작가 죽었겠군 개굴. 사인 받으려고 했는데 개굴."

나하사는 진심으로 서글퍼하는 구르의 입을 막았다.

"사람 와, 사람!"

꼬맹이와 아이의 어머니로 보이는 여자가 걸어오고 있었다.

"엄마, 저 형 개구리한테 말 걸어."

개구리는 개굴개굴 울기만 하니 사람만 바보 되는 것이다. 어머니가 멀뚱멀뚱 나하사를 쳐다보는 아이를 껴안고 황급히 가던 길을 돌아갔다.

"저 형은 그거란다, 그거……. 마왕을 부활시키려다가 미쳐서 개구리랑 대화한다고 착각 중인 거야. 저런 사람한텐 말 걸면 안 된단다."

어머니, 신기 있으세요? 나하사는 좀 더 말조심하기로 하고 구르를 머리 위에 올려놓았다. 아직도 밤이 되려면 열 시간이나 남았다. 가만히 벤치에 앉아 사람들이 웃고 떠드는 모습을 보고 있으려니 잊고 있던 심심하다는 감정이 생겨났다.

심심하다니…… 복에 겨웠지. 더 강해져야 한다는 목표 아래 숨 돌릴 틈도 없었던 수련과 공부. 사실 그런 몸의 피곤함은 둘째 치고, 빈틈만 생기면 떠오르는 따뜻했던 기억 때문에 늘 자신을 몰아세울 수밖에 없었다. 이런 한가로운 시간은 오랜만이었다.

나하사의 녹색 눈동자에 어머니와 아버지의 손을 잡고 아장아장 걷는 어린아이가 보였다. 나하사의 눈길이 아이의 뒤를 따라갔다. 즐거워 보였다. 참 다정하고 따뜻한 가족이었다. 무심한 눈으로 그들을 보는데 구르가 조용히 나하사를 불렀다.

"나하야."

"사람 있어. 말하지 말랬지."

어떻게 된 인간이 마족보다 차갑다고 구시렁대던 구르가 갑자기 어깨에서 뛰어내렸다. 어디론가 점프하는 개구리를 가만히 앉아서 보니, 신전 앞에서 장사하고 있는 떡볶이 가게로 향하고 있었다.

보통 개구리보다 훨씬 큰 크기에 기겁한 주인아주머니를 피해 요령 좋게 떡볶이를 손에 가득 집은 구르가 도망왔다.

"아니, 뭐 저런 개구리가……!"

아주머니의 목소리는 시끌벅적한 사람들 소리에 묻혀 사라졌고, 구르는 나하사 앞에 떡볶이를 전리품인 양 자랑스레 내놓았다.

"먹어라 개굴."

나하사는 당연히 눈길 한 번 주고 끝이었다. 구르는 혼자 떡볶이를 오물거렸다.

"으엑, 퉤, 퉤."

그러나 입에 넣자마자 뱉었다.

"뭐가 이렇게 맵나 개굴!"

나하사는 구르가 비명을 지르며 하는 말에 흥미를 보였다.

"맵다고?"

"그렇다 개굴. 입에 불나겠다 개굴."

나하사의 녹색 눈이 반짝인다 싶더니, 곧 벌떡 일어나 떡볶이 가게로 걸어갔다. 그리고는 주저 없이 3도르 어치를 사서 돌아왔다.

"그러고 보니 미힐의 떡볶이는 맵기로 유명했지. 한 번 먹어 볼까나."

소년이 헤벌쭉 웃으며 떡볶이를 한 입 먹었다.

"으음, 맛있어, 맛있어. 쪼끔 매콤한걸?"

어찌나 행복해하는지 나하사의 뒤로 꽃이 피어난 듯한 착각마저 들었다.

"…기분의 전환 속도가 장난이 아니군 개굴."

나하사는 구르에게도 떡볶이를 나눠 주었다.

"아, 매운 음식은 정말 굉장해. 어떻게 사람을 이렇게 행복하게 할 수 있는 걸까?"

"……."

굳이 더 많은 말을 듣지 않아도 구르는 이 고대마법을 쓰는 작은 마법사가 매운 음식광이라는 사실을 알 수 있었다.

밤의 미힐은 어느 도시나 그렇듯 대단히 쓸쓸했다. 북적이는 곳은 항구와 칼리프스 신의 신전뿐이었다. 활기찬 관광객과 노점상이 없어진 밤의 신전에는 무장한 경비들만이 서 있었다. 당연한 일이었다. 스무 곳의 주요봉인소는 대륙적으로 꼭 지켜져야 할 곳이기 때문이다.

"저곳을 어떻게 뚫나 개굴?"

나하사는 대답하지 않고 후드를 뒤집어썼다. 사실 경비가 얼마나 있건, 소년에게는 어떠한 장해도 되지 못했다. 조심해야 할 것은 오로지 이곳에 봉인된 것이 무엇인지 모른다는 사실뿐이었다.

"나하야, 마왕님이 부활하면 좋겠지만 다른 마족이 깨어나면 어떡할 건가 개굴?"

"복종하게 만들어야지."

어깨 위에 올라탄 구르가 혀를 찼다.

"쉽게 말하는 거 봐라 개굴. 나 같은 마족만 있는 줄 아나 개굴."

나하사는 씨익 웃었다.

"나 보기보다 세."

물론 구르는 어린아이의 객기로 치부할 뿐이었다.

"네가 아무리 강해도, 우리는 중급마족만 되어도 인간의 마음 따윈 간단히 조종할 수 있다 개굴. 특히 너처럼 어린아이라면 더하다 개굴."

"야, 자꾸 어린애 어린애 하는데 너 내가 몇 살인 줄은 알아?"

"열여섯쯤 되나 개굴?"

"죽는다? 나 마다스에선 성인이야, 인마. 열여덟이라고."

그러자 구르가 펄쩍 뛰었다.

"근데 왜 이리 어린가? 그냥 딱 소년으로밖에 안 보이는데 개굴. 키도……."

"거기까지."

동안은 강점이어도 키는 약점이었다. 나하사는 구르를 조용히 시켰다.

"은신마법 쓸 거니까 조용히 하고 있어."

구르가 고개를 끄덕이자 나하사는 고대어로 된 주문을 외웠다. 개굴족의 왕으로 군림해 온 구르르무도 존재와 힘이라는 단어밖에는 알아들을 수 없는 주문이었다.

"살라 · 바 · 마 · 치알라……."

꽤 긴 주문의 영창이 끝나자 구르와 나하사의 신체가 보이지 않을 정도로 흐려졌다. 농도가 옅어진다는 게 옳은 표현이었다. 특히 구르는 처음 겪는 마법이라 자기가 공중에 떠 있는 게 아닐까 하고 일순 착각할 정도였다. 투명마법과 달리 은신마법은 마법에 걸린 사람 외에는 누구에게도 모습이 보이지 않고 목소리도 들리지 않는다. 신전의 입구에는 경비가 많았으나, 그들의 눈에 보이지 않는 나하사와 구르는 당당하게 정문을 통해 안으로 들어갔다.

칼리프스 신전의 내부는 굉장히 호화로웠다. 벽과 천장에는 유명한 화가의 작품이 그려져 있었고, 일정한 간격으로 늘어선 기둥에도 몇백 년 전 타계한 유명 조각가의 조각이 새겨져 있었다. 오래된 그림과 조각이 여전히 아름답고 손상된 부분이 없다는 것이 신전 관리를 얼마나 철저히 하고 있는지를 보여 주는 것 같았다. 경비병은 기둥마다 두 명씩 서 있고, 신관은 각 통로의 교차점마다 경비병 한 명과 조를 이루어 눈을 날카롭게 빛내며 주위를 살피고 있었다. 그러든지 말든지. 나하사는 희롱하듯 그들의 얼굴 바로 앞을 지나쳐 갔다. 구르가 아무리 소리를 내도 그 누구도 눈치채지 못했다.

"신기한 마법이다 개굴."

지하의 봉인소로 가는 길에 구르가 조그맣게 속삭였다.

"배워 두면 편하겠다 개굴."

나하사는 고개를 끄덕였다. 은신마법이라는 건 굉장히 편리하다. 다만 금지된 고대마법이라는 점이 문제지.

"그런데 이렇게 긴 시간 동안 하고 있어도 되나 개굴?"

"음, 이제 풀어야지."

나하사는 봉인소 바로 앞에서 걸음을 멈추었다. 봉인소는 조그만 호수였고 봉인 문양은 호수의 한가운데에 있는 기둥에 새겨져 있었다. 장식하듯 밝힌 횃불 덕분에 마치 낮처럼 환한 데다 신관과 기사를 포함한 경비병이 열댓 가까이 있었지만, 나하사에게는 전혀 문제가 되지 않았다.

나하사는 호숫가의 앞쪽을 장식한 대리석 바닥에 올라가 심호흡을 했다. 그리고 주문의 영창 없이 바로 시동어를 외웠다.

"슬립sleep."

나하사 제일 가까이에 있는 경비병부터 잠들어 쓰러졌다.

"어? 어? 이, 이봐!"

갑자기 어떻게 된 건가 싶어 잠든 경비병에게 다가가려 한 신관이 있었지만, 그 또한 걸음을 채 딛기도 전에 쓰러졌다. 내부의 경비병과 신관이 모두 바닥에 쓰러지는 모습을 본 나하사는 작게 한숨을 쉬며 은신마법을 풀었다.

"잠깐이지만 두 가지 마법을 동시에 쓰다니 꽤 하는군 개굴."

"뭐 이런 거 가지고……."

어깨를 으쓱하며 장난처럼 대꾸했지만, 사실 마법을 동시에 쓴다는 건 정말 엄청난 일이었다. 구르의 꽤 한다는 말은 지금의 인간 세계를 모르고 한 말이었다. 마법을 구현하고 있는 상태에서 다른 마법을 외우는 건 상당한 정신력과 집중력이 아니면 불가능한 일이었다. 대륙에서도 그걸 할 수 있는 자는 손에 꼽을 정도였다. 황궁 마법사와 마법의 탑에 있는 대마법사를 포함해, 총 여덟 명뿐이라고 알려져 있었다.

"자, 봉인을 풀어 볼까."

나하사는 옷을 입은 채 호수 안으로 들어갔다. 구르도 풍덩 뛰어들었으나 나하사를 따라가지는 않고 그저 헤엄치며 놀았다. 보통의 연못보다 넓긴 하지만 깊은 곳도 수심이 2미터 남짓밖에 되지 않는 얕은 호수였다. 나하사는 중앙의 기둥까지 헤엄쳐 가서 기둥 주위를 돌며 문양을 살폈다. 적혀 있는 고대문자와 마법진의 방향, 위치를 모두 외운 후 다시 헤엄쳐 호수 밖으로 나왔다. 옷이고 머리카락이고 온통 물에 젖었다.

젖은 몸으로 무릎을 꿇고 앉아 숨을 몰아쉬는 나하사에게 물에 젖지 않는 몸을 가진 구르가 위로하듯 말했다.

"춥겠군 개굴."

"얀·살라·바."

구르의 말이 무색하게 나하사의 젖은 옷이 바싹 말랐다.

"물기를 없앤 건가? 편한 마법이다 개굴."

"글쎄."

체내의 수분도 전부 증발시킬 수 있는 잔혹한 마법이지만, 조절만 잘하면 편리하다. 나하사는 호숫가에서 한두 걸음 떨어진 거리에서 기둥에 적혀 있던 고대문자의 방위를 계산했다. 이 봉인해제마법은 주문을 행한 자의 몸에서부터 마력이 퍼져 나가기 때문에 위치 선정이 굉장히 중요했다.

그 사이, 구르는 다시 호수에 들어가 헤엄쳤다. 개구리라 그런지 물이 그리웠던 모양이었다.

"다 했다."

십 분도 되지 않아 계산을 마친 나하사가 두세 걸음 오른쪽으로 옮긴 후 손나발로 구르를 불렀다.

"구르, 호수에서 나와. 마력이 빨릴 거야."

"힉! 알았다 개굴!"

구르는 개구리헤엄으로 호수를 벗어나, 십 미터 정도 떨어진 기둥 아래에 기절해 쓰러진 경비병 몸 위로 올라갔다.

"이 정도면 되나 개굴."

"그래, 거기면 돼."

나하사가 웃으며 답했다. 사실 호수 안이 아니라면 어디든 상관없었다. 자, 그럼 봉인을 풀어 볼까. 나하사는 긴장하고 호수의 기둥을 바라보며 똑바로 섰다.

"와이아 · 온 · 라이야 · 온 · 마이야 · 온 · 리피르타 · 온."

주문 영창에 반응해 피어난 하얀빛이 나하사의 심장 부근부터 온몸으로 퍼져 나갔다.

"구이르 · 이구 · 초그 · 도에 · 샤."

양팔을 기둥 쪽으로 뻗자, 가느다란 빛이 손끝에서 허공을 가로질러 기둥까지 닿았다. 빛은 이제 기둥의 마법진을 따라 흐르기 시작했다. 지금까지 해제했던 어느 봉인보다 더욱더 많은 마력을 잡아먹었다. 주요봉인소의 위엄이다. 나하사는 눈을 질끈 감았다. 머리가 어지러워지기 시작했다.

"프·나이르·리·오이르·리."

주문 영창은 끝났다. 이제 나하사의 몸에 남은 빛은 어깨에서 팔꿈치로, 손목으로, 손끝으로 이동하고 신체에서 벗어나 기둥의 마법진으로 향했다. 허공에 흐르는 모든 빛이 마법진에 흘러들어 갔다. 이 정도로 많은 마력이 필요할 줄은 몰랐다. 하염없이 마력이 빠져나갔다. 다리에 힘이 풀려 이를 악물었다.

마왕? 마왕일까? 이 정도의 마력을 필요로 한다면 정말 마왕일지도 모른다. 나하사는 희미해지는 의식을 정신력으로 붙잡고 버텼다.

빛이 마법진을 모두 잠식하고, 그에 따라 마법 언어들이 서서히 지워졌다. 일 분도 채 안 되는 시간 동안 기둥 뒤쪽까지 전부 지워졌다. 기둥은 작은 빛의 조각이 되어 산산이 흩어졌다. 나하사의 마력 주입이 끝났다. 소년은 그대로 주저앉았다.

"나하! 괜찮나 개굴."

구르가 개구리 주제에 걱정스러운 표정으로 다가왔다. 나하사는 피곤한 와중에도 눈을 빛내며 기둥면이 부서진 안쪽을 보았다.

"마왕……?"

그러나 멀리서도 절대 마왕이 아니라는 걸 알 수 있었다. 마왕은 문헌으로밖에 본 적이 없지만, 그래도 저것은 절대 마왕이 아닐 것이다.

"저거, 뭐로 보여?"

"……개굴."

구르는 차마 대답하지 못했다. 적의에 찬 시선을 보내고 있는 저 종족은…….

"저것도 마족이야?"

"아니, 저건 우리가 아니다 개굴. 저건… 인어족이다 개굴."

구르의 말에 나하사가 눈을 비비고 다시 보았다. 기둥 안쪽 평탄한 곳에서 은빛 지느러미를 자랑하듯 몸통을 철벅대고 있는 저 팔뚝만 한 것은…….

"물고기잖아!"

"아니다 개굴. 저건 틀림없는 인어다 개굴."

"……."

붉은 눈동자와 아름다운 은빛 비늘, 크기를 보아하니 평범한 물고기가 아닌 것 같긴 했다. 나하사의 피곤함이 두 배가 되었다. 그래도 끄응 신음하며 허리를 잡고 자리에서 일어났다.

"괜찮나 개굴? 마력을 심하게 빨리던데 개굴."

전혀 괜찮지 않다. 아침이 되려면 좀 남았으니 빨리 여관에 가서 자야겠다. 우선 저것 좀 처리하고. 물에 닿지 못해 철벅거리고 있는 가여운 저 마물을 위해 나하사는 다시 마법을 외웠다. 주문 없이 시동어만 외웠다.

"브레이크break."

기둥의 남은 부분이 쿵 소리를 내며 무너졌다. 나하사는 지끈지끈한 관자놀이를 꾸욱 눌렀다.

"역시 마왕 부활은 쉽지가 않구나."

"쉬웠으면 세상은 이미 몇 번은 멸망했을 거다 개굴."

"그렇겠지. 근데 저걸 어쩐다?"

사악해 보였다면 없애면 끝인데, 저 물고기의 아름다운 은빛 지느러미는 사악은커녕 성스러워 보였다.

"있어 봐라 개굴. 내가 대화해 보겠다 개굴."

구르는 개구리임을 증명하듯 작은 호수를 뱅뱅 돌며 혼란스러워하는 물고기에게 다가갔다. 물고기는 뭔가 뻐끔뻐끔하더니 곧 구르와 함께 나하사가 있는 곳으로 헤엄쳐 왔다..

"너 물고기 말도 할 줄 아냐?"

"인어어(語)는 예전에 배운 적이 있다 개굴."

"그래, 이 녀석이 뭐래?"

"동족을 찾아 달라고 한다 개굴."

나하사는 고개를 끄덕였다. 인어족을 찾는 건 어려운 일이 아니다. 오히려 쉬운 일이었다. 당장 힐본세의 희귀종공원에만 가도 있으니까.

"그런데 이 녀석 인어 맞아? 내가 아는 인어는 이렇지 않은데."

상체는 사람, 하체는 물고기인 인어의 대중적인 모습을 떠올렸다.

"이건 그냥 물고기잖아."

구르는 물고기와 다시 대화를 하더니 나하사에게 설명해 주었다.

"어릴 때 봉인돼서 그렇다고 한다 개굴. 성년은 지났는데, 동족의 곁에 있어야만 모습이 변한댄다 개굴."

"아… 무슨 일로 봉인된 거래?"

구르는 다시 물고기와 대화했다.

"인간을 죽였단다 개굴."

"살인이었군. 얼마나?"

어지간한 대학살이 아니면 풀어 줄 생각이었다. 이 신전의 봉인은 이백 년 전에 만들어졌다고 했다. 이백 년이면 죗값을 다 치른 것이 아닌가 생각했다.

"딱 한 명 죽였다고 한다 개굴. 그런데 그게 왕족이었던 모양이다 개굴."

나하사는 혀를 찼다.

"재수가 없었네."

어쩐지 물고기 마물의 눈이 처량해 보였다.

"근데 이 녀석, 어떻게 데려가지? 어항도 없고… 물이 없으면 죽을 텐데."

그러자 물고기가 갑자기 땅으로 튀어 올랐다. 그리고는 숨을 크게 들이쉰다.

"헉!"

물고기의 몸이 풍선처럼 탱탱해져서 둥실둥실 공중에 떠올랐다.

"인어족 필살기다 개굴. 시전 시간이 별로 안 되니 서둘러야 한다 개굴."

물고기가 하늘을 난다. 나하사는 신기해하며 다시 은신마법 주문을 외웠다.

여관방에 대야를 놓고 물을 받았다. 공중에 떠서 지느러미를 팔락거리던 물고기가 물속으로 풍덩 들어갔다. 나하사는 구르의 통역으로 물고기와 대화했다.

은색 비늘에 붉은 눈이 아름다운 이 마물, 아니 인어족의 이름은 연자리라고 했다. 죽인 인간은 힐본세의 옛 나라 그로앙의 마지막 황족 아얀세였다. 확실히 봉인될 만큼 큰 죄다. 아얀세의 죽음으로 그로앙은 피가 끊겼다. 그로앙과 지금의 힐본세는 왕위를 잇는 데 있어서 혈통을 굉장히 중요시하는 나라였다. 거의 목숨이라고 할까, 긍지의 가치를 넘어 신성한 것이었다.

"이백 년이나 지났는데, 동족을 만난다고 잘 살 수 있을까?"

나하사가 물었으나 괜한 걱정이었다.

"봉인되고 백 년이 지났을 때 가족의 죽음은 각오했다 개굴. 그래도 동족의 품에서 살다 죽고 싶다고 한다 개굴."

이 인어족을 봉인한 마법진은, 시간의 틈에 가두는 봉인이었다. 연자리는 이백 년이 지나도록 시간과 공간의 틈새에서 동족을 그리워했을 것이다.

나하사는 동족의 품에서 죽고 싶다는 연자리가 상당히 마음에 들었다.

봉인을 해제하느라 기력이 많이 소진되었기 때문에 잠을 자지 않을 수 없었다. 나하사는 세 시간 정도만 자고, 해가 뜨자마자 일어나 물을 담은 봉지에 연자리를 넣어 여관을 나섰다. 당연히 밖은 굉장히 소란스러웠다.

"속보요, 속보! 칼리프스 신전의 봉인이 깨졌대요!"

"어젯밤에 일어난 일이래요!"

"경비병이 침입자를 못 봤대요!"

미힐 시의 시민들과 신관들, 경비병들과 관광객들 모두가 삼삼오오 모여 수군거렸다.

"경비병이 정신을 잃었다가 일어나 보니 봉인이 풀려 있었다는군."

"주요봉인소가 깨지다니, 무슨 일이 일어나려는 거지?"

"칼리프스 신께서 노하시겠어……!"

나하사는 바람에 날리는 신문 조각을 잡아챘다. 기둥이 사라진 호수가 그려져 있다. 한 장 두 장 페이지를 넘겨도 계속 칼리프스 신전의 봉인이 깨졌다는 기사뿐이었다.

"들키면 어찌 되나 개굴?"

"불법 입국, 불법 침입. 주요봉인소의 불법 봉인 해제……
감옥에서 평생 썩어야지."

"죽이진 않는군 개굴."

"흑마법을 쓴 걸 알면 화형이고."

구르는 신관이나 기사가 보일 때마다 몸을 떨었다. 그러나 어
차피 들키지 않으리라는 것을 아는 나하사는 겁내지 않았다.

가까운 희귀종공원까지는 마차로도 반나절이나 걸린다. 나
하사는 어항을 사고 마차를 불렀다. 마차를 기다리며 앉아 있
으니 거리의 사람들이 얼마나 혼란스러워하는지 그대로 보였
다. 이제 힐본세도 관광도시로서의 격이 떨어졌다. 왁자지껄
활기찼던 신전 앞 노점상과 관광객도 사라질 것이다. 아, 하지
만 역으로 생각하면 유일하게 해제된 주요봉인소니 오히려 관
광객이 올지도? 그런 생각을 하는데 갑자기 거리의 소란이 수
그러들었다.

"호외요, 호외!"

이상한 침묵 속, 소년들이 사람들 사이를 요리조리 뛰어다니며
또 다른 신문을 뿌리고 있었다. 나하사는 종이를 낚아챘다.

"적발의 무속검사가 조사를 위해 파견된대요!"

침묵은 오래가지 않았다. 사람들이 방금까지 보였던 불안감
은 온데간데없이 환호성을 지르기 시작했다.

"와아!"

"적발의 무속검사다!"

"니스너 실 누소즈가 온다!"
나하사는 자신도 모르게 외쳤다.
"어째서!"

　　드래곤 산맥을 조사한 뒤 때마침 마다스의 왕궁에 와 있
　던 니스너 실 누소즈, 침입자에 의해 해제된 칼리프스 신전
　의 봉인 조사를 위해 파견.

　휘날리는 적발에 매서운 눈빛, 잘생긴 얼굴까지 참 자세히도
그려 놨다. 나하사는 주저앉아 넋 나간 듯 종이만 바라보았다.
"그때 그 사람인가 개굴? 불운하구만 개굴."
"그러게……."
나하사는 힘없이 고개를 끄덕였다.
"빨리 이 녀석 데려다 놓고 얼른 튀어야겠다……."

　이칼리노의 신관 래이 줄이 근엄한 표정으로 손을 흔들었
다. 미힐의 시민들이 열기에 찬 얼굴로 환호했다. 갈색 머리에
인자한 아저씨 같은 인상의 래이는 시민들에게 인기가 많았
다. 그러나 그들 대부분은 사실 다른 이를 보기 위해 이 자리
에 모여 이런 열띤 함성을 보내고 있는 것이다.
　"니스너!"
　"니스너!"

사람들은 하나같이 한 명의 이름만을 외쳤다. 니스너 실 누소즈. 이바노브의 희망. 대륙에서 손꼽을 정도로 강하면서도 겸손한 점과 건강한 구릿빛 피부에 듬직한 체구, 잘생긴 얼굴과 타오르는 듯한 붉은 머리는 남녀노소를 매료시켰다. 그는 이 시대의 아이콘이나 다름없었다.

비행선이 점점 땅과 가까워질수록 환성도 점점 거세졌다.

"와아! 니스너 실 누소즈 만세!"

"니스너 실 누소즈 만세!"

어느 음유시인도, 어느 나라의 황자도 이 정도 환호는 받지 못할 것이다. 사람들은 자발적으로 모여 귀가 떠나가라 소리를 질렀다.

비행선이 착륙하고, 니스너가 래이의 뒤에서 모습을 드러냈다. 환대에 익숙한 니스너는 그만을 바라보며 환호하는 많은 이들에게 손을 흔들었다. 바닥에 깔린 붉은 융단에 내려서자 환호는 더 거세어졌다.

래이가 웃는 낯을 유지한 채 복화술 하듯 속삭였다.

"시끄러워 죽겠는데 오늘은 세레모니 같은 거 하지 말고 빨리 들어가죠."

니스너는 잠시 고민하다가 살짝 고개를 끄덕였다.

"이곳 사람들은 목청도 좋군."

물론 둘의 대화를 알 리 없는 시민들은 그저 환호성을 지를 뿐이었다.

미힐 시장이 니스너 앞에 서서 허리를 숙였다. 자신의 할아버지뻘 되는 이의 인사를 니스너는 당연하다는 듯 받았다. 어쨌든 작위는 자신이 더 높은 것이다.

미힐 시장이 인사를 끝낸 후 말했다.

"성까지 거리가 조금 있습니다. 마법진을 준비했으니 오시지요."

"신전부터 들르겠다."

니스너의 말에 시장이 감동받은 눈으로 니스너를 보았다. 역시 이 시대의 영웅답구나. 쉬지도 않고 바로 신전으로 향하다니!

니스너와 래이의 뒤로 그들의 짐과 말, 하급 신관 두 명과 기사 셋이 뒤따랐다.

"제가 안내하겠습니다."

시장은 대륙적으로 수치스러워해야 할 봉인 해제 사건이 즐겁기만 한 듯 계속 웃고 있었다. 은색 휘장을 찬란하게 두른 마차에 올라탄 시장이 앞장서서 신전으로 향했다. 니스너와 래이도 말에 올라 마차의 뒤를 따랐다. 래이가 그들을 뒤따르는 병사들에게는 들리지 않을 정도로 작게 속삭였다.

"같은 놈이겠지요?"

"음."

니스너는 마다스의 작은 신전을 떠올렸다. 너무 작고 허름

한 신전인 데다 드래곤 산맥에서 비밀리에 받은 황명을 수행하느라 신경 쓰지 못했지만, 그 신전의 봉인도 깨진 지 얼마 되지 않았다. 이곳은 마다스와 그리 멀지 않은 곳이니 범인이 같을 확률이 높았다. 두 남자의 머릿속에 후드를 뒤집어쓰고 있던 조그만 체구의 마법사가 떠올랐다. 만약 그 마법사가 쓴 마법이 정말로 흑마법이라면, 그건 전 대륙을 뒤흔들고도 남을 대사건이다. 확신할 수 없어서 황성에 보고하지는 않았지만 둘은 심중으로 확신했다. 그 마법사는 흑마법을 썼다. 그리고 어쩌면 봉인을 깬 자 또한……

래이 줄은 문득 돋아난 소름에 고개를 흔들고는 혼잣말처럼 중얼거렸다.

"주요봉인소의 봉인을 깬 거 보면 분명히 보통 놈은 아닐 텐데."

조그만 목소리를 들은 니스너 실 누소주가 그를 내려다보고 한쪽 눈썹을 올리며 물었다.

"그래서, 겁나나?"

니스너의 말에 래이가 피식 웃었다.

"설마요. 적발의 무속검사가 곁에 있는데."

바로 그 적발의 무속검사를 피해 나하사는 최대한 빠른 속도로 희귀종공원에 향하고 있었다.

"좀 느린 것 같은데 더 빨리 달려 달라고 할까."

직접 말을 몰지 않고 마부를 고용한 나하사가 편안한 마차 안, 푹신하고 커다란 방석 위에 누워 뒹굴며 중얼거렸다. 둥그런 어항에서 연자리가 팔딱팔딱 뛰며 뭐라 말하고 있었지만, 나하사는 알아들을 수 없었고 구르는 잠에 빠진 지 오래였다.

"뭐야? 수질이 맘에 안 들어?"

연자리는 입만 뻐끔뻐끔댔다.

"배가 고픈가?"

오면서 산 물고기 먹이를 주머니에서 주섬주섬 꺼냈다. 조그만 깨알 같은 것들이 색색으로 들어 있었다.

한 움큼 쥐어 물 위에 뿌려 주니 한입에 다 먹었다. 배가 많이 고팠구나. 나하사는 다시 한 움큼을 넣어 주었다. 그런데 이번에는 먹지 않았다.

"왜 그래?"

오히려 꼬리로 먹이를 밀어낸다.

"맛이 없어?"

연자리가 수면 아래에서 몸을 살랑살랑 흔들었다. 저게 긍정인지 부정인지 모르니 답답하다.

"맛이 없는 거면 참고 먹어. 이거 말고는 안 사 왔으니까."

아마 연자리도 답답할 것이다. 나하사의 말을 알아들을 수 없으니까. 그냥 움직임 없이 지켜보고 있으려니 연자리가 슬금슬금 다시 먹이를 먹었다. 역시 배가 고팠구나, 하고 나하사는 다시 듬뿍 뿌려 주었다.

마차는 돌길 위라도 달리는 것처럼 거칠게 흔들렸다. 최대한 빨리 달려 달라고 했으니 어쩔 수 없었다. 몸을 실은 것은 거세게 달리고 있는데, 정작 그 안의 자신은 태평하게 누워만 있으니 기분이 묘했다.

나하사는 눈을 감고 생각했다. 적발의 무속검사는 도착했을까? 비행선을 타고 왔겠지. 이미 미힐에 도착해 쉬고 있을 터였다. 아니, 우선 신전부터 들를지도 모른다. 어차피 상관없다. 신전에 자신의 흔적 따위는 남아 있지 않고, 자신은 신전과 멀리 떨어진 희귀종공원에 가는 중이다. 겁낼 필요 없다.

남자치고 기다란 속눈썹이 그늘을 만들었다. 이대로 있다가는 잠들 것 같아 나하사는 눈을 떴다. 연자리는 이제 배가 부른지 먹이를 먹지 않고 어항 속에서 소년 마법사를 바라보고 있었다. 노을보다 붉고 깊은 눈을 보고 있으려니 나하사는 무슨 말이라도 해야 할 것 같은 느낌이 들었다.

"어항이 좁지? 조금만 참아. 넓은 곳으로 데려다 줄 테니까."

물론 연자리는 대답이 없었다.

"갇혀 있긴 하지만… 괜찮을 거야. 안전한 곳이니까."

나하사의 말투는 마치 자기 합리화처럼 들렸다. 어쩔 수 없었다. 희귀종공원이 최선의 선택이었다. 그곳이 아니면 인간이 아닌 다른 종족은 이 대륙에 설 곳이 없었다.

"네가 갇혀 있는 동안 많은 게 변했어."

중얼거리던 나하사가 문득 피식 웃었다.

"알아듣지도 못할 말을 나는 왜 하고 있는 거지."

구르는 자고 있고 마차는 달리고 있고 앞에는 인간의 말을 하지 못하는 인어족 마물이 있다. 새삼 자신의 상황을 인식했다. 여기서 무슨 말을 지껄여도 들을 사람이 없다. 나하사는 팔을 베고 드러누웠다.

"이럴 때가 아닌데. 빨리 봉인소를 다 돌아야 하는데…… 정말 주요봉인소를 모두 깨 놨는데도 마왕이 부활하지 않으면 어쩌지. 그냥 이번에 너 말고 딱 마왕이 부활했으면 좋았을 텐데 말이야."

연자리를 보며 혼잣말을 했다.

"빨리 다 끝내고 쉬고 싶다. 엄밀히 말하면 쉬는 게 아닌가. 마왕이 부활하면 쉬기는커녕 그냥 다 끝나 버리겠지……."

"……."

"그래도 빨리 부활시키고 모든 일을 내려놓고 싶어. 연자리, 너는 봉인에서 풀려난 지 얼마 안 돼서 세상이 멸망하면 싫겠지만 말이야……."

나하사는 벽에 말하는 심정으로 자기 신세를 한탄했다. 연자리는 어항 안에서 빙글빙글 돌고 있었다.

"나도 세상을 멸망시키고 싶다거나 하는 건 아니지만. 어차피 나는 마왕을 부활시키지 않으면 안 되니까…… 그냥 그 일을 끝내고 쉬고 싶은 거야. 그 일을 끝내지 못하면 나는 죽을 수도 없거든. 무슨 말인지 모르겠지? 아…… 나 지금 뭐하는 거냐, 물고기한테."

자조적으로 말하고는 벌떡 상체를 일으켰다. 무릎을 세워 양팔로 껴안고 무릎에 얼굴을 묻었다. 마왕의 부활을 꿈꾸는 어린 마법사는 다시 중얼거렸다. 진짜 쉬고 싶다. 빨리 마왕을 부활시켜서…… 세상이 멸망하든 말든, 이젠 떠나고 싶다.

그리고 구르가 일어나 개굴개굴 시끄럽게 떠들 때까지 나하사는 말없이 무릎에 묻은 얼굴을 들지 않았다. 연자리는 작은 어항 속에서 그 모습을 모두 지켜보았다.

날씨는 포근하고 좋았으나 희귀종공원은 휑했다. 아마 대부분의 사람들이 니스너 실 누소즈를 구경하러 갔을 것이다. 무료인 줄 알았는데 입장료가 있었다. 나하사는 값을 지불한 뒤 어항을 껴안고 공원 안으로 들어갔다.

희귀종공원은 전 대륙과 바다에 퍼져 있는 희귀종을 모아서 종의 번식을 장려하겠다는 취지로 만들어졌다. 그러나 이바노브 아시오의 희귀종공원의 규모가 커지면서 명성이 높아지자, 다른 나라에서도 너 나 할 것 없이 관람객을 위한 공원으로 만들어 버렸다. 지금에 와서는 기념일에 가족과 구경 가는 오락시설이 되었다. 반면, 이바노브 아시오의 희귀종공원은 아직도 제 역할에 충실했다. 돈을 받고 사람들에게 구경시키는 게 아니라, 그야말로 멸종 위기종의 안전한 쉼터로 존재했다. 힐본세의 희귀종공원은 지금 보니 오락 시설인데 말이다. 나하사는 혀를 찼다. 역시 이바노브 아시오가 좋은 나라긴 하다.

정문 오른쪽에 커다란 공원 안내도가 보였다. 인어족은 왼쪽 길로 따라가면 보이는 온실을 지난 다음, 조금 더 걸어가면 보이는 호수에 있었다. 커다란 어항을 들고 칙칙한 로브를 입은 작은 체구의 남자를, 청소부 아저씨가 희한한 것을 보는 듯한 눈길로 쳐다보고 지나갔다. 인어족의 호수는 투명하고 둥근 돔형 천장 아래에 있었다. 입구 오른쪽 팻말에 인어족을 설명하는 안내 문구가 쓰여 있었다.

"성인 인어가 열다섯이나 되네. 인어족 수명이 백오십에서 이백이니까…… 어쩌면 이놈이랑 아는 인어가 있을지도 모르겠다."

구르가 나하사의 머리 위에서 펄쩍 뛰었다.

"이놈이라니 무슨 상스러운 단어인가 개굴. 인어족의 여왕 마마께!"

이번엔 나하사가 펄쩍 뛰었다.

"누가 여왕이야?"

"아직도 몰랐나? 연자리 님은 인어족의 순혈 여왕 마마시다 개굴."

"……암컷이었어?"

나하사가 어항 안의 은색 물고기를 들여다보았다.

"저 아름다운 비늘, 은은하게 빛나는 은빛과 아가미부터 꼬리지느러미까지 뻗은 유려한 자태를 보면 모르겠나 개굴."

절대 모르겠는데. 나하사의 속마음을 모르는 구르는 아름다움에 취한 듯 말을 이었다.

"마음씨도 상냥하시고 말투에서도 기품이 느껴지는 이분을 어떻게 놈이라고 칭할 수 있나 개굴! 사과해라 개굴."

"어, 그래. 미안."

나하사가 순순히 사과하자 연자리가 입을 뻐끔뻐끔댔다. 구르가 잽싸게 통역했다.

"괜찮다고 하신다 개굴. 정말이지, 마음이 넓은 분이시다 개굴."

"⋯⋯."

아니, 암수 구분이 있는 게 당연하긴 한데⋯⋯ 결국 생선일 뿐이잖아? 나하사는 슬쩍 연자리를 보았다. 투명한 물 아래에 은색의 보석이 가라앉아 있는 것 같았다. 확실히 아름답게 생긴 물고기니까 물고기들 사이에서는 미인 대우를 받을지도 모른다. 게다가 여왕이었다니! 어쩐지 연자리에게 미안한 마음이 들었다.

호수는 넓었다. 투명한 유리벽이 호수를 빙 두르고 있었다. 그냥 마법으로 넘어갈까 했지만 관광객이 대여섯 정도 있었다. 다리가 네 개 달린 어족(魚族)인 족어족(足漁族)이 둥지를 이루고 사는 커다란 삼나무가 맞은편 호숫가에 있었는데, 호수가 워낙 커서 손가락 한 마디 정도로밖에 보이지 않았다.

"족어족과 인어족이 같이 있나 보네."

나하사는 한 번도 족어족을 본 적이 없었다. 약간 흥미를 느끼며 말했으나 구르는 관심이 없었다. 연자리와 무슨 대화를 나누는가 싶더니 나하사에게 말을 걸었다.

"나하, 나하는 수컷이 아닌가 개굴?"

"뭐? 갑자기 무슨 말이야?"

"그래. 나하는 인간치고는 제법 괜찮게 생겼으니 둘은 좋은 짝이 될 거다 개굴."

"……"

나하사가 어깨를 떨었다. 불길한 예감이 들었다.

"누구랑 좋은 짝이 된다는 거야."

"누구긴! 나하가 들고 있는 어항 속의 아름다운 연자리 님이시지 개굴."

어항 안의 은색 물고기를 바라보았다. 아름다운 생김새에 무려 신분이 여왕이다. 그러나……

"나는 인간이야."

나하사는 관광객들과 거리가 먼 호수 서쪽 유리문 방향으로 성큼성큼 걸음을 옮겼다.

"앞으로 연인 같은 거 만들 마음도 없지만, 설사 그런 맘이 생기더라도 절대 물고기랑은 되지 않을 거다."

어항 속 흔들리는 물속에 들어 있는 것은 아무리 아름다운 은빛이라 해도 물고기였다. 물론 성인이 되면 인간의 형체가 되기도 하고 의사소통도 할 수 있지만, 그래도 결국 생선의 한 종류인 것이다!

"인간 수컷들은 예쁜 암컷이면 다 좋아하는 게 아니었나 개굴?"

나하사의 목소리에서 진심을 읽은 구르가 정말로 의아한 듯 물었다. 물론 인간 남성 중에는, 그것도 나이 먹을 대로 먹은 부류 중에는, 암컷이고 뭐고 예쁘기만 하면 종이 다르든 성별이 같든 상관하지 않는 발정 난 족속들이 있다. 그러나 나하사는 결단코 아니었다.

"다시 생각해 봐라 개굴. 후회할 거다 개굴."

"아무리 예뻐도 생선이잖아!"

나하사가 결국 소리쳤다. 반대편의 관광객 둘이 이쪽을 바라보았다. 나하사는 얼른 입을 다물고 고개를 작게 끄덕여 죄송하다는 표시를 했다.

"아무튼 그만해. 난 절대 그럴 마음 없으니까."

"알았다 개굴. 평생 후회나 해라 개굴."

끝까지 거슬리게 하는 구르의 말을 참고 들으며 유리문 가까이에 멈추어 섰다. 유리문은 열리지 않도록 마법으로 보호되어 있었다. 세간에서는 고위마법일지 몰라도 나하사에게는 아무것도 아니었다. 구르는 나하사의 머리 위에서 바닥으로 뛰어내려 유리문에 바싹 붙었다.

"오오, 모이기 시작한다 개굴."

구르의 말대로 나하사가 서 있는 유리문 앞 호수 수면에 은빛 지느러미들이 비치기 시작했다. 팔뚝만 한 것도 있고 더 작은 것도 있었다. 동족의 기운을 느끼고 모이는 것이다. 관광객을 무시하고 그냥 넣고 나갈까, 아니면 관광객 나갈 때까지 기다릴까……. 잠시 고민했으나 결론은 나 있었다. 수상한 마법사가 강제로 유리벽 안에 들어가 희귀종 인어족을 넣어 두고 갔다고 일부러 나서서 알릴 필요는 없었다. 어차피 니스너 실누소즈가 이곳까지 올 일도 없을 테니, 그냥 인어족과 족어족, 그리고 호수 안의 희귀 종족들을 구경하며 관광객이 없어지기를 기다리기로 했다. 그러나 그렇게 결심한 순간,

"꺄아아악 꺄아아아!"

밖에서 시끄러운 소리가 들려왔다. 언뜻 비명 같지만 자세히 들어보면 환성이었다.

"뭐지?"

나하사가 고개를 갸웃하며 입구 쪽을 보니 웬 대인원이 들어오고 있었다. 나하사의 눈이 점점 커졌다.

힐본세의 칼리프스 신관들, 갑옷을 입은 미힐 시의 기사들, 하늘색 천으로 어깨를 감싸고 앞으로 늘어뜨린 이칼리노 신관 특유의 복장을 한 갈색 머리 중년 남자. 그리고…….

"니스너 실 누소즈!"

"저, 적발의 무속검사다!"

조용히 관광하고 있던 관광객이 놀라 소리쳤을 때, 나하사

는 이미 빛의 속도로 투명마법을 시전한 후였다.

　호수를 구경하고 있던 관광객 다섯 명이 주인을 맞이한 강아지처럼 꼬리를 살랑거리며 니스너 주위를 맴돌았다. 그러나 미힐시의 기사들에 의해 영웅의 곁에서 떨어져 나가고 말았다.
　"지금 칼리프스 신전 봉인 해제 사건을 조사 중이십니다."
　"귀찮게 하지 마세요."
　마치 니스너 실 누소즈의 개인 매니저 같았다.
　"정말 여기 오면 알 수 있을까요?"
　갈색 머리 신관, 래이 줄이 성큼성큼 호수를 향해 걷는 니스너의 뒤를 상대적으로 짧은 다리로 쫓으며 물었다.
　"그래, 그 신전에는 분명히 인어족이 봉인되어 있었어. 같은 인어족이라면 동족의 기적을 느낄 수 있겠지."
　게다가 그는 세계 모든 종족의 언어를 알아들을 수 있었다. 자신 있게 걷던 니스너가 문득 걸음을 멈췄다. 그는 눈을 가늘게 뜨고 호수 유리벽 출입문 쪽을 바라보았다.
　"니스너 님?"
　"뭔가 있어."
　갸우뚱하는 래이를 내버려 두고 니스너는 출입문 쪽으로 걸음을 옮겼다.
　투명마법을 시전 중이던 나하사는 깜짝 놀랐다. 최고 수준으로 시전해도 보인단 말이야? 아니다, 그럴 리가 없다. 아무리 니스너 실 누소즈라도 고대마법의 최고 수준을 깰 수 있을 리가 없다. 나하사는 출입문 옆에서 어항을 껴안고 숨을 죽였다.

"뭔가가 있는데……"

니스너가 바로 앞까지 왔다. 니스너의 눈에는 더운 여름날 아지랑이처럼 투명하게 흔들리는 무언가의 형체가 보였다. 니스너가 손을 뻗어 봤지만 손은 투명한 형체를 그대로 통과했다.

"뭐 하십니까?"

래이를 비롯한 신관과 기사들 모두가 니스너를 이상하다는 눈으로 보았다.

"너희 눈에는 보이지 않겠지만 이곳에 뭔가가 있어. 어이, 래이."

"예?"

"반(反)흑마법을 펼쳐라."

이해할 수 없는 니스너의 명령에 고개를 갸웃하면서도 래이는 신관들 쪽으로 걸어갔다. 기사들이 민간인을 내보내고 출입문을 닫았다. 니스너는 상대가 흑마법을 하는 것으로 생각하고 명령했지만, 사실 나하사의 마법은 흑마법과는 종류가 달라서 전혀 위협이 되지 않았다.

나하사는 잠시 고민하다가 우선 이곳을 피하기로 했다. 어항을 들고 출구 쪽으로 몸을 돌렸다.

형체가 움직이는 것을 보고 당황한 니스너가 어떻게든 막아 보려 했지만 니스너의 팔은 형체를 통과해 버렸다.

"래이, 어서 마법진을······!"

이대로 두면 건물 자체도 통과할 것 같다. 그러나 니스너가 할 수 있는 일은 아무것도 없었다.

나하사는 자기를 졸졸 따라다니며 막아 보려 하는 그 모습에, 니스너 실 누소즈에 대한 이미지가 점점 깨지는 것을 느꼈다.

그 와중에 연자리는 물을 휘저으며 뭔가 계속 말하고 있었다.

"나 말해도 되나 개굴?"

"이 바보ㄱ··· 윽!"

"개굴? ···이 바보?"

구르가 바보같이 목소리를 내 말하고 말았다. 그리고 나하사도 바보같이 목소리를 내 버렸다. 목소리는 니스너뿐 아니라 래이를 비롯한 신관과 기사들에게도 들렸다.

"어린 소년 목소린데요."

"개굴··· 개굴이라고?"

제길! 나하사가 어깨 위의 구르를 흘겨보았다. 그러나 구르는 자신이 저지른 일에는 관심이 없어 보였다. 오히려 연자리를 보며 고개를 끄덕이는 폼이 심상치가 않았다.

"그냥 지금 자기를 동족의 품으로 보내라고 하신다 개굴!"

"야!"

"자기를 보내면 어떻게든 할 수 있다고 하신다 개굴. 어서 빨리 호수로 들어가라 개굴!"

으아, 미치겠네. 왜 그걸 모든 사람 들으라고 소리치는데?

구르의 말을 들은 신관과 기사가 모두 호수로 우르르 몰려가
빙 둘러쌌다. 나하사는 머리가 아파지는데 구르는 어서 들어
가라며 재촉해댔다. 어쩔 수 없다.

"연자리, 그 하늘 나는 거 해!"

나하사는 구르가 통역을 하기도 전에 어항을 손에서 놓았
다. 어항은 챙그랑 소리를 내며 산산조각이 났고, 연자리는 땅
에 떨어지는 듯하다가 곧 커다란 풍선 형태가 되어 둥실 떠올
랐다. 나하사와의 연결이 떨어지자 연자리에게 걸린 투명마법
이 해제되어 니스너와 사람들의 눈에 보였다.

"뭐, 뭐야! 저 복어 같은 건?"

"마물이다!"

"인어족입니다!"

연자리가 곧장 호수를 가로막은 마법벽으로 날아갔다. 그러
나 벽에 가로막혀 움직일 수 없다. 구르가 그 모습을 보고 답
답한 듯 외쳤다.

"나하, 연자리 님을 동족과 닿게 해야 한다 개굴!"

"알았어, 시끄러워."

나하사는 로브 후드를 뒤집어쓰고 투명마법을 풀었다.

"너는……!"

니스너가 눈을 커다랗게 떴다. 개굴이라기에 설마설마했지
만 정말 그때 그 소년이었던 것이다.

"인어족을 잡아라!"

기사들이 연자리에게 달려갔다. 연자리는 그들의 손이 닿지 못하게 더욱 위로 떠올랐다. 기사들이 그물총을 꺼냈다.

"연자리 님을 어서 개굴!"

기사들은 그물총을 꺼내 연자리에게 발사하고, 신관들은 다시 봉인마법을 펼치려 하고, 니스너는 나하사에게 손을 뻗어 어깨를 잡으려 하는 일촉즉발의 상황이었다.

"밀 · 지알라 · 완!"

단 다섯 자의 음성에, 모든 것이 멈추었다. 자신을 제외한 모든 움직임을 멈추는 고대마법이다. 그물총에서 튀어나온 그물이 연자리 바로 코앞 공중에 멈춘 채 떠 있었다. 우왕좌왕하던 기사들이 그대로 굳어 눈동자만 댕그르르 움직였다. 주문을 외우던 신관들의 입도 그대로 굳었다. 니스너의 손가락은 거의 나하사의 어깨에 닿을락 말락 했다. 나하사가 니스너를 보았다. 아깝게 됐네요, 죄송. 속으로 말하고는 슬쩍 물러나는데 니스너의 손이 나하사의 어깨에 툭 걸쳐졌다.

"······?"

나하사가 기겁을 하는 것을 보고 적발의 잘생긴 남자는 씨익 웃었다.

"힘···들지만, 움직···일 수는··· 있군."

"무슨······!"

고대마법이 통하지 않는 사람은 처음 보았다. 과연 태어나자마자 모든 신에게서 축복을 받았다고 일컬어지는 사람답다.

하지만 힘겹게 말을 하는 것을 보면 분명, 아예 안 통하는 것은 아니었다.

"밀!"

나하사는 다시 한 번 주문을 외웠다. 최고 수준은 아니나 그에 비슷한 수준이다. 이제는 안 되겠지?

"으……."

그러나 니스너는 손에 힘은 주지 못했지만 여전히 입술을 달싹이고 있었다. 역시 대단하다. 니스너 실 누소즈…… 과연 적발의 무속검사(無速劍士). 나하사는 속으로 경이로워하며 뒤로 물러났다. 이번에는 붙잡지 못했다. 구르에게 걸린 시간을 멈추는 마법을 풀어 주자 구르는 급하게 말을 쏟아냈다.

"어서 연자리 님을……!"

연자리는 공중에서 부풀어 오른 그 상태 그대로였다.

"플라잉flying."

나하사가 연자리 곁으로 훌쩍 날아올라 마법을 풀어 주었다. 연자리가 입을 뻐끔거렸다.

"어서 동족의 품에 보내 달라고 하신다 개굴!"

"말 안 해도 그럴 생각이었어."

나하사가 땅에 내려오자 연자리도 따라 내려와 나하사의 머리 옆을 둥둥 떠다녔다. 머리 주위를 빙글빙글 도는 것이 사람이었다면, 발을 동동 구르고 있는 것 같은 모양새였다. 나하사는 심호흡을 한 번 했다. 고대마법을 시전하고 있는데 벌써 마법 하나를 동시에 썼다. 또 한 번 쓰면 지금과는 비교도 할 수 없을 정도로 피곤해질 것이다. 그러나 해야 했다.

"언록unlock."

유리벽 문은 마법 하나로 쉽게 열렸다. 열린 문 안으로 연자리가 쌔앵 날아가 그대로 호수에 풍덩 들어갔다.

"나하, 괜찮은가 개굴?"

"…아니."

나하사가 머리를 짚으며 주저앉았다. 기력이 반은 줄어든 것 같다. 으, 머리 아파.

"좀 쉬어야겠다……."

마법은 풀리지 않으니 일단 조금 쉬다가 움직여야겠다고 생각하며 유리벽으로 엉금엉금 기어갔다. 그 모습을 구르가 걱정스럽게 올려다보았다.

"많이 아파 보이… 나하사!"

"깜짝이야."

갑자기 소리쳐서 엄청 놀랐다. 작게 말해도 들리는데, 안 그래도 머리 아파 죽겠는데 왜 이러는 거야? 나하사는 구르를 불만스럽게 바라보다가 그대로 굳고 말았다.

"잡았군."

어깨를 잡는 억센 힘과 함께 낮은 목소리가 들려왔다.

"하, 하하……."

한쪽 입꼬리만 올려 간신히 웃고 살짝 뒤돌아보았다. 신관과 기사들은 여전히 그대로 멈춰 있었다. 분명히 마법은 풀리지 않았다. 그런데도 정신이 흐트러져 마법 강도가 낮아지자 니스너 실 누소즈가 움직인 것이다.

"다시 마법을 부리면 곤란하니까."

니스너가 나하사의 어깨를 잡고 돌리더니 한 손으로 나하사의 입을 틀어막았다. 다른 한 손으로는 두 팔목을 잡아 손수건으로 단단히 묶었다. 한 손으로도 능숙한 솜씨였다. 커다란 손이 입을 막으니 숨도 제대로 쉴 수 없어 나하사가 눈을 찌푸렸다.

"나하를 놔라 개굴!"

구르가 뛰어들었으나 니스너는 한 손으로 잡아채 그대로 기절시켜 버렸다.

"꾸엑."

개구리다운 비명을 지르고 쓰러졌다. 바보 자식…….

나하사는 이 와중에도 손가락만으로 마법 부리는 법을 배워놔서 다행이라고 생각했다. 비록 지금은 기력이 다해서 절대 못 쓰겠지만, 조금 쉬었다가 써야지.

"입을 막을 것이 필요한데… 포기하고 어서 저들에게 건 마법을 풀지 그러나."

나하사는 눈을 감았다. 부정의 표현이었다.

"뭐, 딱히 지금 안 풀어도 된다. 이대로 있다가는 지쳐서 먼저 풀겠지. 우선 나라도 널 잡아 묶어 놔야겠군."

한쪽 무릎을 꿇고 나하사와 눈높이를 맞추고 있던 니스너가 나하사를 옆구리에 끼고 일어섰다. 아무리 그래도 너무 가볍게 든다는 생각에 살짝 감았던 눈을 뜬 나하사는, 자신의 허리를 감싸 든 듬직하고 굵은 팔뚝에 질린 표정을 지었다.

"마다스의 봉인도 너지? 어째서 봉인을 깨고 다니는 건지 설명해 줘야겠다."

니스너가 유리벽 문을 막 통과하는데 호수에서 거대한 물소리가 들렸다. 쏴아아 하고 마치 폭포가 떨어지는 듯했다. 뭔 분수 이벤트라도 하나 싶어서 니스너는 무심코 뒤를 돌아보았다. 그곳에는,

"……!"

"그대는 멈추시오."

눈을 의심하게 할 정도로 아름다운 여인이 수면에 서 있었다. 빛나는 은색 머리칼은 수면에 닿을 만큼 흘러내리고, 기다란 속눈썹은 눈 밑에 그림자를 만들어냈다.

"그 인간의 아이를 놓으시오."

마음의 깊은 곳을 울리는 엄숙하고도 기품 있는 목소리였다. 여인이 천천히 눈을 뜨자 맑고 깊은 물빛 눈동자가 나타났다. 도자기 같은 하얀 피부와 분홍색으로 은은하게 빛나는 입술, 갸름한 얼굴선을 지닌 어디 하나 빠지는 데 없는 청초하고 아름다운 미녀였다. 그러나 문제가 하나 있었다. 하얀 목 아래를 은색 머리카락으로 간신히 가리고 있을 뿐, 아름다운 하얀 나신을 그대로 드러내고 있다는 점이었다. 여인은 긴 머리카

락으로 아슬아슬하게 몸을 가린 채, 물 위를 사뿐사뿐 걸었다.

"그 아이를 놓으시오."

그동안 수많은 미녀를 보아 왔던 니스너의 눈에도 지금까지 본 적 없는 미인이었지만, 그렇다고 해서 그 말을 들어줄 수는 없었다.

"그럴 수는……!"

"지금, 당장."

그러나 여인의 말이 끝나자마자 니스너의 손에서 저절로 힘이 빠졌다.

"이게 무슨……?"

니스너가 눈을 크게 떴다. 나하사는 바닥에 떨어져 숨을 가다듬었다.

"언…령!"

여인은 표정 없는 아름다운 얼굴로 다시 입을 열었다.

"그대는 내가 하는 일을 방해할 수 없소."

여인이 단정하듯 말하자, 잘생긴 적발 검사의 몸이 굳어 움직여지지 않았다. 니스너는 그림 속에서 튀어나온 듯한 아름다운 여인이 자신의 실력으로는 범접할 수 없는 영역의 존재라는 사실을 깨달았다.

여인이 호숫가 바로 앞까지 다가왔다. 너무나 아름다워 그야말로 여신의 현신 같았다. 나하사는 녹색 눈을 크게 뜨고 여인을 올려다보았다. 마치 달처럼 신비로운 매력의 여인은 입꼬리를 살짝 들어 달빛과 닮은 미소를 지었다.

"고마웠습니다."

니스너에게 말할 때와는 달리, 상당히 부드럽고 따뜻한 목소리였다.

"…연자리?"

나하사는 자신보다 적어도 다섯 살은 많아 보이는 미녀를 올려다보았다.

"연자리…세요?"

도저히 반말을 할 수 없는 부드러운 카리스마가 느껴졌다. 연자리로 추정되는 미녀는 부드럽게 답했다. 목소리 또한 옥쟁반을 구르는 구슬 같았다.

"말은 알아들을 수 있으나 성대가 없어서 목소리를 내지 못했습니다. 그대는 내가 인간의 언어를 안다는 것을 모르고 그런 말들을 한 거겠지요? 정말 미안하게 생각합니다."

그런 말들……

나하사는 마차 안에서 온갖 푸념을 했던 게 기억났다.

"당신의 짐을 덜어 주고 싶다고 생각했습니다."

나하사의 얼굴이 붉게 익는 것을 보며 연자리가 아름답게 미소 지었다. 조금 쓸쓸함이 담긴 미소였다.

"할 수 있다면 그대의 연인이 되어 그대의 안식처이고 싶었는데…… 생선은 싫다고 하셨죠. 아쉽습니다."

제길!

"아니, 나는 그게 아니라······."

"나는 동족들과 먼 곳으로 떠나 살 생각입니다."

나하사가 제대로 변명을 하기 전에 연자리가 말을 이었다.

"마계에 갈까 했지만··· 마왕이 아직 부활하지 않았더군요. 우리는 북국의 바다로 가겠습니다."

소년이 눈을 커다랗게 떴다.

"공간 이동을 하겠다고?"

"나는 모든 물의 생물을 다스리는 인어족의 여왕. 그 정도 일은 할 수 있습니다."

나하사가 기절한 채 바닥에 쓰러져 있는 개굴족의 왕을 돌아보았다. 비교가 돼도 한참 되는구나.

"나하사······."

연자리의 목소리에는 희미한 안타까움이 묻어 있었다.

"그전에 우선 당신을 원하는 곳으로 보내 주겠습니다."

"······."

나하사는 다시 연자리를 올려다보았다. 너무나 아름다워 마치 달빛 같다. 어두운 밤, 따뜻한 위로가 되어 주는 달. 나하사가 천천히 고개를 끄덕이자 연자리가 다시 미소 지었다. 부드럽게 접히는 눈이 슬퍼 보였다.

"눈을 감고··· 원하는 장소를 머릿속으로 상상하세요."

나하사는 굳어 있는 니스너에게 고개를 살짝 숙여 보이고는, 구르를 품에 안고 마지막으로 연자리를 보았다.

"안녕, 잘 살아."

"…네. 안녕히."

나하사는 눈을 감았다. 이왕 옮겨 주는 거 최대한 멀리 가자. 볼에 부드럽고 따뜻한 것이 살짝 닿았다. 오른쪽 귓불에 조금 따끔한 느낌이 들고 곧 아득해졌다.

웬만한 고대마법보다 상위에 있는 최고위 마법, 텔레포트. 이건 반드시 알아 둬야 한다.

나하사가 눈을 떴을 때 자신은 이미 숲 속 한가운데에 떨어져 있었다. 아직 마법의 여운이 남았을 거라는 생각에 재빨리 마법의 구축식을 볼 수 있는 주문을 외웠지만 뒷부분밖에 얻지 못했다. 나하사는 우선 급한 대로 흙바닥 위에 손가락으로 적어 놓았다. 이걸 연구해서 알아내는 수밖에…….

"아."

문득 나하사는 움직임을 멈추었다. 방금의 이별을 아쉬워하기도 전에 마법 구축식부터 생각하는 자신이 한심해졌다. 한숨을 쉬며 차가운 흙바닥에 주저앉았다. 그 생선이 그런 미녀로 변할 줄은 꿈에도 몰랐다. 나하사는 오른쪽 귓불을 만졌다. 작고 동그란 것이 만져졌다. 손으로 빼서 보니 맑은 바다색 구슬이 달린 조그만 귀걸이였다. 자세히 들여다보자, 조그만 구슬 안쪽에 바다 물결이 신비롭게 넘실거리는 것이 보였다.

"인어의 눈물……."

나하사가 아연해서 중얼거렸다. 가격을 매길 수 없는 보물

중의 보물. 주인이라 인정한 자의 소원 단 하나만을 들어주고 아름다운 물거품으로 변해 사라진다는 전설의 보석. 현 대륙에서는 영원히 사라졌다고 일컬어지던 것……

"고마워, 연자리."

아름답고도 고귀한 인어족의 여왕.

힐본세의 마지막 핏줄을 죽인 것은 그자가 자신의 어머니를 납치하여 희롱했기 때문이라고 했다. 여왕이기 전에 어머니를 사랑하는 딸이었던 연자리를 아마 오랫동안 잊지 못할 것 같다.

나하사는 종이와 펜을 꺼내 텔레포트의 구축식을 옮겨 적은 후, 기절한 건지 자는 건지 코를 고는 구르를 가방 주머니 안에 넣었다. 가방을 메고 일어나 앞을 보며 나하사는 걸어 나갔다.

자, 이제 또… 나의 할 일을 해야지.

제3장
바다의 섬에서 만난 네 사람

연자리가 공짜로 텔레포트를 해 준다기에 택한 곳은 바다의 섬이었다. 자신이 출발했던 마다스와는 극과 극인 최서쪽의 커다란 섬인 이곳은 여행자들의 신분 증명을 아주 철저히 검사하는 곳이다. 신분제도가 아주 강한 곳이라, 제대로 주민등록도 안 되어 있는 할렘 출신인 나하사는 출입하기가 부자유스러웠다. 섬의 이름은 바다의 섬이고 섬 안에는 세 나라가 공존하고 있는데, 삼국의 국경이 모두 겹쳐지는 지점이 바로 주요봉인소가 있는 곳이었다.

주요봉인소의 신전은 언제나 관광객으로 우글거린다. 배로는 오기 어려워 비행선을 타고 와야 하는데, 그것은 즉 부유한 계층의 관광지라는 뜻이다. 신전 앞은 미힐 시처럼 떡볶이나 어묵을 파는 분식점 대신, 차 한 잔에 5도르 하는 고급 찻집과 비싼 음식점이 즐비했다. 오른편에는 유명한 건축가가 만든 오페라 극장이 있고, 왼편에는 대륙적으로 유명한 쇼핑센터가 있었다. 신전과 좀 거리가 떨어져 있는 광장에서는 아이돌 음유시인의 공연이 한창이었다.

"노래가 흥겹다 개굴."

"그래? 난 좀 시끄러운데."

나하사는 고추 맛 특제 아이스크림을 빨며 사람들 사이에 서서 공연을 감상하고 있었다. 오랜만에 후드를 벗은 나하사의 갈색 머리가 따뜻한 바람에 살랑거렸다. 녹색 눈은 빗물을 머금은 숲처럼 반짝였고, 오른쪽 귓불에는 깊은 바다색 귀걸이가 달려 있었다. 귀엽게 웃으며 노래를 듣는 조그만 체구의 곱상한 소년과 갈색 머리 위에 앉은 커다란 개구리에게 사람들의 눈길이 꽤 자주 향했다.

"나하는 무가(舞歌)를 싫어하는구나 개굴."

"딱히 그런 건 아니지만⋯ 사람 지나간다."

구르가 잽싸게 입을 다물었다. 부채로 입을 가린 귀부인들이 지나가면서 말했다.

"그거 들었어요? 미힐에 있는 주요봉인소가 깨졌대요."

개굴 하고 마치 사람이 딸꾹질을 하는 것처럼 머리 위 구르가 울었다. 어디에서나 주요봉인소의 봉인 해제 사건은 이슈가 되고 있는 것이다.

"니스너 실 누소즈가 그곳에 파견됐다더군."

"그러니까요! 아, 여기 봉인소도 깨지지 않으려나. 그분의 용안을 뵙고 싶어라."

곧 그렇게 될지도 모른다. 물론 빈말이겠지만 봉인이 깨지길 바란다는 말을 할 정도로 니스너 실 누소즈의 인기는 상상을 초월했다. 아마 저 아이돌 음유시인과는 비교도 되지 않을 것이다. 나하사는 무대 위 아이돌 음유시인을 바라보았다.

"깊은 숲을 날아가는 너와 나의 사랑, 밤을 향해 달려가는 우리들의 사랑, Run, run, run love."

원대륙의 언어가 쓰인 노래는 활기찬 안무가 함께라 몹시 흥겨웠다.

"꺄아아아아! 러브 남매 사랑해요!"

"Run, run, 러브 남매 화이팅!"

십 대로 보이는 아이들이 환성을 지르며 아이돌 음유시인을 찬양했고,

"요즘 음유시인은 옛날의 감성적이고 숭고했던 맛이 없어."

"맞아요, 얼굴만 내세우려 하고."

나하사 뒤에 있던 중년 부부는 험담했다. 무대 위의 아이돌은 열다섯쯤으로 보이는 남녀 쌍둥이였는데, 여자아이는 한쪽으로 발랄하게 머리를 묶었고 남자아이는 목 뒤까지 기르고 있었다. 둘 다 금발에 푸른 눈, 오뚝한 코가 무척 예뻤다. 하얀 피부에 날씬한 체형의 둘은 숨차지도 않는지 몸을 움직이면서도 고른 음정으로 노래했다. 그 모습에서 얼마나 많은 연습을 했는지 알 만했다.

"아, 이럴 때가 아닌데."

잠시 서서 노래를 감상하던 나하사는 고추 맛 아이스크림을 마저 삼키고 노래가 끝나기 전에 광장을 빠져나왔다.

"신전은 밤에 들어간다고 하지 않았나 개굴?"

"여기는 신전에 들어가기 전에 차림새 검열을 하거든."

게다가 신전인 주제에 입장료가 200도르나 한다. 물론 아무데나 굴러다니는 돌멩이조차 세상에 둘도 없는 보석으로 가공할 수 있는 나하사에게는 껌 값이나 다름없는 금액이었다.

나하사는 쇼핑센터에 들어가 제일 먼저 눈에 들어온 상점으로 향했다.

"어서 오십시오."

여자 종업원이 친절하게 인사했다.

"저한테 어울리는 옷으로 한 벌만 주세요."

"손님한테요?"

종업원이 나하사를 아래위로 훑었다. 어깨 위에 개구리를 올려놓은 채 마법사 흉내를 내고 있는 이 어린 손님은 언뜻 보기에는 후줄근한 듯했다. 그러나 자세히 보면 대륙 최상단 드워프 마을의 원산지 표시가 되어 있는 로브를 입고 있었고, 신발 발꿈치 부분에는 대륙에서 손꼽히는 구두 장인 발릴의 인장이 그려져 있었으며, 오른쪽 귀의 귀걸이는 오묘한 푸른빛을 뿜는 게 척 봐도 고가였다.

"이쪽으로 오시죠."

종업원이 방긋 웃으면서 어린 손님을 상당히 값비싼 의류가 전시된 곳으로 안내했다. 나하사는 별말 없이 따라갔다.

"이런 건 어떠신가요? 물방울무늬가 상당히 귀엽답니다."

종업원이 손에 들어서 보여 준 옷은 아직 어린 학생들이나 입을 법한 귀여운 스타일의 옷이었다. 나하사의 표정이 찌푸려지는 것을 보고 종업원이 재빨리 다른 옷을 꺼냈다.

"이건 어떠신가요? 손님 나이대에 어울릴 것 같은데."

이번에 든 옷은 깃에 하늘색 프릴이 붙어 있고 주머니는 구름 모양인 귀여운 옷이었다. 이런 취급은 익숙하다. 나하사는 침착하려 애쓰며 물었다.

"제 나이가 열여덟인데요. 어울리는 옷 있을까요?"

"서, 성인이셨어요?"

여기 나갈까? 나하사의 눈길이 다른 매장으로 향하자 종업원이 재빨리 놀란 얼굴을 수습했다.

"정말 동안이시네요! 이 옷은 어떠세요?"

눈치 빠른 종업원이 검은색 정장풍의 옷을 추천했다.

"이걸로 할게요."

나하사가 가격도 보지 않고 결정했다.

"입어 보시겠어요?"

종업원이 환한 웃음을 띠고 물었다. 로브 벗는 것이 귀찮아 고개를 젓자, 여전히 웃는 낯을 무너트리지 않고 그대로 유지한 채 말을 이었다.

"길이를 줄여야 할 텐데……."

"……."

결국 나하사는 옷을 입어 볼 수밖에 없었다.

조금 어색하게 정장풍의 옷을 입고 탈의실에서 나왔다.

"어머, 다 입으셨……."

여종업원이 말을 하다 만다.

"이상해요?"

나하사는 거울 앞에 섰다. 하늘하늘한 갈색 머리에 깊은 녹색 눈동자, 고운 피부의 소년이 고개를 갸웃했다. 하얗고 가느다란 목 아래 쇄골이 살짝 보이는 검은 브이넥 셔츠를 입고, 아래에는 요즘 유행하는 부츠 컷 검은 바지를 입었다. 팔과 다리 모두 기장이 길어 한 단 접어야 했지만, 그 모습은 웃기다기보다는 소년다운 가는 몸매와 곱상한 얼굴 덕에 패션으로 보였다.

"그렇게 이상한가……?"

나하사의 중얼거림에, 홀린 듯 말이 없던 종업원이 퍼뜩 정신을 차렸다.

"아뇨! 엄청 어울립니다! 마치 본인 옷 같아요! 손님 입으라고 만든 옷 같아요!"

"본인 옷……."

나하사가 한 단 접어 올린 소매를 물끄러미 보았다. 여종업원은 소매와 어깨, 바지 밑단에 표시를 하며 계속 호들갑스럽게 떠들었다.

"어쩜, 이렇게 허리가 얇을까. 군살이 하나도 없네요! 다리도 길고, 많이 줄이지 않아도 될 것 같은데요."

으으, 시끄러워. 종업원의 호들갑에 행인들과 다른 종업원들의 시선이 와 박혔다. 희귀종공원의 족어족이 된 기분이다. 수선 표시를 끝낸 후, 나하사는 재빨리 옷을 갈아입었다.

"네 시간 후에 와 주세요."

해 지기 전에 가지러 오기로 하고 계산했다. 예전에 환전해 둔 대륙공용수표를 즉석에서 지급하자 나갈 땐 매장의 모든 종업원이 쫓아 나와 구십 도로 인사했다. 나하사는 바로 건너편으로 가 구두도 구입했다. 사이즈에 맞는 것을 찾다 보니 코가 둥근 학생용 구두밖에 없었다. 주문 제작을 하라고 직원이 잡았으나 오늘 밤만 신고 말 거라 그냥 학생용 구두로 샀다.

"어쩌다 그렇게 키가 안 컸나 개굴?"

구두를 맞춘 후, 쇼핑센터를 나오자마자 구르가 물었다. 약점을 찔린 나하사의 표정이 썩었다.

"우유 좀 마셔라 개굴. 다들 어리게 보잖나 개굴."

"시끄러워. 키는 숫자일 뿐이야."

"남자는 키가 중요하다 개굴. 나는 개굴족 중에서는 꽤 큰 키에 속했다 개굴."

나하사가 후드를 뒤집어쓰며 어깨 위의 개구리를 흘깃 보았다. 사실, 일반 개구리로는 절대 안 보일 크기이기는 했다.

"아마 인간으로 치더라도 나는 큰 키일 것이다 개굴."

"시끄럽댔지? 버리고 간다?"

"내 충고를 무시하면 안 된다 개굴. 우유를 먹어라 개굴."

"나는 우유를 먹으면 배가 아프단 말이야."

"그래도 먹어라 개굴. 키가 크려면 그 정도는 감수해야 한다 개굴."

나하사는 설레설레 고개를 저었다.

"미안하지만 그런 고생을 해야 할 정도면 키 크고 싶지도 않거든요."

그제야 구르는 아, 탄성을 냈다. 어깨에서 머리 위로 기어 올라가 나하사의 머리칼을 쓰다듬으면서, 마족 주제에 애틋한 눈빛을 흉내 냈다.

"그래, 나하는 세상을 멸망시키려고 하는 인간이었지 개굴."

"그게 무슨 상관인데?"

"허무주의와 염세주의에 찌든 인간이니 그럴 만하다 개굴."

"그니까 그게 키랑 무슨 상관이냐니까!"

토닥대며 광장에 도착했다. 광장에서는 아까와 다른 음유시인의 공연이 한창이었다. 객석의 사람들은 아까에 비하면 반쯤 줄어 있었다.

"앗, 러브 남매는 벌써 끝났나 봐!"

이제 막 광장에 도착한 젊은 연인이 아쉬운 듯 말했다.

"조금만 더 빨리 올걸."

"괜찮아, 저녁에 또 하니까."

남자가 신전에서 나눠 주는 팸플릿을 보며 여자를 위로했다. 나하사가 지나치려다가 멈추었다. 그들의 마지막 대화 때문이었다.

"노래가 끝나고 하는 고대마법을 꼭 보고 싶었는데. 대륙에서 몇 안 되는 허가받은 고대마법이라며."

"저녁에 와서 꼭 보자, 자기야!"

나하사는 고개를 갸웃했다. 대륙에서 허가받은 고대마법…… 러브 남매? 아까 그 아이돌 음유시인? 고대마법은 이바노브 아시오의 황성마법사의 허가가 없으면 시전할 수 없다. 꼬장꼬장하기 짝이 없는 황성마법사는 타당한 이유고 뭐고 자기 마음에 들지 않으면 절대 허가를 내주지 않는데, 어떻게 허가받은 걸까? 어떻게 사람들 앞에서 쓰도록 한 거지? 고대마법 중에는 위험하지 않은 마법이 극히 드문데…….

"…영양분이 고루고루 섭취돼야 키도 크는 거다 개굴. 그러니까 우유를 먹어라 개굴!"

나하사가 궁리하는 중에도 구르는 여전히 잔소리만 하고 있었다.

"으아, 시끄러워! 네가 먹고 싶은 거지? 사러 간다, 지금! 사면 되잖아!"

"고맙다 개굴."

결국 이거였나. 개굴족의 왕 구르르무는 우유에 환장한 개구리였구나. 나하사는 자신 안의 구르의 정보에 그 한 줄을 추가했다.

어제 도착한 때부터 묵고 있는 숙소는 하루에 100도르나 요구하는 비싼 여관이었다. 대신 한 끼 식사 양이 굉장히 많았다. 그러나 나하사는 본래 많이 먹는 편이 아니라서 대부분 구르가 해치웠다.

"음, 맛있다 개굴. 인간이 먹는 음식은 왜 이렇게 맛있을까 개굴."

구르가 난데없이 음식에 대해 고찰하기 시작했다.

"부드럽게 씹히는 이 육질, 입안 가득 퍼지는 이 달콤한 향기. 으음, 스멜― 개굴."

"……."

"나하, 너도 먹어 봐라 개굴. 꼴랑 그거 먹고 안 먹으니까 살이 안 찌는 거다 개굴."

"……."

"나하, 내 말 듣고 있나 개굴?"

물론 듣고 있지 않았다. 구르는 무언가 골똘히 생각하고 있는 나하의 얼굴로 점프했다. 사지를 벌려 얼굴에 찰싹 달라붙은 구르를 나하가 손으로 떼어냈다. 나하의 표정이 몹시 구겨졌으나 구르는 뻔뻔했다.

"나하! 뭘 그리 생각하나 개굴?"

"…개구리 튀김은 참 맛있었지 하는 생각."

"개굴! 이러지 마라 나하! 앗, 바뀌었다! 나하! 이러지 마라 개굴!"

발악하며 잡혀 있던 손에서 벗어나 침대로 뛰어들었다. 나하는 소파에 앉은 채 손 위에 마법구체를 만들어 보였다.

"나하! 진정해라 개굴!"

구르가 이불 속에 숨으며 소리쳤다. 이불 속에서 오들오들 떨며 기다려 봐도 폭발음 같은 소리는 들리지 않았다. 빼꼼 고개를 내밀고 보니, 나하는 구체를 든 채로 계속 생각에 잠겨 있었다. 구르는 입을 다물고 가만히 지켜보았다. 시간은 계속 흘렀다. 구체는 사라지지 않았다. 작아지지도 않았다. 구르는 혀를 찼다.

"나하."

구르가 나하의 무릎 위로 점프했다.

"왜 자꾸 불러."

"라이팅."

구르의 말을 듣고서야, 나하는 자신이 아직 주문을 해제하지 않았다는 것을 깨달았다. 구르가 사라지는 구체를 질렸다는 듯한 눈으로 보았다.

"인간 맞나 개굴?"

"누가? 설마 나?"

"고대마법을 자유자재로 쓰고, 쓰고 있는 상태에서 다른 마법을 두 가지 동시에 쓰고, 십 분이 지나도록 마법을 구현해도 지치지도 않는 게 인간인가 개굴?"

어디 하나 틀린 데가 없는 말이었다. 나하사는 웃차, 기지개를 켜며 소파에서 일어났다.

"내가 얼마나 노력했는데, 마력 늘리려고."

비싼 값을 하는 침대 위에 쓰러지듯 누운 나하사가 중얼거렸다.

"진짜 얼마나 노력했는데……."

그대로 잠든 것처럼 말이 없는 나하사의 얼굴 옆으로 구르가 기어왔다.

"자나 개굴?"

"낮잠 잘 거야. 건들지 마."

밤에 움직여야 하는데, 저녁이 되려면 아직 네 시간이나 남았으니 지금 이 틈에 자 둬야 했다. 나하사는 누운 자세 그대로 잠들었다.

구르는 잠이 든 나하사의 얼굴을 뚫어지게 보았다. 열여덟 살이라지만 열대여섯으로밖에 보이지 않는다. 동안인 탓도 있지만 체격이 작아 더 어려 보인다. 마력이 많을수록 신체의 노화 속도는 저하된다. 아주 어린 나이일 때부터 나하사는 나이에 맞지 않는 마력을 쌓았을 것이다.

구르는 이 어린 인간에게 질릴 수밖에 없었다. 마력을 쌓는 대표적인 방법은 감정의 농도를 짙게 하는 것인데, 그건 주로 한(恨)을 이용한 것이었다. 행복을 줄이고 고통을 늘리는 일을 아주 어린 나이일 때부터 해 왔을 것이다.

구르는 작게 입을 벌리고 잠든 나하사의 얼굴을 한참 동안 들여다보았다. 가슴 속에서 이상한 감정이 생겨나는 것 같았다. 몽글몽글하고 따뜻한 이상한 것이. 구르는 작은 손으로 이불을 끌어당겨 나하사의 몸에 덮어 주고는 자신도 그 옆에 누워 잠들었다.

저녁이 되자 낮보다 정신이 말똥말똥해진 나하사가 구르를 데리고 나왔다.

"나하, 신전은 밤에 간다고 하지 않았나 개굴?"

"그러려고 했는데 일이 생겨서. 어차피 신전은 스물네 시간 개방이니까 괜찮아."

간단하게 비빔밥을 시켜 먹은 다음, 사람이 가득한 광장으로 향했다. 시원한 저녁 바람이 불어오는 널따란 광장에 사람들이 빙 둘러앉아 무대를 보며 환호를 지르고 있었다.

"시끄럽다 개굴."

"조금만 참아. 봐야 할 무대가 있어."

"좋아하는 음유시인이라도 있나 개굴?"

나하사가 피식 웃었다. 음유시인에게 쏟을 시간은 없었다.

"봐야 하는 무대가 있는 것뿐이야."

나하사는 재주 좋게 사람들 사이를 헤쳐 나갔다. 몸집이 작은 것도 쉽게 헤쳐 나갈 수 있는 이유의 하나였지만, 나하사의 예쁘장한 외모와 입고 있는 값비싼 옷을 본 사람들이 자리를 비켜 준 덕분이기도 했다. 맨 앞자리에 앉자마자 나하사가 기다리고 있던 음유시인이 나왔다. 이란성 쌍둥이 음유시인 러브 남매. 이란성인데도 불구하고 머리 모양만 똑같이 한다면 누가 누군지 알아보지 못할 정도로 닮았다. 나이는 열대여섯 살로 보이고 둘 다 하나같이 예쁘장하다. 사람들의 열광 속에서 러브 남매가 그들의 노래를 불렀다.

"깊은 숲을 날아가는 너와 나의 사랑, 밤을 향해 달려가는 우리들의 사랑, Run, run, run love."

나하사는 허가받은 고대마법을 보기 위해 유치한 사랑 노래의 가사를 모두 참고 견뎠다. 노래가 끝난 후, 러브 남매가 숨을 몰아쉬며 무대 중앙에 섰다.

"저희들의 노래를 들어 주셔서 감사합니다."

명랑한 목소리로 여자아이가 말했다.

"그러면 마지막으로 모두 기다리고 계실 마법을 하고 이만 물러가겠습니다."

남자아이가 또랑또랑하게 말을 받아 이었다. 러브 남매가 두 손을 들었다. 마력이 움직인다. 나하사는 침을 꿀꺽 삼켰다. 자, 과연 어떤 고대마법일까?

"시그·아·웨이·완!"

여자아이의 목소리가 맑게 울려 퍼지고 푸른 불꽃이 러브 남매의 주위를 환하게 밝혔다. 푸른 불꽃이 커졌다가 사라졌을 때, 러브 남매는 무대에서 사라져 있었다. 광장의 관객들이 열렬하게 환호했다.

"각인……."

자신을 각인시키는 고대마법이다. 최하 수준이라서 얼굴만 겨우 기억에서 잊히지 않는 정도지만, 이 정도라도 할 수 있는 게 대단했다. 사람의 기억에 간섭할 수 있는 마법이라 위험한데, 이바노브 아시오의 황성마법사가 정말 허가해 줬단 말인가. 어차피 최하 수준밖에 하지 못하기 때문일까?

나하사는 자리에서 일어나 광장에서 벗어났다. 러브 남매는 이미 없는데도 사람들은 러브 남매를 연호하고 있었다. 인기가 대단하다. 나하사는 그냥 지나치려다가 맨 끝에 서 있는 열렬한 팬에게 물었다. 'love love'라는 문구가 바지 뒷주머니와 오른쪽 가슴 앞, 그리고 소매에 노란 글씨로 새겨져 있다. 분명히 러브 남매의 팬클럽 회원일 것이다.

"저기."

하고 부르자 남자가 돌아보았다.

"러브 남매가 펼친 고대마법은 무슨 마법인가요?"

흥분으로 얼굴이 벌게진 남자가 대답했다.

"당연히 팬들을 조금 더 즐겁게 해 주기 위한 마법이지!"

"…그거 말고, 효과 같은 거요."

"효과? 음유시인의 마법이라고는 순 백마법이나 정령마법뿐인데, 이런 고대마법을 하는 것만으로도 충분히 아름답고 특별하지 않니! 대체 더 무엇을 바라는 거야!"

"…아, 네."

말을 말자. 나하사는 그대로 뒤돌아 신전 쪽을 향해 걸었다. 아무래도 팬들에게는 그 고대마법이 어떤 마법인지 중요하지 않은 것 같다. 하지만 그렇다고 마법의 정체를 아예 비밀로 할 수는 없었을 텐데. 아니, 악의는 없으니 괜찮으려나.

"잠깐! 거기, 너!"

나하사를 부르는 듯한 소리가 들렸다. 돌아보니 방금 이야기를 나누었던 러브 남매의 팬클럽 회원이 서 있었다.

"왜요?"

"러브 남매에게 관심이 있는 거냐? 이거 줄게. 우리 팬클럽에서 만든 팸플릿이야."

남자가 두꺼운 팸플릿을 내밀었다. 거의 책자 수준이었다. 남자는 환하게 웃으며 강제로 나하사에게 팸플릿을 떠안겼다.

"안에 러브 남매의 프로필이 있지. 고대마법이 무엇인지도 알 수 있을 거야."

"아니, 딱히 필요는……."

"그럼 즐거운 러브 러브 생활이 되길 바란다! 안녕!"

남자는 큰일이라도 한 듯 뿌듯한 표정으로, 검지와 중지를 모아 이마에 대었다가 떼며 인파 속으로 사라졌다.

"…러브 러브 생활은 또 뭐야."

에휴, 진짜 필요 없는데. 나하사는 한숨을 쉬며 팸플릿을 품속에 넣었다.

바다의 섬의 신전은 입장이 까다롭다고 들었다. 퇴짜 당하는 관광객이 한둘이 아니라는데 나하사는 그런 구경은 하지 못했다. 늦은 시간이라 애초에 사람이 별로 없었다.

"구르, 괜찮겠어?"

이 신전은 주요봉인소가 있는 곳이라 마물에게는 압박감이 상당할 것이다. 들어가기 전에 걱정스러워 묻자 구르는,

"아니, 전혀 안 괜찮다 개굴."

착 낮게 깔린 목소리로 심각하게 말했다.

"이게 뭔가 개굴! 위대한 개굴족의 왕에게 이게 무슨 행패인가 개굴!"

두툼한 목에 앙증맞은 빨간 리본을 단 개구리가 나하사의 손 위에서 펄쩍펄쩍 뛰었다.

"당장 이거 풀어라 개굴!"

"괜찮은가 보구나."

나하사는 구르를 어깨 위에 올려 주었다. 리본을 푸는 건 안 된다. 개구리라는 것만으로도 사랑받는 애완동물로 분류되지 않아 출입이 어려운데, 리본이라도 해야 좀 예뻐 보이지.

"안녕하세요?"

나하사는 입장료를 지불하고 들어가 입구의 경비병에게 빙긋 웃으며 인사했다.

"예, 안녕하십니까?"

값비싼 옷을 입은 곱상한 소년을 보고 경비병은 꾸벅 인사

를 하며 통과시켜 주었다. 마다스 할렘 출신의 나하사가, 귀족의 상징인 바다의 섬 신전에 들어섰다.

신전 내부는 한낮처럼 환한 불빛 때문에 눈이 부실 지경이었다. 보통 신전은 빛의 돌로 벽을 꾸미는데, 이 신전은 천장에 화려한 샹들리에를 여러 개 달아 놓았다. 얼마나 돈이 차고 넘치는지 알 만했다. 관광명소인 주요봉인소가 있는 신전은 거의 다 이런 식이었다.

주요봉인소는 이 신전 지하 통로를 지나 크리스털 동굴 안에 있었다. 가까운 거리가 아니라서, 관광객은 열 명씩 조를 이루어 전기로 운영하는 조그만 마차를 타고 이동한다.

늦은 밤인 데다, 다들 광장에서 하는 음유시인 공연을 보러 갔는지 새벽 조는 나하사를 포함해서 다섯 명밖에 없었다.

연인인 듯한 젊은 남녀와 요즘 유행하는 앞에만 챙이 달린 모자를 쓴 키 작은 소년 하나, 그리고 소년의 호위기사로 보이는 듬직한 체구의 남자가 전부였다.

모자 쓴 작은 소년이 애꿎은 벽을 발로 차며 소리쳤다.

"대체 얼마나 더 기다려야 하는 거야!"

"조금이면 됩니다, 도련님."

소년의 투정에 남자가 타일렀다.

"내가 왜 이 시간에 나왔는데! 나를 기다리게 하다니!"

지체 좋은 집안의 도련님이 마실 나온 모양이었다. 열 살 정도로 보이는 꼬맹이였다. 나하사는 접수를 하고 그들 옆쪽에

섰다. 소년은 계속 뭐라 뭐라 투정부렸지만, 호위기사는 네네 하며 부드럽게 받아넘겼다. 소년의 어리광에 익숙한 듯했다.

"자기야, 몇 시야?"

구석에서 찰싹 달라붙어 있던 연인 중 화려한 금발 여자가 남자에게 물었다. 남자가 보란 듯이 왼팔을 들어 소매를 걷고 5도레짜리 손목시계를 뽐냈다.

"1시 다 됐어. 이제 곧 출발하겠는데."

"꺄, 기대돼."

"사진 많이 찍어 놓자."

이제 보니 7도레에서 10도레쯤 하는 일회용 카메라도 목에 걸고 있다. 나하사는 피식 웃었다. 마다스에서 저 손목시계를 자랑했다면 손목째 잘렸을 것이고, 카메라를 자랑했다면…….

신전 로비 왼쪽에서부터 또각또각 구두 소리가 들렸다.

"새벽 조 다섯 분, 오세요."

여신관이 와서 그들을 불렀다.

"오, 드디어 된 거야?"

꼬맹이가 제일 먼저 달려 나가고 그 뒤를 호위기사가 따랐다. 연인은 서로 팔짱을 꼭 끼고 맨 뒤에서 따라왔다. 여신관은 탄광 입구처럼 만들어진 곳까지 그들을 데리고 갔다. 검은색 마차가 그들을 기다리고 있었다.

"이 마차에 타시면 됩니다. 마차가 움직이는 동안에는 서 있거나 강한 움직임은 자제해 주세요."

마차는 자동으로 움직이는 시스템이었으나, 만일을 대비하여 신관 하나가 타고 있었다. 모두가 오르자 마차가 출발했다.

"가는 데 얼마나 걸려?"

꼬맹이가 초조한 듯 발을 굴리며 물었다. 아버지뻘 되는 신관에게.

"십 분이면 됩니다, 도련님."

신관은 인자하게 웃으며 대답해 주었다. 부유한 집안의 사람들이 자주 놀러 오는 데라 그런지 신관은 이런 방자한 도련님에게 익숙한 것 같았다.

"더 빨리! 더 빨리 가."

"그건 위험합니다, 도련님."

"돈 줄게, 주면 되잖아. 더 빨리 가!"

뭐가 그렇게 급한지 꼬맹이가 계속 재촉했다. 돈이면 뭐든 되는 줄 아는 모습을 보니 어떤 삶을 살고 있을지 뻔히 보였다. 구석에 꼭 붙어 앉아 있던 연인이 서로 귀에 대고 속닥거렸다. 꼬맹이를 보면서 속삭이는 모습이 무척 노골적이었다.

"야, 니네 뭐야? 지금 내 얘기……!"

그 모습에 화가 난 꼬맹이가 소리치며 벌떡 일어나다가 악, 비명을 지르며 주저앉았다. 마차 천장에 머리를 부딪친 것이다. 퍽 하는 꽤 큰 소리가 났다. 눈에 눈물이 그렁그렁한 꼬맹이의 머리를 호위기사가 쓰다듬었다.

"가만히 좀 계시지 그러셨습니까."

"아우······."

꼬맹이가 머리를 부여잡았다.

"야! 넌 호위기사란 게 머리를 부딪치게 하면 어떡해!"

괜히 쪽팔리니까 호위기사한테 난리다. 호위기사는 대체 얼마나 마음이 넓은 건지 죄송합니다, 말하며 머리를 계속 쓰다듬어 주었다. 그때,

"풋."

작은 웃음소리가 들렸다.

꼬맹이를 비롯해 신관, 연인, 호위기사의 시선이 나하사에게로 몰렸다. 가만히 앉아 있던 나하사는 억울했다.

"너, 방금 웃었어?"

꼬맹이가 으스스하게 다가왔다. 사실 나하사가 웃은 게 아니라 구르가 웃은 것이었다. 그러나 개구리가 웃었다고 할 수도 없고, 나하사는 표정을 싹 굳혔다.

"아니, 안 웃었는데."

"너 왜 반말이야?"

"안 웃었습니다."

나하사는 쓸데없이 문제를 일으키고 싶지 않아서 진지한 표정으로·답했다. 그러나 다른 사람이 볼 때, 다리를 꼬고 앉아 무표정하게 꼬맹이를 내려다보는 곱상한 얼굴의 소년에게는 묘한 카리스마가 있었다. 기품과는 거리가 멀지만 결코 무시할 수 없는 무게감, 마치 산전수전 다 겪은 전쟁 노장 같은 분

위기가 풍겨 나오고 있었다.

"너… 감히 날 비웃어?"

잠깐 쫄았던 꼬맹이가 일부러 허세를 부리며 시비를 걸었다. 나하사가 호위기사를 보았다. 이 꼬마 좀 어떻게 하라는 눈빛이었다.

"도련님, 참으십시오."

나하사에게서 풍기는 분위기가 심상치 않다는 것을 눈치챈 호위기사가 꼬맹이의 어깨를 잡으며 말렸다.

"이거 놔!"

"도련……!"

그때 마차 지붕 위에서 쿵 하는 작지 않은 소리가 들렸다.

"이런!"

발소리라는 걸 알아챈 호위기사가 반사적으로 꼬맹이를 품 속에 껴안고 마차 밖으로 뛰쳐나갔다.

쿠쾅쾅쾅!

동굴 벽에 부딪힌 호위기사가 꼬맹이를 꼭 끌어안은 채 앞을 보니, 타고 있던 마차가 맞은편 벽에 부딪혀 산산조각이 나 있었다. 호위기사는 연인들과 신관, 그리고 어딘가의 귀족 도련님으로 보이던 소년을 잠시 애도했다.

"꺄아아악!"

꼬맹이가 그의 품 안에서 비명을 질렀다. 머리부터 발끝까지 검은 옷으로 가린 살수들이 둘을 에워쌌다.

"누가 보낸 놈들인가?"

호위기사는 대답하지 않을 것을 알면서 물었다. 소냐르 제1
공작의 후계자를 위협하는 적들은 지천에 널려 있었다.

눈만 보이는 그 살수들은 도합 열세 명이나 되었다. 너
무…… 많다. 과연 품 안의 꼬맹이를 지킬 수 있을까?

잠시 기회를 엿보던 살수들이 동시에 달려들었다. 한 손으
로 꼬맹이를 안은 상태에서 다른 한 손으로만 싸우는 것은 아
무리 자신이라도 벅찼다. 다른 놈들도 데리고 왔어야 했는데!
뒤늦게 후회했지만 이미 늦었다. 한 손으로 방어하며 살수들
을 차례차례 무찔렀다. 등과 어깨, 꼬맹이를 안은 팔에 생긴
크고 작은 상처에서 피가 흘렀다. 꽤 오래 버틴다 싶었지만,
검 부딪치는 소리와 함께 호위기사가 나가떨어졌다.

"칼!"

꼬맹이가 호위기사의 이름을 불렀다.

"칼! 괜찮아? 칼!"

피를 토하는 호위기사의 몸을 꼬맹이가 흔들었다. 그 뒤쪽
으로 살수들이 다가오는 것이 보였다.

"마…이아 님. 어서… 스크롤을… 텔레포트를……."

칼이 피를 줄줄 흘리면서 힘없이 말했다. 꼬맹이의 품 안에
는 텔레포트 스크롤이 있었다. 그러나 꼬맹이는 눈물을 흘리
며 고개를 세차게 저었다.

"칼을 버리고 갈 수는 없어!"

칼의 눈이 커졌다. 꼬맹이에게 검은 손을 뻗는 살수의 모습이 눈에 들어온 것이다. 살려서 납치하지 않을 터였다. 죽여서 데려갈 것이 뻔했다.

"안… 돼!"

하염없이 울고만 있는 꼬맹이의 목덜미에 살수의 손이 막 닿으려는 찰나였다.

"스탑stop."

작은 목소리가 들리더니 살수의 몸이 멈췄다.

"슬립sleep."

그 한마디에 대여섯 남은 살수들이 반항도 못하고 쓰러졌다. 꼬맹이, 마이아의 눈물 젖은 눈에 무표정한 얼굴로 서 있는 갈색 머리의 소년이 보였다.

"너는……."

"깜짝 놀랐네. 넌 뭐하는 놈이길래 저런 것들이 쫓아다녀?"

소년의 뒤로 신관과 연인 둘이 쓰러져 있었다. 얼굴이 평온한 것으로 봐서는 잠든 것 같았다. 단 한 마디로 소냐르 최고의 살수 집단 광휘의 살수들을 잠재운 나하사가 옷에 묻은 먼지를 털며 쓰러진 호위기사와 그 옆에 주저앉은 꼬마에게 다가갔다. 정장풍 옷이 불편한 듯 목깃에 손가락을 넣고 틈을 벌리며 다가오는 모습이 무척 태평해 보였다. 주변은 피투성이에다 사지가 잘린 시신이 즐비한데.

나하사는 그들 옆에 한쪽 무릎을 꿇고 앉았다. 호위기사가 쿨럭쿨럭 피를 토하고 있긴 했지만, 다행히 목숨에는 지장이 없어 보였다.

"칼을 치료해!"

꼬마가 당연한 권리라도 되는 듯 지시했다. 나하사는 고개를 저었다.

"난 백마법은 못 해. 텔레포트 스크롤 있다며. 그거 줘 봐."

"주지… 마십시오!"

호위기사가 목소리를 쥐어짜 소리쳤다.

"우리 편인지… 아직 모릅니다."

마이아가 태어나기 전부터 그를 지키던 호위기사, 칼은 꿰뚫려 피가 나는 복부를 쥐어 잡고 간신히 상체를 일으켰다.

"칼! 무리하지 마!"

마이아가 소리쳤으나, 칼은 아무리 생각해도 도저히 무리하지 않을 수 없었다. 눈앞의 소년 마법사는 자신과 비교도 할 수 없을 정도로 강하다. 칼은 직감했다. 격이 다르다. 자신도 피비린내 나는 전장에서 적지 않은 세월을 보냈지만, 이 소년은 그런 자신과도 격이 다른 시간을 보냈을 것이다. 절대로 이길 수 없다. 칼은 금방이라도 놓칠 것 같은 정신줄을 다잡았다.

"마이아, 어서… 스크롤을 찢어 텔레포트를……."

"절대로 칼을 혼자 두고 가지 않을 거야."

그러나 칼의 바람과는 달리, 마이아는 울먹이며 품에서 꺼낸 스크롤을 정체를 알 수 없는 소년 마법사에게 건네주었다. 나하사는 꼬맹이가 떨리는 손으로 내민 스크롤을 받아들었다. 스크롤을 펼쳐 마법 문구와 마법진이 가득한 어느 한 지점을 손바닥으로 쓸었다.

"더블double."

환한 빛과 함께 스크롤에 쓰여 있던 문자들이 조금씩 변형됐다. 꼬맹이는 나하사가 내민 스크롤을 받았다.

"이제 둘이서 갈 수 있을 거야."

칼이 눈을 크게 떴다. 정말 우리 편인가? 아니, 그 이전에⋯ 스크롤의 마법을 변형했어? 대체 이 소년 마법사는 얼마나 강한 자란 말인가!

"당신은?"

마이아가 나하사를 부르는 호칭이 너에서 당신으로 바뀌었다. 아무리 어린아이라 해도 방금 자신이 본 것이 얼마나 경이로운 마법인지는 알고 있었다. 나하사는 일어나며 말했다.

"나는 여기에서 할 일이 있어."

"⋯⋯."

"어서 가."

지체 없이 뒤돌아서는 나하사를 꼬맹이가 붙잡았다. 벌떡 일어서며 소리쳤다.

"나는 소냐르의 제1공작의 후계자, 마이아 소냐르 온 소냐르야."

그리고는 칼이 말리기도 전에 자신의 정체를 말해 버렸다.

"날 찾아와. 내 약혼자가 되게 해 줄게!"

꼬맹이가 무슨 말을 하나 싶어 듣고 있던 나하사의 표정이 짜게 식었다. 조그만 머리통 위에 올라가 있던 커다란 개구리의 표정이 조금 변한 것도 같았다.

"나는 남자한테는 흥미 없어."

"난 여자야!"

마이아가 모자를 벗었다. 하나로 묶어 올리고 있던 머리끈을 풀자 길고 풍성한, 결 좋은 검은 머리가 어깨선까지 내려왔다. 푸른빛이 도는 검은 머리에 고양이 눈처럼 꼬리가 솟은 눈매와 황금색 눈동자, 하얀 얼굴에 오똑한 코와 붉은 입술. 분명히 여자아이였다. 그것도 상당히 예쁜.

하지만 나하사는 현세에 강림한 여신 같은 미녀를 바로 얼마 전에, 그것도 아주 가까운 거리에서 배견한 몸이었다. 그 고귀한 기품과 숨 막히는 아름다움을 지닌 여왕에게 프러포즈까지 받았다. 자신의 오른쪽 귓불에 있는 푸른색 귀걸이가 그 증거였다. 심지어, 그 여신 같은 미녀의 프러포즈를 거절하기까지 했다.

"됐거든. 꼬맹이 주제에."

"당신이랑 나랑 몇 살 차이 난다고 그래?"

"난 보기보다 나이 많아, 꼬맹아."

"나도야! 나랑 약혼해. 내가 거둬 줄게!"

"……."

"나 열두 살이야. 지금 잡지 않으면 정혼자가 생겨 버린다고!"

마이아는 묻지도 않은 것까지 말했다.

"열두 살이냐……."

꼬꼬마구만. 나하사는 한숨을 쉬었다. 이 꼬맹이는 대체 자신을 몇 살로 보고 이러는 걸까?

"네 호위기사 데리고 이곳을 떠나."

"너 이름이 뭐야?"

"칼이 피 철철 흘리고 있는 거 안 보여?"

"꼭 찾아와야 해. 안 그러면 대륙에 수배령을 내릴 거야!"

아, 시끄러워. 꼬맹이가 계속 떽떽거렸다. 머리 위의 개구리가 입을 틀어막고 웃음을 참고 있었다. 나하사는 주저 없이 마법을 시동했다.

"슬립sleep."

"아가씨!"

시끄럽게 떠들던 마이아가 쓰러지자 칼이 기겁하며 외쳤다. 무, 물론 우리 아가씨가 주절주절 상당히 시끄럽게 떠들기는 했지만… 역시 우리 편이 아니었던 것인가! 이자가 덤빈다면 자신에게는 승산이 없었다. 목숨을 바친다고 해도 지킬 수 없을 것이다. 죽어서 주군을 무슨 낯으로 뵐까. 칼은 특기인 과대망상을 하며, 비명을 질러대는 몸을 비틀어 무릎을 꿇었다.

"살려 주십시오."

서른도 넘어 보이는 남자가 무릎을 꿇고 상체를 숙이는 모습에 나하사는 한숨을 쉬었다.

"죽일 거라면 살리지도 않았습니다. 내가 뭐하러 텔레포트 스크롤에 마법을 걸었겠어요? 일어나세요."

나하사는 쓰러져 있는 마이아의 손에서 스크롤을 빼 남자에게 건넸다.

"어서 이곳을 빠져나가세요."

"…감사합니다."

다정한 목소리에 울컥, 뜨거운 눈물이 솟구쳤다.

"은혜는 잊지 않겠습니다. 존함이라도……."

"됐어요. 어서 가세요."

나하사는 칼의 어깨를 툭툭 두드리고는 일어나 뒤돌았다. 나하사의 작은 몸이 동굴 저편으로 사라져 갔다. 정말로 이름이라도 알면 좋을 텐데. 생명의 은인을 이렇게 보내야 하나. 칼이 스크롤을 찢을락 말락 하는 그때였다.

"나하! 피가 묻었다 개굴!"

"야, 말하지 말랬지!"

어……? 분명히 혼자였는데. 칼이 눈을 가늘게 뜨고 은인의 조그만 뒷모습을 바라보았다. 머리 위에 있던 개구리가 어깨 위로 내려가 방방 뛰고 있는 모습이 보였다. 서, 설마…….

어스름한 하늘, 폭신한 침대에 앉아 붉게 떠오르는 창밖의 해를 바라보며 나하사가 소리 없이 한숨을 쉬었다.

"이게 뭐야……."

"마력석이잖아 개굴."

"내가 그걸 몰라서 이러는 거 같냐?"

나하사는 주먹만 한 크기의 붉은 구슬을 보고 다시 한숨을 쉬었다.

"왜 이런 게 봉인돼 있는 거야, 대체!"

혹시 마왕이 아닐까, 제발 마왕이어라 하고 두근두근하면서 해제했더니만 뿅 하고 나타난 건 이 돌뿐이다.

"마력이 엄청나다 개굴. 이 정도면 봉인되어야 한다 개굴."

"물론 마력이 크긴 하지만 말이야. 아아, 이걸 어떻게 처리하지?"

나하사의 말에 구르가 당연한 듯 말했다.

"당연히 먹어야 하지 않나 개굴!"

"나한테는 필요 없어, 이런 마력."

구르가 구슬의 위로 아슬아슬하게 점프했다.

"어떻게 마법사가 마력석이 필요 없다는 말을 하나 개굴."

"생각해 봐. 너한테 천억 도레가 있어. 그런데 일억 도레가 들어왔어. 그런 거랑 같다고."

구르가 고개를 갸웃했다.

"무슨 말인지 모르겠다 개굴."

나하사는 잠시 생각하다 다시 설명해 주었다.

"너한테 이만한 대야에 담긴 우유가 있어. 거기에 한 컵 정도의 우유가 추가된 거야."

구르는 나하사가 한껏 벌린 양팔을 보며 고개를 끄덕였다.

"그렇군. 확실히 그리 필요하진 않겠다 개굴."

그렇지? 중얼거리며 나하사가 침대 위에 누웠다. 그냥 버리고 갔다가 악인의 손에 들어가면……. 바다에 던져 버릴까? 아냐, 그랬다가 마물이라도 태어나면 어떡해. 아, 정말 어쩐다?

"다시 갖다 놓는 건 어떤가 개굴?"

"봉인 마법을 몰라……."

왜 그 생각을 안 했겠는가. 하지만 해제하는 법만 파헤쳐서 배웠지, 봉인하는 법은 알려 하지도 않았다.

침대 위에 누워 고민하며 뒤척이는데 빳빳한 옷감 때문에 무척 불편했다. 편하지도 않은 게 디자인 멋지답시고 엄청 비싸다. 옷을 갈아입기 위해 일어나 겉옷의 팔부터 빼는데 바스락하는 소리가 들렸다.

주머니에 무언가 묵직한 게 들어 있기에 뭔가 싶어 꺼내 보니, 아까 러브 남매 팬클럽 회원이 준 팸플릿이었다. 팬클럽 이름이 무려 러블리란다. 러블리라니… 으으, 오글거려.

나하사는 흥미 없는 눈으로 책장을 휘리릭 넘겨 고대마법에 대한 부분만을 찾아 훑어보았다.

……러브 남매는 또한 고대마법 중 하나를 허가받아 쓰고 있다는 점에서 놀라운 아이돌 음유시인이다. 대륙에서 열 번째로 허가받은 이 고대마법은 러브 남매의 얼굴을 관객들에게 기억하게 하는 효과가 있다. 러브 남매가 뼈를 깎는 노력을 다해 이 고대마법을 배운 이유를 안다면 그 누구도 감동하지 않을 수 없을 것이다. 그 이유는…….

표정 변화 없이 글을 읽어 내려간 나하사는 이윽고 팸플릿을 꾸깃꾸깃 접었다.

"결정했다."

"응? 어떻게 할 건가 개굴?"

"이 녀석들한테 줘야겠어."

새벽, 바다 위로 해가 떠오르고 있었다. 바다가 붉게 물들어 갔다. 졸린 눈으로 창밖 풍경을 보던 금발 소년이 하품을 하며 고개를 돌렸다.

"미야, 일어나."

소년이 바라본 하얗고 커다란 침대에는 가냘픈 체구의 아름다운 소녀가 잠들어 있었는데, 눈부신 금발이 흰 시트 위에 흐트러져 있었다.

"미야."

한 번 더 부르자 소녀가 스르르 눈을 떴다. 영롱한 푸른 바다 빛깔의 눈을 깜빡이며 잠이 덜 깬 목소리로 물었다.

"얼마나 남았어?"

"한 시간 정도."

그러자 소녀는 십 분만, 말하며 다시 누웠다. 이번에는 소년
도 말리지 않았다.

"오늘은 스케줄 없지……?"

소녀가 힘없이 말했다. 졸음 가득한 목소리였다. 명랑하고
활기찬 아이돌 음유시인으로 알려진 미야 러브는 사실, 아침
잠에 힘겨워하는 열여섯 소녀였다.

"응, 다행이야. 너 피곤하잖아. 어제 연달아 마법 써서."

대중은 누나보다 소극적이고 얌전한 이미지의 앤디 러브라고
알고 있지만, 사실은 어른스럽고 듬직한 열여섯 소년이었다.

"미안해……. 하루라도 시간이 아까운데. 내가 좀 더 강했
다면……."

"미야."

"하루에도 몇 번씩 마법을 할 만큼 마력이 많았다면……."

앤디가 애처롭다는 듯 미야의 머리를 쓸었다. 자신은 마력
이 아예 없어서 미야를 전혀 도와주지 못했다. 미야는 아직 어
린 나이임에도 하루에 두 번씩 고대마법을 사용할 정도로 성
장했는데, 앤디는 미야를 위해서 해 줄 수 있는 게 아무것도
없었다. 이렇게 미야를 고생시키며 아이돌 음유시인을 계속한
다고… 정말 가망이 있는 걸까. 아침이면 늘 이렇게 회의적으

로 변하곤 한다. 한숨을 쉬던 앤디의 귀에 끼익 창문 열리는 소리가 들렸다. 바람 때문인가? 하고 눈을 돌리니 창틀에 무언가 형체가 보였다.

"어? 개구리?"

믿기지 않지만 녹색이 언뜻 눈에 띄었다. 몹시 크긴 하지만 틀림없는 개구리였다.

"웬 개구리지?"

앤디가 다시 잠든 미야에게 이불을 덮어 주고, 몸을 일으켜 창가로 다가갔을 때에는 이미 개구리는 보이지 않았다. 대신, 창틀에 놓인 동그란 구슬이 눈에 들어왔다. 손바닥 안에 쏙 들어올 듯한 조그마한 붉은 구슬이었다. 지금 바다를 물들이는 태양보다도 붉었다. 붉은 구름을 구슬 안에 응집해 놓은 것 같았다.

"이게 대체……."

앤디는 침을 꿀꺽 삼켰다. 범상치 않아 보여서 손도 댈 수 없다. 엄청난 보물이 아닐까? 도둑으로 몰릴지도 모른다. 아이돌 음유시인은 이미지로 먹고사는 직업인데……. 아까 그 개구리는 음해 세력인가! 손대지 않고 바로 경비병에 신고하려 몸을 돌리는 순간, 다시 녹색 형체가 보였다. 빨간 끈으로 돌돌 만 종이를 입에 물고 있는 그것은…….

"개구리!"

"앤디?"

자신의 쌍둥이 남동생이 큰 소리를 지르며 창틀 밖으로 몸을 쑥 내밀자 미야가 놀라 일어났다.

"앤디, 왜 그래?"

"아, 아무것도 아니야. 누워 있…… 이 개구리 자식이!"

"앤디!"

허리까지 창틀 밖으로 넘어가자 미야가 꺅, 소리치며 앤디를 덥석 끌어안았다.

"왜 그래! 아무리 힘들어도 포기하지 말자, 우리!"

"어? 무슨 말이야? 미야, 잠깐 이거 좀 놔 봐."

"싫어! 절대 못 놔!"

"아니, 미야. 잠깐 좀…… 이런."

둘이 실랑이하는 사이에 커다란 개구리는 앤디의 손아귀에서 빠져나갔다. 앤디의 손가락 사이에 종이를 끼워 놓고는 재주도 좋게 건물 벽을 타고 내려갔다. 서커스 개구리인가?

"흑, 앤디! 가지 마. 내겐 너밖에 안 남았어. 죽지 마!"

앤디는 그제야 자신의 쌍둥이 누나가 이상한 말을 하고 있다는 것을 알았다.

"…내가 왜 죽어."

앤디는 한숨을 쉬며 미야의 팔을 풀었다. 벌써 예쁘장한 얼굴이 눈물범벅이 되어 있었다. 사람들은 모를 것이다. 언제나 활기차고 당찬 소녀로 알려진 미야 러브가 사실은 이렇게 눈물이 많은 아이라는 것을.

"웬 개구리가 이걸 놓고 가서 잡으려고 한 거야."

앤디가 창틀의 붉은 구슬을 가리켰다. 아직도 울음을 그치지 못해 울먹이며 시선을 돌린 미야의 눈이 휘둥그레졌다.

"이건……!"

"만지지 마."

앤디가 구슬을 집으려는 미야의 손을 가로막았다.

"하지만 앤디, 이건……."

"개구리가 쪽지를 줬으니까 우선 읽어 보자."

앤디는 빨간 끈으로 묶은 조그만 쪽지를 펼쳤다.

"……."

이게 뭐라고 쓴 거지? 그 이전에 이거 대륙공용어가 맞긴 한 건가? 난독증을 유발하는 세기의 악필이었다. 앤디는 눈을 찌푸리고 읽으려고 노력해 보았다.

"믿고… 드립니다. 응…원하? 고 있습니다. 마력…석의 원? 아, 운, 운용 방법은 아시…리라 인… 아니, 믿습니다. 러브 남매의 탠… 팬으로부터……?"

짧은 금발에 벽안의 미소년이 눈을 크게 뜨며 외쳤다.

"마력석이라고?"

"응! 이거, 마력이 어마어마해."

미야가 고개를 끄덕였다. 미야는 이바노브 아시오의 황궁마법사에게서 이미 실력을 인정받은 마법사였다. 마력석을 알아볼 능력은 충분했다.

"어째서? 누가 이런 걸……!"

쪽지에는 러브 남매의 팬으로부터, 라고 쓰여 있었다(아마도). 자신의 팬 중에는 왕족도 있고 마법사의 둥지의 마법사도 있고 용병단 화화의 용병도 있고 이바노브 아시오의 대부호도 있다는 것을 알고는 있었지만, 설마 이런 마력석을 융통할 수 있는 자가 있을 줄은 몰랐다.

"응원하고 있대……(아마도)."

"응……."

미야와 앤디가 감동에 젖은 눈으로 마주 보았다. 대체 누구일까? 그들은 정체를 알 수 없는 은인에게 감사 인사를 했다.

정말, 정말 감사합니다. 개구리 님.

나하사가 손을 내밀어 구르를 잡아들었다. 구르는 스스로 점프하기보다는 나하사가 직접 잡아 머리에 놓아주는 것을 더 좋아했다.

"잘 갔다 줬어?"

"물론이다 개굴."

"들키지 않고?"

"……물론이다 개굴."

구르의 뻔뻔한 대답을 믿은 나하사는 칭찬의 의미로 흰 우유가 담긴 병을 건넸다.

"머리에 흘리면 죽는다?"

"내가 우유를 한 방울이라도 흘리는 극악 범죄를 저지를 것 같나 개굴!"

구르는 우유를 꿀꺽꿀꺽 마셨고, 나하사는 심심할 때 꺼내 먹는 손바닥만 한 크기의 개량 꽈리고추를 한입에 다 집어넣고 우물우물 씹었다. 아침밥 대신이다. 둘은 곧장 비행선 이착륙장으로 갔다. 거대한 비행선 하나가 곧 출발할 것처럼 엔진음을 냈다. 이 비행선은 아무리 돈을 많이 내도, 어느 정도의 귀족 신분이 아니면 통과시켜 주지 않는다. 숨어서 가야 했다.

후드를 뒤집어쓴 작은 체구의 소년과 어깨에 올라가 있는 개구리의 모습이 희미해지더니 곧 사라졌다. 투명마법을 쓴 채 창고에 숨어 들어간 나하사는 커다란 짐 덩이 뒤편에 몸을 숨기고 마법을 풀었다. 비행선이 구우, 소리를 내며 떠오르기 시작했다.

"구경 좀 해야겠다 개굴!"

구르가 뛰어내려 건너편 창가 쪽으로 달려갔다. 고소공포증이 심한 나하사는 공중에 떠오르는 느낌조차 무서워 스스로 슬립마법을 걸까 진지하게 고민했다. 그러다 다른 집중할 만한 거 없을까 싶어 가방을 뒤지던 나하사의 눈에 러브 남매의 팸플릿이 보였다. 팸플릿을 꺼내며 생각했다. 이참에 정말 팬이 되어 볼까. 에이, 아니다. 그러면 러블리라는 그 부끄러운 이름의 팬클럽에 들어가야 한다는 소린데. 나하사는 피식 웃으며 새벽녘에 보았던 문구를 떠올렸다.

……러브 남매가 뼈를 깎는 노력을 다해 이 고대마법을 배운 이유를 안다면 그 누구도 감동하지 않을 수 없을 것이다. 그 이유는 바로 그들 남매를 고아원에 버리고 간 어머니를 찾기 위해서라고 한다. 이름과 생일, 잘 키워 달라는 말만 쪽지로 남기고 떠난 생모를 꼭 한 번 보고 싶기 때문에. 자신의 얼굴을 많은 사람들의 기억 속에 남게 하여, 조금이라도 비슷한 얼굴의 어른을 찾으면 러브 남매와 닮았다고 의아하게 생각할 수 있도록 결코 쉽지 않은 고대마법을 배운 것이다. 실제로 러브 남매는 자신들과 닮은 사람들에 관한 제보를 바탕으로, 몇몇 생모 후보를 만난 적이 있다. 생모를 찾으려는 정성과 노력에 감동하여 이바노브 아시오의 황성마법사도 고대마법을 허가해 주었다. 세상 어느 누가 어머니를 원하는 자식들을 막을 수 있을까. 꼭 러브 남매가 생모를 찾기를 바란다…….

'세상 어느 누가 어머니를 원하는 자식들을 막을 수 있을까.'

감동적인 문구지만 나하사는 회의적이었다. 자신들을 버린 생모를 찾게 되면, 러브 남매는 행복해질까? 사람들이 생각하는 것보다 자식을 버리는 부모는 흔하다. 그리고 그것을 받아들이며 사는 자식들은 더욱 흔하다. 그러나 부정적으로 생각하면서도 마력석을 갖다 준 것을 보면 결국, 자신도 아직 세상에 낭만이 남아 있다고 믿는 어린아이인 것이다.

"바다가 아름답다 개굴!"

구르가 환희에 찬 목소리로 말했다.

"나하야, 나하도 와서 봐라 개굴. 아름다운 나하사다 개굴!"

나하사라는 고대어에는 바다라는 뜻이 있다. 구르가 풀쩍
풀쩍 뛰어와 나하사의 옷깃을 입에 물었다. 구르가 아무리 개
구리치고 크다 해도 인간 소년을 끄는 데에는 무리가 있었다.
나하사는 구르를 떼어 놓았다.

"구르, 혼자 구경해. 나는 고소공포증이 있어서."

"나하야."

"잘게."

나하사는 팔을 베고 몸을 웅크려 누웠다. 두려울 것이다, 러
브 남매도. 다시 만난 어머니가 외면할까 봐. 기쁘지 않은 진
실을 알게 될까 봐. 그러나 고대마법을 익히면서까지 어머니
를 찾으려 하는 그 용기에, 소년은 감탄할 수밖에 없었다.

자신은 그런 생각조차 하지 못했으니까.

제4장

드래곤 산맥

"식사 나왔습니다."

갈래머리의 순박해 보이는 여자아이가 후드를 뒤집어쓴 마법사 복장의 소년 앞에 음식을 내려놓았다.

"맛있게 먹어!"

얼굴은 보이지 않았지만 체구가 작으니 또래겠지 하고 소녀가 반말을 했다.

"근데 너 혼자 여행……"

그러나 소녀는 말을 끝까지 이을 수 없었다.

"여기 안주 좀 줘!"

"맥주도 더 갖다 주고!"

"네— 네! 갑니다!"

여기저기서 소녀를 찾는다. 소녀는 소년의 대답을 듣기도 전에 물러갈 수밖에 없었다. 오랜만에 보는 또래 아이라 반가웠는데. 그러나 소녀가 아쉬워하건 말건 소년은 관심이 전혀 없었다. 칙칙한 마법사 복장의 소년은 말없이 흰 우유를 빈 그릇에 부었고, 커다란 개구리가 그것을 핥아 먹었다.

"엄청 큰 개구리군."

"산맥 안에 있던 놈인가?"

건너편 테이블의 콧수염을 기른 거친 외모의 용병 둘이 대화하는 소리가 소년의 귀에도 들려왔다.

"요즘 이상한 동물들이 많이 보이는 것 같아. 돌연변이가 갑자기 많아지지 않았어?"

"그래, 말세야 말세."

용병들이 혀를 찼다. 소년은 그들의 대화를 들으며 후드도 벗지 않은 채, 상비하고 다니는 힐본세산(産) 특제 고추장 튜브를 빵에 짜서 발라 먹었다.

"미힐 시에 이어 바다의 섬의 봉인도 해제됐고, 세상이 어떻게 돌아가는 건지 모르겠군."

"주요봉인소가 해제되다니 말이야. 그거 아는가? 미힐 전에는 마다스에 있는 봉인도 풀렸다는군!"

"그래, 이 근처라며. 대체 어떤 악랄한 흑마법사인지……. 설마 드래곤 산맥의 봉인마저 해치우려 하진 않겠지?"

미안하지만 해치우려고 여기까지 왔다. 후드를 쓴 체구 작은 소년, 나하사는 빵을 우물우물 씹으며 속으로 중얼거렸다. 여기저기에서 자기 이야기를 하고 있으니 기분이 묘했다. 그러나 그 묘한 기분도 오래가지 못했다.

"범인을 한 놈으로 보고 있대. 이바노브 아시오에서 전문 조사단을 편성한다던데."

뭣? 나하사는 빵조각을 잘못 삼켜 쿨럭쿨럭 기침했다.

"아아, 나도 들었어. 니스너 실 누소즈와 래이 줄은 확정이고 그 외에 노와 더 그레이트도 생각 중이라며?"

"이제 그 흑마법사도 끝난 거야. 니스너 경이면 말 다했지 뭐."

니스너 실 누소즈……. 나하사는 냉수를 들이켜 속을 진정시켰다. 제길, 이게 어찌 된 악연이야. 입맛은 싹 달아났지만 아직 빵은 한참 남았다. 음식물 남기는 것을 질색하는 나하사는 종이라도 씹는 기분으로 다시 빵에 입을 댔다.

"참 갈색 머리에 녹색 눈동자인 소년 이야기 들었나?"

"콜록콜록!"

나하사가 다시 기침했다. 용병들의 시선이 잠시 나하사 쪽으로 향했다가 떨어졌다.

"소냐르의 제1공작 영애가 한눈에 반했다는 그 소년 말이지? 대체 얼마나 잘났기에 그럴까?"

"음, 내가 분명히 전단을 받았는데……."

용병 하나가 짐을 뒤졌다. 나하사는 빵을 와구와구 씹어 꿀꺽 삼켰다. 물도 벌컥벌컥 마신 다음 일어나, 우유 그릇 속에서 부른 배를 쓰다듬고 있는 구르를 어깨 위에 올려놓고 용병 테이블로 성큼성큼 다가갔다.

"오! 미남이네."

용병들이 전단을 보며 탄성을 내질렀다.

"저도 좀 볼 수 있을까요?"

나하사가 그들 사이에 쑤욱 끼어들었다.

"음? 그래, 그래라."

"하하하. 소냐르 영애는 인기가 많으니까."

용병들은 후드를 뒤집어쓴 마법사 복장의 소년에게 별 의심 없이 전단을 보여 주었다. 나하사가 떨리는 손으로 전단을 잡았다.

"…이렇게 생겼대요?"

"그래, 참 잘생겼지? 미남이야."

전단 속 소년은 굉장한 미남이었다. 아니, 소년이 아니라 청년이었다. 신장은 180센티미터는 되어 보이고, 떡 벌어진 어깨에 이유는 모르겠지만 상체는 누드였다. 잘 만들어진 멋진 복근을 내보이고 있다. 녹색 눈빛이 무척 냉철해 보이고 눈썹은 진하며 콧날이 날카롭게 뻗은 차가운 인상의 미청년이었다. 이건 소년이 아니라 청년인데? 적어도 이십 대 중후반은 되어 보이는데? 게다가 오른쪽 귓불에만 끼고 있었던 푸른 귀걸이는 무슨 피어싱 마니아처럼 양쪽 귀에 잔뜩 달아 놨다. 웃긴 건, 소년은 잔뜩 미화해 놓고는 구르르무는 빨간 리본을 목에 단 떡두꺼비로 묘사했다는 점이다. 구르가 우유를 먹는 중이라 다행이었다. 이것을 보았다면 인간이 있건 말건 소리를 빽 질렀을 것이다.

나하사는 피식 웃으며 다시 용병들에게 전단을 돌려주었다. 갈색 머리에 녹색 눈인 것 빼고는 어디 하나 닮은 점이 없었다. 괜히 걱정했다.

방에 돌아온 나하사는 드래곤 산맥에 들어가기 위해 짐을 챙겼다. 계속 말을 못하고 있던 구르가 침대 위에 뛰어들며 재잘재잘 수다를 떨었다.

"여기는 처음 만났을 때 왔었던 여관이 아닌가 개굴."

"맞아, 네가 칠칠치 못하게 잡혀서 술 마셨던 곳."

"왜 다시 왔나 개굴?"

의아하게 묻는 구르에게 나하사가 짐 속에서 붕대와 약초를 꺼내 챙기며 대답했다.

"갑자기 니스너 실 누소즈가 와서 못 했지만, 사실은 그때 드래곤 산맥의 봉인소를 깨려고 했어."

스크롤도 여러 개 챙겼다. 텔레포트 스크롤 하나를 제외하면 나머지는 모두 백마법 계열의 회복마법이 담긴 스크롤이었다.

"드래곤 산맥은 내가 봉인되기 전부터 유명했던 곳이다 개굴."

"응, 오래됐으니까."

한창 마력을 키우는 수련을 할 때, 만일을 대비해 담아 놓은 마력석도 챙겼다. 바다의 섬의 주요봉인소에 봉인되어 있던 마력석보다 적어도 다섯 배는 많은 마력이 담겨 있는 마력석이었다.

"그곳에는 드래곤 로드가 살고 있다 개굴. 설마 드래곤 산맥의 신전에 가려는 건 아니겠지 개굴?"

구르가 떨리는 목소리로 물었다. 나하사는 대수롭지 않게 대답했다.

"응, 여기는 주요봉인소 중에서도 절대보호봉인소로 지정된 곳이라서 마왕이 있을 확률이 더 높거든."

"난 안 가겠다 개굴."

"그러든가."

"……."

나하사가 담담하게 대답하자, 구르르무는 가슴 언저리가 답답해지는 것을 느꼈다.

"위험하다는 거 알고는 있나 개굴?"

"알고 있지만, 여름이니까 괜찮을 거야. 드래곤 로드는 여름을 싫어해서 여름엔 레어에서 나오지 않는다잖아."

드래곤 로드만이 문제가 아니었다. 그곳에는 온갖 마물들이 드래곤 로드의 가호를 받으며 살고 있었다. 마계에 돌아가지 못해 인간을 증오하는 흉측한 마물들과 인간이 버린 돌연변이가 사는 곳이다. 변종 마물 중에는 마법을 사용하는 종도 있다. 아무리 나하사가 강하다지만 혼자서는 절대 무리라고 구르는 생각했다.

"죽을지도 모른다 개굴!"

"불길한 소리 하지 마시죠, 이 개구리야."

구르의 진지한 충고를 나하사는 가볍게 받아넘겼다. 구르르무는 여전히 답답함을 느꼈다. 개구리 모습이라 잘 느낄 수는 없지만 자세히 보면 표정을 한껏 찌푸리고 있었다. 나하사는 구르에게서 관심을 끊고 짐만 챙겼다. 요즘 통 쓰지 않던 단검도 꺼냈다. 검집에서 뽑으니 은색 검날이 은은하게 빛났다. 손가락을 대자 핏방울이 금방 맺혔다. 여전한 날카로움에 만족스러워하는데 구르가 펄떡 뛰었다.

"왜 일부러 손을 베고 그러나 개굴!"

"깜짝이야."

갑자기 소리를 지르는 바람에 손가락 자를 뻔했다.

"왜 소리를 질러?"

"날카로운 거 뻔히 보면 아는데, 뭐 하러 애꿎은 살을 베나 개굴!"

"확인한 거잖아, 확인."

"종이로 확인해도 되는 거고 천 조각을 떨어뜨려도 되는 거 아닌가 개굴!"

"아, 시끄럽네. 너로 확인해 주랴? 이게 편하니까 그렇지, 이 개구리야!"

구르가 물끄러미 나하사를 보았다. 또 뭐라 쏘아대려고 그러나 싶어서 나하사가 구르를 째려보았지만, 구르는 입을 꾹 다물고 있었다.

뭐야? 이 녀석, 아까부터. 나하사는 어깨를 으쓱하고 짐을 마저 챙겼다. 단검을 검집에 집어넣은 다음, 마다스에서 비싸게 주고 산 드래곤 산맥 지도도 챙겼다. 자세한 거리도 없고 정확한 위치 표기도 안 되어 있지만, 없는 것보다는 나을 것이었다. 종이로 싼 빵과 고추장 튜브도 열 개나 준비했다. 만반의 준비를 하고 나하사는 손을 두 번 마주쳐 털었다.

이제 씻고 잘까, 생각하던 나하의 눈에 등 돌리고 앉은 녹색 생물이 눈에 띄었다.

"야, 구르."

"……"

"삐쳤어?"

대답이 없다. 나하사가 구르를 들자 고개는 계속 반대쪽으로 돌리고 있지만 저항은 없었다. 나하사는 침대로 뛰어들어 천장을 바라보며 누웠다. 얌전히 손에 잡혀 있는 구르를 얼굴 위로 들었다. 꽤 무게감이 있었다. 소년은 부드러운 목소리로 말했다.

"너무 무서워하지 마. 나 진짜 보기보다 강해. 드래곤 산맥은 소문보다 약한 곳이고."

"……"

"그렇게 무서우면 그냥 여기서 기다리고 있어도 돼."

"…그게 아니다 개굴!"

양 볼을 바람으로 빵빵하게 부풀린 채, 계속 고개를 돌리고 있던 구르가 나하사를 보며 소리쳤다.

"무서워서 그런 게 아니다 개굴."

"그럼 뭐가 문젠데?"

연거푸 물으며 답을 인내심 있게 기다려 주자, 고집을 부리던 구르도 양 볼에 차 있는 바람을 빼며 추욱 늘어졌다.

"나도 모르겠다 개굴."

"뭐?"

"그냥 여기가 꽉 막힌 것 같다 개굴. 답답하다 개굴."

구르가 심장이 있는 가슴 부근을 만졌다.

"왜 그럴까? 우유 줄까?"

달콤한 말에 구르가 고개를 작게 끄덕였다. 나하사는 웃으며 일어났다. 하여튼 우유가 만병통치약이지. 흰 우유를 그릇에 따라 주자 구르가 슬금슬금 그릇으로 다가왔다.

"먹어, 응?"

살살 달래자 어쩔 수 없이 먹어 준다는 듯 입을 댔다. 귀여운 모습에 나하사가 쿡쿡 웃었다. 고위마족은 인간의 모습으로 변신할 수 있다. 나이는 물론 자신보다 훨씬 많지만, 이 녀석의 인간형은 일곱 살 어린아이가 틀림없을 거라고 나하사는 짐작했다.

이른 아침, 소년 마법사는 배낭을 등에 메고 여관을 나섰다. 제대로 된 길은 없지만 사람이 다닌 흔적은 남아 있었다. 모험가나 도적들일 것이다.

"어떻게 정말로 날 두고 갈 생각을 하나 개굴!"

구르가 나하사의 둥그런 머리통 위에서 펄쩍펄쩍 뛰며 소리쳤다. 나하사가 어깨를 움츠리며 한쪽 눈을 찡그렸다.

"시끄러워."

"아무리 내가 어제 그런 말을 했다지만! 어떻게 혼자서 가려고 하나 개굴!"

잘 자고 있기에 몰래 나오려고 했는데, 문을 열자마자 구르가 귀신같이 알아채고 일어나 달려들었다.

"위험하다며, 이 개구리야."

"개구리 아니다 개굴! 그리고 위험할수록 함께 가야 하지 않겠나 개굴!"

"아아, 알았어. 시끄러워."

나하사가 머리 위로 손을 올려 구르를 살살 쓰다듬었다. 구르는 화가 나 있어도 흰 우유를 주거나 이렇게 등을 쓰다듬으면 곧 가라앉곤 했다.

"진짜 마족답지 않은 개구리네."

"……."

구르는 입을 삐죽 내밀었다. 말하는 그쪽도 썩 인간답지는 않다는 의미였다.

해가 막 뜨기 시작했을 때 나왔는데도 숲 안은 저녁처럼 어두웠다. 높게 자란 나무가 하늘을 가렸다. 생각 같아선 마법으로 쭉 날아가고 싶지만, 드래곤 산맥은 보통 땅보다 중력이 강하고 마력을 억제하는 기운이 있어서 무리였다. 게다가 하늘 위로 와이번의 울음소리가 들렸다.

"걸음이 점점 느려진다 개굴."

"몸이 축축 처져서……."

"나하, 그러지 말고 여관에서 용병들 모집해 보는 게 어떤가 개굴?"

"혼자가 편해……."

마족인 구르르무는 마기가 느껴져 오히려 편하겠지만, 인간인 나하사는 견디기 어려웠다. 지도를 손에 들고 무거운 걸음을 옮겼다. 빤히 보던 구르가 풀쩍 땅으로 뛰어내렸다.

"내가 걷겠다 개굴."

나하사가 피식 웃었다. 역시 마족답지 않다. 인간을 배려하고 말이야.

둘은 말없이 계속 걸었다. 걸을수록 길이 사라졌다. 나하사는 할 수 없이 단검을 꺼내 우거진 나뭇가지와 수풀을 자르며 나아갔다. 지도를 봐도 도통 이곳이 어딘지 알 수 없어 머리도 아픈 데다가 체력 소모가 너무 심했다. 용병이나 탐험가는 대체 어떻게 이곳을 들락날락하는 거지? 이번 봉인 해제가 끝나면 체력 단련부터 해야겠다고, 나하사는 나가면 잊어버릴 헛된 다짐을 했다.

어두컴컴한 숲 속을 힘들게 걷는데 바스락 소리가 오른쪽에서 들렸다. 소년은 재빨리 두꺼운 나무 기둥 뒤에 붙었다.

"마물인가."

드디어 등장하셨군. 나하사는 손 위에 가볍게 마법구체를 만들었다. 빛이 들어오지 않는 곳이라 흐린 빛에도 마물들이 괴로워한다고 들었다.

"아니다 개굴."

구르가 나하사의 발등 위에 올라앉았다.

"인간이다 개굴."

"보여?"

"마족은 인간보다 시력이 좋다 개굴."

나하사는 마법을 소멸시켰다. 슬금슬금 가까이 다가가 덤불 속에 숨었다. 인간 한 명이 배를 움켜쥐고 걸어오고 있었다.

"한 명이네."

사십 대 초반에서 중반 정도로 보이는 어두운 갈색 머리 중년인이었다. 허리 양쪽에 검을 하나씩 차고, 질이 좋아 보이는 갑옷을 입고 있었다. 하지만 어떻게 드래곤 산맥에 혼자 들어올 생각을 했지? 어쩌면 인간의 모습을 한 마물일지도 모른다. 나하사는 긴장을 늦추지 않았다.

"으…… 배고파. 어디 먹을 거 없나?"

중년인은 흐물흐물 걸어와 혼잣말을 하더니 나하사가 숨어 있는 수풀 바로 앞에 쓰러지듯 주저앉았다. 배를 움켜쥐고 바닥을 기는 모습이 몹시 굶주린 것 같았다. 주위를 두리번거리던 그는 커다란 나무 옆에서 주먹만 한 버섯을 발견했다. 척 보기에도 수상한 붉은색을 띤 화려한 버섯이다. 입을 멍하니 벌린 중년인이 버섯을 물끄러미 바라보았다.

설마 저걸 먹으려는 생각은 아니겠지? 나하사가 계속 보고 있으려니 중년인이 슬금슬금 기어가 버섯 기둥을 손에 쥔다. 그리고는 뽑아내더니 그대로 입에……

"으악! 그만, 아저씨 그만!"

결국 나하사가 수풀에서 뛰쳐나갔다. 다행히 중년인이 버섯을 입에 넣기 직전이었다.

"너는?"

중년인은 갑자기 튀어나온 마법사 로브를 입은 소년을 보고 놀랐으나, 경계할 힘이 없어서 계속 쓰러져 있었다.

"인간 형체를 한 마물인가? 제발 죽이지 말아 다오, 마물이여!"

"아니거든요? 그 버섯이나 얼른 놔요. 독버섯이에요."

혼자 희극을 찍고 있는 중년인의 손에서 버섯을 빼앗아 멀리 던졌다.

"인간인가? 정말 인간인가? 인간이라면 얼굴을 보여라."

드래곤 산맥에 소년 혼자 들어와 있다는 게 믿기 힘든 것은 당연하다. 나하사가 후드를 벗자 중년인의 눈이 더욱 커졌다.

하얗고 보드라운 피부와 커다란 녹색 눈동자, 길고 긴 속눈썹과 하늘거리는 갈색 머리카락……

"그대는 숲의 요정인가? 죽어 가는 내 앞에 드디어 숲의 요정이……"

"좀 닥칠래요?"

나하사는 흙바닥에 꿇어앉아 짐 속에서 빵과 우유를 꺼냈다. 자신의 우유를 주는 것을 본 구르가 차마 말은 못 하고 반항의 의미로 펄쩍펄쩍 뛰었으나 무시했다.

"이거나 먹어요."

꺼낼 때부터 눈을 희번덕거리던 중년인이 잽싸게 빵과 우유를 낚아챘다. 허겁지겁 먹는 중년인을 나하사가 안쓰럽게 쳐다보았다. 중년인은 눈 깜짝할 사이에 빵을 삼키고 우유를 원샷했다.

"꿀꺽, 음. 정말 고맙다, 소년. 사실 저것이 독버섯이라는 걸 알고 있었지만 먹으려고 했네. 죽지는 않지 않나."

"그렇지만 3박 4일 동안 설사를 하게 된다고요."

"알고 있었네."

알면서 먹으려 했다니, 각오가 대단하다. 얼마나 배가 고팠으면……

"그러게 왜 이런 데 혼자 들어와요."

자기 자식뻘 되는 소년이 타박했다. 중년인은 침통한 표정으로 고개를 저었다.

"사실 다섯 명이서 왔었네."

"네? 그럼 설마… 나머지는 전부……."

중년인은 아스라한, 먼 곳을 바라보는 눈으로 쓸쓸하게 말했다.

"아무리 배고파도 독버섯은 먹으면 안 되는 거였는데……."

…설사구나! 설사 때문에 숲을 나갔어!

"그들을 떠나보내고 혼자 남았으나, 너무 배가 고파 차라리 그들과 같은 길을 가려고 했었다……. 정말 고맙구나, 소년이여."

아, 예. 나하사는 짐을 챙겨 일어났다.

"그럼 계속 수고하세요."

"잠깐!"

역시나. 그냥 보내 줄 리가 없다. 벌떡 일어난 중년인이 나하사의 등에 멘 짐을 덥석 잡았다.

"이런 곳을 혼자 다니면 위험하다, 꼬마야."

"꼬마 아닙니다."

"아저씨가 바래다줄게."

중년인의 말투가 갑자기 변했다.

"괜찮아요. 아저씨나 알아서 집에 잘 돌아가세요."

"꼬마야, 아저씨 강해. 아저씨 믿어."

이럴 때면 어릴 때 마력을 쌓은 게 후회되기도 한다. 좀 더 키가 크고 얼굴도 성숙해졌을 때 마력을 쌓을 것을…….

나하사는 한숨을 쉬고 뒤돌았다. 제정신을 차리고 허리를 꼿꼿이 세우고 서 있는 중년인은 생각보다 덩치가 있고 몸이 좋은 사람이었다. 인자한 인상과 갈색 눈빛에서는 부드러운 카리스마가 느껴지기도 했다.

"아저씨 무서운 사람 아니야. 응? 믿지?"

저런, 듣는 사람 혐오스러운 변태 같은 말만 안 한다면.

"됐으니까 집에나 가세요."

"같이 가자, 응? 내가 지켜 줄게."

"손 좀 놔줄래요?"

"제발 같이 가자. 초콜릿 사 줄게."

"아, 진짜······!"

나하사가 뿌리치려던 자세 그대로 멈추었다. 그들 머리 위로 그림자가 졌다.

"피해요!"

어디서 나오는지도 모를 힘으로 아저씨를 밀치고 땅을 굴렀다. 퍼억 소리와 함께 나무 기둥이 마치 순두부 갈라지듯 부러졌다. 그들 뒤의 나무가 근처 나무들에 비하면 좀 작긴 하지만, 그래도 어른 세 명이 팔 벌리고 둘러야 다 두를 만한 크기였다. 땅을 한 바퀴 구른 나하사가 재빨리 자세를 잡고 앞을 보자, 예상대로 집채만 한 마물이 붉은 눈을 빛내고 있었다. 뿔이 두 개 달리고 뜨거운 콧김을 내뿜고 있는 염소 머리의 거대한 검은색 마물이었다. 아무래도 돌연변이 같았다.

크르릉······.

"피해라, 꼬마야!"

작은 소년이 마물의 정면에 서자 중년인이 기겁하며 외쳤다. 나하사는 무시하고 손에 마력을 모았다.

"파이······."

파이어fire를 외치려는데 중년인이 스릉, 검을 뽑는 게 보였다. 나하사는 자신도 모르게 움찔 뒤로 물러났다. 중년인의 기운이 심상치 않다. 얼른 마력을 소멸시켰다.

"나하야, 검기(劍氣)다 개굴."

구르가 옆에서 조그맣게 속삭였다. 나하사는 놀란 눈으로 고개를 끄덕였다. 저 변태 같은 아저씨가 검기를 사용한다고? 그 말은 즉… 원대륙 기준으로, 소드 익스퍼트란 뜻이다.

기운을 느낀 마물이 크르릉 울며 뒤를 돌아보았다. 중년인은 단지 삐딱하게 서서 한 손으로 장검을 들고 있을 뿐이었다. 그러나 뿜어져 나오는 기세는 온몸의 솜털이 곤두설 정도로 무시무시했다. 이봐요! 여기엔 마물만 있는 게 아니라고요!

나하사는 식은땀을 흘리며 주저앉아 속으로 외쳤다.

"괜찮나 개굴?"

"전혀……."

가뜩이나 마력이 억제돼서 몸이 무거운데 저런 기운까지 받고 있으려니 힘이 빠진다. 보통 사람보다 마력이 많은 만큼 나하사가 받는 부담감은 커져 갔다. 구르가 축 늘어진 나하사의 머리 위로 올라왔다. 무게감은 느껴졌지만 어쩐지 좀 시원했다.

"이제 괜찮나 개굴?"

"응."

어떻게 한 거냐고 묻고 싶었지만 그럴 수 없었다. 소드 익스퍼트 중년인이 검을 집어넣으며 다가왔기 때문이다.

육중한 몸의 마물이 깨갱, 주인에게 혼난 강아지 같은 울음소리를 내며 수풀 저편으로 도망간 후였다.

"소년, 괜찮은가?"

큼직한 손을 내밀었다. 나하사는 그 손을 도저히 무시할 수 없었다. 자신도 손을 뻗자 든든한 힘이 나하사의 손을 감싸고 일으켜 주었다.

"이곳은 위험하다 하지 않았나."

중년인이 제법 위엄 있게 말했다. 소드 익스퍼트다. 나하사는 살짝 긴장했다.

"그러니까 같이 다니자. 사탕 줄게, 응?"

…왜 저럴 때만 말투가 변하지?

"전 숲 안쪽까지 가야 해요."

나하사는 결국 실토하기로 했다.

"숲 안쪽이면… 어디까지 말인가. 은호수? 신전?"

"신전이요."

"신전엔 어째서 가려고 하는 것인가? 봉인이라도 깨려는 건 아니겠고."

"……"

잠시 고민하던 나하사가 고개를 푹 숙였다. 가슴 깊은 곳에서 뿜어져 나오는 무거운 한숨을 내쉬며 눈을 내리깔고 가늘게 떨리는 목소리를 냈다.

"제 여동생이… 불치병에 걸려서요."

말하는 중간에 침을 한 번 꿀꺽 삼켜 주었다.

"드래곤 산맥 신전에… 모든 병을 낮게 하는 샘이 있다고 해서…… 흑!"

고개를 45도 방향으로 꺾으며 가느다란 손을 입가에 갖다 댔다.

"내 목숨 따위는 상관없어요. 저는 다만 제 동생을 구하고 싶어요……!"

가까스로 참는 듯한 울음소리와 애절하고도 절박한 심정이 드러나는 만점짜리 열연이었다.

성공했겠지. 나하사는 고개를 숙인 채 중년인의 반응을 기다렸다. 얼마 되지 않아 반응이 나왔다.

"소년이여!"

중년인은 나하사의 어깨 위에 두 손을 힘주어 얹었다.

"내가 도와주겠네!"

"…정말…요?"

나하사는 물기 젖은 눈으로 올려다보았다. 그런데, 헉! 마흔 도 넘어 보이는 아저씨 눈에 눈물이 가득 고여 있었다.

"나도 내 딸의 병을 치료하기 위해 이곳에 왔네."

딸이라는 발음을 하면서 중년인의 눈물 한줄기가 볼을 타고 흘러내렸다.

"그래서 도저히 모른 척할 수가 없군."

"……."

그래서 도저히 모른 척할 수 없는 쪽은 자신이다. 소드 익스퍼트라고 해 봤자, 사실 마법 주문 하나면 쉽게 따돌릴 수 있다. 여기에 재워 놓고 가거나 투명마법으로 떨어지거나, 움직이지 못하게 해 놓고 여관에 데려다 놓는 등 방법은 무궁무진하다. 그러나 나하사는 그 말을 듣는 순간, 모든 방법을 버려야 했다. …딸의 병을 치료하기 위해서인가.

"내가 지켜 주겠네, 소년. 함께 치유의 샘으로 가세나."

"……네."

나하사는 속으로 한숨을 쉬며 중년인이 내미는 손을 잡았다.

중년인의 이름은 터소비 아시오. 올해로 마흔두 살이 되었고, 열두 살 난 딸과 미모의 아내, 셋이서 살고 있다고 한다. 이바노브 아시오 사람인데 자세한 직업 같은 건 얘기해 주지 않았다. 나하사는 그의 직업을 경비단장 정도로 추측했다. 입고 있는 갑옷이나 허리에 찬 검이나, 하나같이 고가품에 질이 좋다.

"그건 네 애완동물이니?"

머리 위에 올라간 커다란 개구리를 보며 물었다.

"네."

나하사가 고개를 끄덕였다. 졸지에 펫이 된 구르가 불만인지 짧은 발로 머리통을 톡톡 쳤다.

"특이한 애완동물이군."

터소비 아시오는 말이 많은 편이었다. 나이답지 않게 순진

한 모습도 있으면서 근육질 남자답지 않게 말투가 부드러웠다. 가끔 변태처럼 느껴질 정도였다. 어째서 하게체와 여성스러운 말투를 동시에 쓰는 건지 나하사는 이해할 수 없었다.

터소비 아시오는 강했다. 소드 익스퍼트 중에서도 중상 급은 되어 보였다. 드래곤 산맥에 대해서 연구를 많이 하고 왔는지, 어느 곳에 어떤 마물이 나타나는지 알고 있었고 실전 경험도 많은 것 같았다. 나하사는 마기에 짓눌린 채로 마법을 쓰지 않아도 되니 편하긴 했다. 그러나 동시에 불편한 점도 있었다.

크릉!

"나타났군!"

지금처럼 마물이 나타나면,

"비켜라!"

터소비 아시오는 그렇게 소리치고 말과는 달리 나하사의 어깨를 껴안고 품에 안는다. 이것이 첫 번째 불편한 점이다.

"갈(喝)!"

웬만한 마물은 다가오지도 못했고, 설사 덤빈다 하더라도 그의 기합 한 방이면 나가떨어졌다. 그러나 이번 마물은 기합에도 도망가지 않았다. 이마에 뿔이 달리고 꼬리가 세 개인 커다란 흑마(黑馬) 형태의 마물이 크아아앙! 울며 입을 벌리자, 입에서 붉은 불길이 뿜어져 나왔다.

"큭! 키메라로군!"

터소비는 한 손으로 여전히 나하사를 보호한 채, 다른 손으로 검을 휘둘러 불길을 쳐냈다. 그래도 앞머리가 조금 탔다.

나하사는 불만스러웠다. 마법을 썼다면 그을리지도 않았을 것이다.

"가만히 있어라."

안 되겠다 싶었는지 드디어 나하사에게서 손을 뗐다.

"이놈이……!"

아직까지 한 마리도 죽이지 않고 도망치게 놔두었던 터소비가 먼저 검을 휘두르며 덤볐다. 죽이는 건가? 마물의 피가 튀면 안 좋은데. 나하사는 그런 생각을 하며 슬그머니 그들에게서 멀리 떨어졌다. 그러나 그럴 필요는 없었다. 터소비는 충분히 마물의 목을 벨 수 있는데도 일부러 점프하여 앞발을 피한 뒤, 꼬리 세 개를 동시에 잘랐다.

크아아아앙! 붉은 눈의 마물이 몸을 비틀며 울고는 수풀 너머로 도망쳤다. 터소비가 검을 집어넣고 손을 탁탁 털었다.

"별거 아니로군."

나하사를 의식하며 뿌듯한 음성으로 그렇게 말했다. 그러나 사실 나하사는 그 모습이 멋있어 보이기는커녕 도저히 안심할 수가 없었다. 아무리 이곳이 햇빛이 잘 들어오지 않는 곳이라 해도, 정말 위험한 마물은 낮에는 나타나지 않을 것이다. 그렇다면 앞으로 더더욱 강한 놈들이 나올 텐데 이 아저씨는 마물을 죽이려고 하지 않는다. 그것이 두 번째 불편한 점이었다.

그들은 다시 걷기 시작했다. 나하사는 입술을 깨물었다. 시간이 없다.

"벌써 해가 지는군."

나하사가 애써 외면하려 했던 사실을 콕 집어 말했다. 작은 소년의 어깨가 축 처지는 것을 본 터소비가 걱정하지 말라며 일러 주었다.

"지도에 따르면 근처에 잘 수 있는 동굴이 있네."

터소비 아시오가 가지고 있는 지도는 나하사가 산 지도보다 훨씬 커다랗고 훨씬 상세했다. 가로 길이 1미터, 세로 길이 70센티미터 정도의 지도에는 어디가 어느 마물의 서식처인지, 어느 쪽으로 가면 어느 과일이 열리는지 등등 많은 정보가 적혀 있었다. 지도에 따르면 신전까지는 사흘에서 나흘 정도가 걸린다고 했다.

"해가 지면 움직이지 않는 게 좋겠지."

터소비는 난감해하는 기색이었다. 그는 원래 해가 져도 계속 움직일 생각이었다. 그렇지만 지금 자신은 어린 소년을 데리고 있다.

"그러면 더 늦어지잖아요."

"하지만 그 편이 안전하네."

"……"

나하사는 걸음을 멈췄다. 그러자 터소비도 함께 멈추었다. 무슨 일이냐고 바라보는 중년 아저씨의 눈빛은 매우 지쳐 보였다. 나하사는 알고 있었다. 사실 어서 빨리 신전에 가고 싶은 건 저 사람도 마찬가지일 것이다. 정말로 딸의 병을 고치기 위해서라면. 이런 어린 소년 따위 짐밖에 되지 않을 것이다.

"지쳤니? 업어 줄까?"

터소비가 또 어린아이 꾀는 변태 같은 말투로 말하기 시작했다.

"나하사야."

대답이 없자 이름을 불렀다. 그 이름은 아주 소중한 이가 지어 준 이름이기 때문에, 나하사는 결코 가명을 쓰지 않았다. 그래서 터소비가 이름을 물어봤을 때, 어쩔 수 없이 진짜 이름을 알려 주었다.

"왜 그러니?"

터소비가 부드럽게 물었다.

나하사는 속으로 결심하고 입을 열었다.

"우린 서로 혼자뿐이고, 신전에 빨리 도착할수록 좋아요. 그렇죠?"

나하사의 말에 터소비가 고개를 끄덕였다.

"그러니까 해가 지건 말건 마물이 덤비건 말건 최대한 쉬지 않고 빨리 가기로 하죠. 드래곤이 아닌 마물은 그렇게 두려워하지 않아도 됩니다. 당신은 소드 익스퍼트고……."

"아니, 그걸 어떻게!"

"나는."

나하사는 터소비의 말을 가로막았다. 천천히 허공에 손을 들고 둘째손가락을 세웠다.

"파이어fire."

붉은 불꽃이 손가락 위에 떠올랐다.

"……!"

터소비의 얼굴이 경악으로 물들었다.

"마법사니까."

입을 쩍 벌린 터소비의 얼굴은 볼만했다. 그러나 그는 곧 정신을 차렸다.

"그 정도 마법으로는 안 되네. 이곳은 드래곤 산맥. 물마법이나 불마법 몇 개 배웠다고 간단히 돌아다닐 수 있는 곳이 아니네."

"내 말 아직 안 끝났어요."

나하사가 손가락을 가볍게 흔들자 불꽃이 더욱 커졌다. 그리고는 손을 내리더니 터소비의 얼굴로 손가락질한다. 주먹 두 개를 합친 것만큼 커진 불꽃이 터소비의 얼굴로 날아왔다.

"윽!"

터소비가 땅바닥을 구르며 피했다.

크어어어엉!

분명히 나무에 맞았을 거라 생각했는데 마물의 울음소리가 들렸다. 재빨리 일어나서 보자, 자신이 서 있던 자리 옆에 기다란 뱀이 타들어 가고 있었다. 얇고 길며 푸른색 줄무늬가 있다. 해가 지면 나타나 그림자 속에 숨은 뒤, 그림자의 주인이 잠들고 나면 몸을 산 채로 먹어 치운다는 마물 배므가 확실했다. 그림자 속에 숨은 마물을 발견하고, 그것을 불에 태웠다고? 터소비가 하얗게 질린 얼굴로 나하사를 보았다.

"그것도 아주 강한."

머리 위에 개구리를 올린 소년은 예쁘장한 하얀 얼굴로 자신 있게 웃었다.

밤을 꼬박 지새우고 아침이 되었다. 대륙에서 가장 커다랗고 오래된 나무인 어머니 나무에 다다를 때까지, 용변을 보거나 마물과 싸울 때 말고는 조금도 걸음을 멈추지 않았다. 어머니 나무는 다른 나무가 거의 없고 잡초도 나지 않은 평지에 홀로 위풍당당하게 서 있었다. 대륙에서 가장 높지 않으나, 그래도 상당히 높은 축에 속한다. 그러나 어머니 나무의 위대함은 그 둘레에 있었다. 멀리서 봤을 때 둘레가 미힐의 희귀종공원에 있는 커다란 호수만 해 보였고, 가까이 다가가니 그 둘레의 경계면은 아예 볼 수조차 없었다.

"조금 쉬는 게 어떤가?"

"어머니 나무 안에서요?"

터소비가 고개를 끄덕였다. 나하사는 동의했다. 어머니 나무에는 보통 사람이 사는 집만 한 크기의 구멍이 있다. 흔히 나무 동굴이라고들 부른다. 모험가들은 신전이나 은호수가 아니라 어머니 나무의 나무 동굴에 들어가 보기 위해 드래곤 산맥을 탐험하기도 했다. 북동쪽에 더 넓은 동굴이 있으나 둘은 더 가까운 서쪽으로 향했다. 멀리, 어머니 나무의 영역에 뿌리를 펴지 못한 나무들이 보였다. 햇빛이 밝게 비치는 어머니 나무의 평원과는 달리, 그쪽은 어둡고 음침해 보였다. 조금 쉬다가 다시 저 숲 안으로 들어가야 한다.

　나무 동굴 안에는 다행히 아무것도 살고 있지 않았다. 벽면, 즉 나무껍질에는 날짜와 함께 '누구 왔다 감' 같은 인간의 낙서가 새겨져 있었다. 그 날짜들은 하나같이 여름에 집중되어 있었다. 봄이나 가을, 겨울에 다녀간 이는 아무도 없었다. 아예 도전한 사람이 없는 건 아닐 것이다. 그러나 어머니 나무에 다다르기 전에 드래곤 로드의 입가심 거리가 되었겠지. 나하사는 역시 여름에 오길 잘했다고 생각했다.

　"피곤하겠군."

　터소비가 모닥불을 피우며 말했다.

　"그보다는 배가 고프네요."

　나하사는 짐 속에서 먹을 것을 찾았다. 빵 두 개와 고추장 튜브, 우유와 물병을 꺼냈다. 우유는 뜯어서 구르에게 주고 빵 한 개는 터소비에게 건넸다.

　"고맙네."

　터소비는 나하사가 빵에 발라 먹는 빨간 소스를 보았다.

　"그 빨간 소스는 뭔가?"

　"먹어 볼래요?"

자신의 고추장 튜브에 관심을 가지는 중년인에게 나하사는 눈을 빛내며 물었다. 늘 심드렁하던 표정의 소년 마법사가 이 체야 그 나이로 보였다. 귀여운 모습에 터소비는 살짝 웃으며 고개를 끄덕였다.

"음, 그럼 어디 한 번……."

"……."

"…쿨럭."

기껏해야 딸기잼일 줄 알고 듬뿍 발라 먹은 터소비 아시오 가 얼굴이 시뻘게져서는 심하게 기침했다.

"쿨럭, 쿨럭! 켁, 윽, 이, 이건 쿨럭! 도… 독?"

설마 자신을 암살하려는 살수였단 말인가! 그렇다면 대단한 연기력이다……!

목을 움켜쥐고 피라도 토할 듯이 기침하는 터소비에게, 나 하사는 심드렁한 얼굴로 물병을 던져 주었다.

"왜 이 매운맛을 이해해 주는 사람이 없는 거지."

그 목소리는 무척 쓸쓸하기까지 했다. 빵을 한입에 집어삼 키고 물병을 한 통 넘게 비우고 나서야 매운맛이 좀 가셨다.

소년은 배가 고프다고 말했으면서 꼭 억지로 먹는 것처럼 깨작깨작 먹고 있었다. 저 매운 소스를 아낌없이 짜 먹는 모습 에 터소비는 입맛이 싹 가셨다. 역시 마법사 중에는 특이한 놈 들이 많은 모양이다.

"하나 더 줄까요?"

"아니네. 남겨 둬야지."

그는 이제 나하사에게 어린아이 구슬리는 말투로 말하지 않았다. 아마도 나하사가 열여덟 살의 성인이며 마법사임을 믿게 되었기 때문일 것이다.

"그대는 어디에서 그런 마법을 배웠나?"

나하사는 빵을 씹고 있어 대답하지 못했다.

"어느 학교에 다닌 건가? 아시오 학교는 아닌 것 같은데. 마법사 둥지? 이화이트 학교?"

전부 이바노브 아시오에 있는 학교들이었다.

"독학이에요."

"거짓말!"

터소비는 믿지 않았다. 지금까지 본 나하사의 실력은 굉장했다. 그렇게 끊임없이, 다양한 마법을 구사하면서도 약간 지친 기색밖에 보이지 않았다. 터소비가 아는 마법사들도 이름난 자들인데 그들은 이 소년의 실력의 반도 안 되어 보였다.

"알려 주기 싫은 건가?"

"그렇다기보다는……."

나하사가 말하며 빵을 마저 삼켰다.

"알려 주기 싫다기보다는 알려 주면 안 되네요."

아, 터소비는 탄성했다. 알려 주면 안 되는 곳.

……마법사의 탑.

위치조차 모르는, 아니 위치가 언제나 바뀌어 그 누구도 정확한 위치를 모른다고 하는 곳. 그곳을 말하는 것인가!

"알겠네. 더 이상 묻지 않겠네."

긴장한 어조였다. 터소비는 생각보다 더욱 강한 이와 함께
하고 있는 것이다.

"든든하군. 그대와 나는 꼭 신전에 다다를 수 있을 거네."

"그래야죠."

"그대의 동생도, 반드시 병이 나을 거고."

내 딸도, 나을 수 있겠지. 터소비가 나지막이 말했다. 그 말
을 들은 후에야 나하사는 자신이 없는 동생을 만들어냈었다는
사실을 상기했다.

"무슨 병입니까?"

나하사의 물음에 터소비가 한숨을 쉬었다.

"아무도 그걸 모르더군. 황궁의 의사도, 신전의 상급신관
도."

대답하는 그의 눈빛이 무척 쓸쓸해 보였다.

"음식을 삼키지 못해서 뼈만 앙상하게 남을 정도로 시들어
가고 있네. 영양분이 없으니 머리카락도 빠지고 피부도 썩어
들어가, 합병증도 상당하네. 본래 부드러운 갈색 머리카락에
아주 귀엽게 웃는 아이였는데."

"……."

"그런 아이가 말도 제대로 하지 못하고 온종일 누워 고생하
고 있어. 고작 열두 살인데……."

나하사는 아무 말도 하지 않았다. 이름도 모르는 병에 걸린 딸아이를 둔 아버지에게 무슨 말을 해야 하는 걸까? …가족을 위해 죽음을 무릅쓰고 드래곤 산맥에 들어온 사람에게, 가족이 무엇인지 모르는 내가 할 수 있는 말이 있기는 할까.

침묵이 맴돌았다. 벌레가 나무 동굴 바닥을 기어 다니는 소리와 모닥불 타들어 가는 소리만 희미하게 났다. 나무 동굴 안으로 빛이 스며들었다. 본래 봉인을 깨느라 밤에 일어나고 낮에 자는 생활을 해 온 나하사는 슬슬 졸려 왔다.

"개구리는 벌써 자는군."

내려놓은 짐 위에서 부른 배를 자랑하듯 퍼질러서 자는 구르를 보고 터소비가 웃었다.

"그대도 어서 자게나."

"아뇨, 그쪽부터 눈 좀 붙이세요."

"하하. 나는 전혀 졸리지 않네. 늙으면 잠이 없어지지."

나이 들면 얼마나 들었다고. 우스웠으나 굳이 사양하고 싶지는 않았다. 터소비가 피운 모닥불 옆에 나하사가 모포를 깔고 누웠다.

"조금 있다가 깨우세요. 바꿔서 불침번 설게요."

"세 시간 후에 깨우겠네."

나하사는 옆으로 누워 눈을 감았다. 터소비는 짐을 허리 뒤에 두고 기대앉았다. 머리맡에서 자던 구르가 데굴데굴 굴러와 얼굴에 철퍼덕 안착했다. 가만 보니 눈을 가늘게 뜨고 있다. 자는 척하고 있었던 모양이다.

커다란 개구리를 꼭 껴안았다. 마물이라 그런지, 아니면 개
구리라서 그런지 체온은 그리 따뜻하지 않다. 그렇지만 체온
이 아니라도 따뜻하게 느껴지는 무언가가 있다. 마음을 따뜻
하게 하는 데에는 여러 방법이 있는 것이다. 선잠이 들었다.

머리를 쓰다듬는 손길이 느껴졌다.

"나하사."

이름을 부르는 다정한 목소리가 들렸다. 부드러운 손
길이 앞머리와 이마를 쓸고 내려왔다.

"자니?"

뺨에서 느껴지는 따뜻한 기운.

"나하사……."

얼어붙은 마음의 빗장을 간단히 녹여 버렸던 목소리.

나하사, 당신이 지어준 이름. 바다…….

나하사는 눈을 떴다. 이 모든 건 환상이다. 다시 오지 않을
과거만을 추억하게 하는 악몽이다. 구르가 품 안에서 골골거
리며 잠들어 있었다. 부스럭거리는 소리가 들려 옆을 보았다.
터소비 아시오가 손바닥만 한 종이를 하염없이 보고 있었다.
두텁고 거친 손가락이 종이 위를 쓸었다. 언뜻 보인 종이는 갈
색 머리에 건강한 살구색 피부의 여자아이가 해맑게 웃는 모

습을 찍은 사진이었다. 아이의 사진을 보는 쓸쓸한 눈빛이 나하사의 마음속에 스며들었다. 가족이란 무엇인지 잘 모르겠지만, 어느 한 사람을 위해 목숨을 바치려는 그 마음은 알 수 있을 것 같다. 그래서 자신도 지금 이곳에 있는 거니까.

겨우 다다른 신전은 나하사가 지금까지 본 어느 신전보다도 컸다. 터소비 아시오는 드래곤 산맥 지도를 접어서 넣고 다른 지도를 꺼냈다. 산맥 지도보다 작은 그것은 색까지 칠해진 신전 지도였다.

"자세히 나와 있네요. 얼마 주고 샀어요?"

"하하. 그렇지? 사실 산 건 아닌데."

"그럼 어떻게 구한 건데요? 굉장히 좋아 보이는데."

"……."

대답 없이 씨익 웃는다. 설마 훔친 거라든가 그런 건 아니겠지? 나하사는 지도 뒷면 오른쪽 아래 구석에 이바노브 아시오 학교 소유물이라는 선명한 도장을 못 본 척했다.

신전은 지상 1층으로 높지는 않고 대신 지하로 13층까지 있었다. 이 13층이라는 기준도 사실 모호하지만, 보통은 13층이라고 본다. 지도에 따르면 샘과 봉인지는 모두 지하 마지막 층에 있다. 그리고 지하로 가는 길은…….

터소비가 짐에서 로프를 꺼냈다. 두껍고 기다란 로프 한쪽 끝을 신전 기둥에 든든하게 묶고 자신의 허리를 감았다.

지하로 가는 길은, 없다. 신전으로 들어간 모험가는 거대한 검은 구멍을 마주하게 된다. 입구에 한 발짝 들어서면 맞은편 벽면까지 거대한 허공만이 펼쳐져 있다. 커다란 원형의 이 구멍은 지름이 무려 20미터다. 굉장히 깊고 어두우며, 보고 있으면 저절로 빨려 들어갈 것 같은 기괴한 기운을 내뿜는다.

터소비가 묶으라고 로프를 내미는 것을 보고 나하사는 구멍으로 훌쩍 뛰어들었다.

"이봐!"

"플라잉flying."

기겁하는 터소비가 무안하게 나하사는 둥둥 공중에 떴다.

"같이 내려가죠. 악령이 있는 곳이니까."

"……"

사실 고소공포증이라 이 상황이 몹시 무서웠지만, 쿨한 척 허세를 부리며 터소비를 기다려 주었다. 터소비는 허리에 로프를 든든히 감고 암벽 등반을 하는 것처럼 누워서 발로 벽을 디디며 천천히 내려갔다. 생명의 기운을 느낀 악령들이 지하에서부터 올라왔다.

"자네, 백마법 가능한가?"

"전혀요."

"이런! 나는 백마법사를 데리고 왔었는데, 그놈의 버섯 때문에……."

터소비가 얼굴을 찌푸렸다. 낭패다. 악령은 신체에 해를 입

힐 수는 없었지만 생기를 빨아들이니 신체에 해를 입히는 것
만큼이나 무서운 존재였다. 나하사는 나하사대로 낭패였다.
고대마법을 쓰면 식은 죽 먹기인데 저 남자 때문에 쓸 수가 없
다. 그렇다고 혼자 먼저 내려가 버리면 저 아저씨는 악령한테
당하고 말 것이다. 기다리라고 하고 내려갔다가 샘물만 떠오
면…… 물론 얌전하게 기다릴 리가 없겠지.

"이리 와라."

터소비 아시오가 한 손으로 로프를 잡고 한 손은 나하사 쪽
으로 뻗었다. 꼭 안기라는 것 같은데.

"어서."

"…왜요? 무슨 방법이라도 있어요?"

터소비는 눈을 감으며 심호흡하다가 히압! 하고 기합을 넣
었다. 신체에서 은은한 빛이 뿜어져 나온다. 나하사는 속으로
조금 감탄했다. 맞아, 이 아저씨 소드 익스퍼트였지. 기를 갑
옷처럼 두른 것이다. 신성마법 중 소울 아머soul armor와 비
슷한 효과가 있는 기술이다.

악령에게만 효과를 발휘하지만, 마물인 구르도 영향을 받는
지 괴로워하며 슬금슬금 나하사의 배낭을 열고 들어갔다. 그
러나 사실 들어간다고 크게 달라지는 것은 없을 것이다.

"악령은 가까이 올 수 없을 거다. 오래 쓸 수 없으니 어서
내 곁으로 와라."

이 자세 싫은데……. 나하사는 주저하며 터소비의 품 안에

들어갔다. 체구가 작아서 안기기 쉬웠다. 양팔로 목을 둘러 안았다. 아저씨 냄새가 난다. 어른 남성의 냄새다.

터소비 아시오는 천천히 아래로 내려갔다. 뭐 묻은 표정으로 가슴팍에 얼굴을 묻고 있으려니 지지지직 악령 타들어 가는 소리가 들려왔다.

살짝 위를 올려다보자 시선을 눈치챈 아저씨가 인자하게 웃었다. 왠지 얼굴이 확 붉어져서 고개를 내렸다.

"마법을 계속 쓰고 있으면 피곤하지 않은가?"

터소비가 물었다. 플라잉마법을 해제하지 않아서 그렇다. 나하사는 고개를 저었다.

"전혀요."

피곤하더라도 절대 해제하지 않을 것이다. 왠지 모든 무게를 맡기는 것은 부끄럽다. 넓은 가슴과 힘주어 허리를 안은 손. 눈앞에서 그렇게 여러 번 마법을 썼어도 자신보다 약하다고 인식하고 이렇게 지켜 주려 하고 있다. 바보같이.

……아버지란 존재가 이런 느낌일까?

어린 소년 마법사는 생각했다. 얼굴도 한 번 본 적 없고 사실은 존재하는지조차 모르지만, 만약 아버지란 게 있다면 이런 느낌이 아닐까. 힐끗 아래를 보니 이제 얼마 남지 않았다.

"음? 가만히 있어라."

품 안의 작은 소년이 꾸물거리자 터소비가 더 힘주어 안았다.

"괜찮아요."

나하사는 힘을 빼라는 식으로 터소비의 두꺼운 팔을 툭툭 치고 품 안에서 빠져나왔다. 계속 소울 아머 속에 있으면 구르도 힘들 것이다.

"나하사!"

빠져나와 멋대로 아래로 날아가니 터소비가 기겁하며 자신을 불렀다.

"아래에서 기다릴게요."

손나발을 만들어 외치고는 날아 내려갔다.

가볍게 착지하고 위를 올려다보니 터소비 아시오의 소울 아머가 하얀 점으로 빛나는 것이 보였다. 바닥은 촉감이 기분 나쁜 회색 흙이었다. 사람의 뼈도 섞여 있을 것이다. 생명의 기운을 느끼고 근처에 있던 악령 조무래기들이 몰려들었다.

"혼·완."

그러나 두 자의 고대마법에 곧 흔적도 없이 사라졌다. 나하사가 조용히 숨을 쉬며 주위를 살폈다. 바닥은 거대한 원형이었다. 원을 둘러싼 벽에 빛의 돌이 장식되어 있어 환했지만, 중심으로 갈수록 어두워졌다. 나하사는 남쪽 가장자리에 있었고 샘은 북쪽에, 그리고 봉인지는 서쪽에 있다고 지도에 나와 있었다. 배낭에서 꾸물꾸물 기어 나온 구르가 어깨로 올라갔다.

"저 인간과 따로 움직이면 안 되나 개굴? 말을 못해서 답답하다 개굴."

"글쎄, 샘의 물을 뜰 때까지는 안 될 거 같아."

"그 후엔 어쩔 건가 개굴?"

"……."

나하사는 대답을 망설였다. 위를 올려다보니 터소비가 빠른 속도로 내려오고 있었다.

"나하사!"

눈을 귀신같이 뜨고 내려다보며 소리친다. 갑작스러운 고함에 나하사가 얼굴을 찌푸렸다. 왜 저래?

바닥에 다다른 터소비는 로프를 풀고 화난 얼굴로 성큼성큼 걸어왔다. 구르는 입을 다물고 나하사의 머리 위로 점프해 개굴개굴 우는 척했다.

"그렇게 멋대로 뛰쳐나가면 어떡해!"

덩치 큰 아저씨가 무시무시한 얼굴로 화를 낸다. 나하사는 벙쪄서 눈만 깜빡깜빡했다.

"아무리 마법사의 탑에서 마법을 배웠다고 해도! 이런 위험한 곳에!"

"…이봐요."

"너는 아직 어린아이다! 혼자서 드래곤 산맥에 들어온 것도 간을 배 밖에 내놓은 건데, 악령 소굴에까지 기어 들어가?"

"저기요."

"죽으려고 작정이라도 한 건가!"

터소비는 자기 멋대로 지껄이고는 씩씩거리며 어디 말해 보라는 듯 나하사를 보았다. 나하사는 이 남자가 왜 이렇게 화를 내는지 이해도 안 됐고 어이도 없었다. 우선은 저 아저씨가 잘못 알고 있는 사실부터 고쳐 주기로 했다.

"난 열여덟 살입니다. 성인이에요."

"스무 살부터가 성인인 나라도 있네!"

물론 그렇지만 나하사는 마다스 태생이었다. 드래곤 산맥 바로 옆에 붙어 있는 탓에 치안이 몹시 좋지 않은 그 조그맣고 가난한 나라에서는 열다섯 살을 성인이라고 보았다. 그러나 나하사는 그런 것까지는 말하지 않았다. 그보다 중요한 오해를 바로잡아야 한다.

"그리고 마법사의 탑에서 배웠다는 건 뭡니까?"

"…음?"

"음은 뭐가 음이에요! 누가 들으면 어쩌려고 그래요? 마법사의 탑의 제자인 척하면 쥐도 새도 모르게 잡혀가서 사라지는 거 몰라요?"

나하사가 떽떽거리면서 말하자 터소비는 당황한 얼굴로 금방 사과했다.

"미안하다. 알려 주면 안 된다길래 그곳인 줄…….."

터소비의 사과에도 나하사는 입을 뻬죽 내밀며 불만스러운 표정을 지었다. 알려 주면 안 되는 곳이 무슨 마법사의 탑뿐인가. 물론 이해는 한다. 보통 사람들이라면 마법사의 탑밖에 떠올리지 못할 것이다. 나하사도 처음에는 그랬었다. 그러나 그곳은 현대 마법밖에 배울 수 없는 곳이었고 나하사는 고대마법이 필요했다.

"그럼 어디서 배운 건가?"

나하사가 공부한 곳은 전설이라고 일컬어지는 '세계의 끝'이었다. 얼마나 전설이냐면, 태초에 '새벽에만 부는 바람'이 닿아 대지와 하늘과 물이 생겼다는 그 시기의 전설과 일치할 정도의 전설이다. 음유시인들이 자주 노래하기도 하고 그에 관련한 만화책이나 소설책도 많지만, '세계의 끝'이 실존한다고 믿는 사람은 거의 없었다. 또한 '세계의 끝'도 그것을 바라고 있다.

나하사는 어깨를 으쓱하며 말을 돌렸다.

"아무튼 나는 강해요. 지금 내가 악령한테 기운을 뺏겼어요? 아니죠?"

터소비가 말 잘 듣는 아이처럼 고개를 끄덕였다.

"이런 거 보면 모르겠어요? 내가 무슨 바보도 아니고 설마 실력도 없으면서 혼자 들어왔겠어요?"

"그렇긴 하지만 그대는 아직 어리네."

이 사람이 끝까지…… 점점 인내심이 약해지는 나하사가 재워 버릴까 생각하는데 터소비가 진지하게 입을 열었다.

"그대가 아무리 강해도… 설사 나보다 강하더라도 그대는 어리네. 내가 조금만 더 일찍 결혼했으면 그대만 한 아들이 있었을 거야. 그런 아이가 악령 소굴 속으로 뛰어드는 걸 마음 놓고 볼 수 있는 어른은 없네."

"……."

터소비는 나하사에게 한 걸음 다가왔다. 머리를 쓰다듬고 싶었으나 조그만 머리통 위에서 빤히 이쪽을 보고 있는 커다란 개구리 때문에 어깨에 손을 올렸다. 무거운 짐을 멘 작은 어깨. 소년의 하얀 얼굴에는 표정이 없었다.

"그대가 어떤 삶을 살아왔는지는 모르지만, 그대보다 나이가 많은 어른이 앞에 있다면 조금은 의지해 보는 게 어떻겠나."

터소비의 조용한 말이 끝난 후에 잔잔한 침묵이 찾아들었다. 나하사는 어색한 듯 천천히 자신의 어깨 위에 올려진 손을 보았다가, 바닥을 보았다가, 터소비 가슴께의 허공을 보았다가, 드디어 아저씨의 눈과 시선을 마주쳤다. 그리고는 말했다.

"슬립sleep."

중년인이 쓰러졌다. 나하사는 그의 무거운 머리를 간신히 받치고 땅에 눕혀 주었다. 혹시 악령이 다시 나타날 경우를 대비하여 주위에 간단한 마법진을 그려 주었다.

"실드shield."

뒤척이다가 결계를 넘거나 하진 않겠지. 터소비 아시오의 짐을 뒤지자 유리병이 세 개 나왔다. 나하사는 우선 샘물을 떠 온 다음에 봉인을 해제하기로 했다.

"라이팅lighting."

허공에 하얀빛 덩어리를 둥둥 띄웠다. 샘은 북쪽에 있으니 원 중앙을 가로질러 가야 했다. 터소비 아시오를 두고 열 걸음 정도 걸었을 때였다. 머리 위의 묵직한 무게가 사라졌다.

"구르?"

구르가 바닥으로 점프해 나하사의 앞에 서서 매우 아니꼬운 듯 얼굴을 잔뜩 찌푸리고 있었다.

"왜 그래?"

"답답하다 개굴."

보통 신전이라면 마물은 당연히 답답해야 한다. 그러나 이 신전은 다르다. 드래곤 산맥의 신전은 이름만 신전일 뿐, 마기로 똘똘 뭉친 곳이다. 어디가 아픈가 싶어서 나하사가 쭈그려 앉아 구르를 손에 들었다.

"어디가 아파?"

"모르겠다 개굴. 자꾸 널 보면 여기가 답답하다 개굴."

날 보면?

"저 인간을 재운 것도 답답하다 개굴."

"무슨 말이야?"

"혼자 가는 것보다는 같이 가는 게 낫지 않나 개굴?"

나하사가 한쪽 눈썹을 올렸다.

"너도 설교하려고?"

"물론 강하다는 건 알고 있다 개굴. 하지만……."

말을 멈추고는 물가에 자기 자식새끼를 내놓은 어머니 같은 표정을 지었다. 하, 나하사가 어이없는 숨을 토했다.

"너 사실 마물 아니지? 그냥 개구리지?"

"무슨 말인가 개굴! 나는 위대한 개굴족의 왕⋯⋯!"

받치고 있던 개구리를 내려놓고 일어섰다. 소드 익스퍼트니까 저 아저씨, 보통 사람보다 일찍 깰 것이다. 빨리 유리병을 채우고 봉인을 풀어야 한다.

"나하야, 기다려라 개굴!"

무심하게 걸어가는 나하사의 뒤를 개굴족의 왕 구르르무가 짧은 다리로 열심히 쫓아갔다.

바닥은 연한 녹색의 대리석이었고 가운데 작은 샘은 보랏빛이었다. 흐릿하게 눈을 뜨고 보면 마치 들판 위에 흐드러지게 핀 자색 꽃처럼 보였다.

"오, 이건 마계의 물과 같은 색이군 개굴!"

조금 우울하게 처져 있던 구르가 반색을 하며 뛰어갔다. 마물인 구르는 보라색 샘을 전혀 두려워하지 않고 풍당 들어가 개구리헤엄을 쳤다.

나하사는 샘 앞에 무릎을 꿇고 앉아 장갑을 꼈다. 모든 병을 치료하는 샘물이긴 하지만, 이 샘물 자체로 치료하는 건 아니다. 샘물과 다른 여러 물질들을 조합하여 약을 만드는 것이다. 그러나 그것을 모르고 이 샘물에 직접 손을 갖다 대면 닿은 부위가 즉시 까맣게 썩어 들어간다. 그런데 이상한 건 동물이나 식물은 샘물에 닿아도 전혀 변화가 없다는 점이었다. 지금도 투명한 자색 물 아래에서는 어느 연못에나 있는 식물들이 물결에 흔들리고 있었고, 작은 피라미 같은 물고기들이 헤엄치고 있었다. 단지 인간만이 물에 닿으면 피부가 썩는다. 그래서 혹자는 이 샘을 인간을 증오하는 샘이라 불렀다.

혹시 몰라 장갑에 실드 마법을 두른 다음, 유리병에 샘물을 떴다. 나하사가 생각하기에 이 샘은 인간을 증오하지 않았다. 만약 증오한다면 모든 병을 치유하는 힘 같은 건 없었을 것이다.

"아아— 좋다 개굴. 나하도 들어와라 개굴."

둥실둥실 떠다니며 구르가 행복한 목소리로 말했다. 나하사는 두 번째 유리병에 물을 담았다.

"그거 알아? 이 샘에는 전설이 있어."

"나는 전설 같은 거 믿지 않는다 개굴."

세 번째 유리병 뚜껑을 열며 말했다.

"샘은 사실 드래곤의 침이 고인 거라는 전설인데."

개굴! 구르가 비명을 지르며 샘을 뛰쳐나갔다. 우웩, 웩, 퉤퉤. 물을 뱉으며 몸을 턴다. 개구리 주제에.

"진작 말을 해 줬어야지 개굴!"

조용한 샘가에 쩌렁쩌렁 구르의 목소리가 울렸다. 세 번째 유리병까지 물을 다 채운 후, 두 손으로 들고 되돌아갔다. 다른 사람들이 보았다면 매우 아까워했을 것이다. 샘물은 매우 비싼 값에 팔리기 때문이다. 하지만 어차피 나하사는 돈이 모자라지 않고, 샘물의 효과가 다한 후에야 드래곤 산맥을 나갈 것이 뻔하기 때문에 샘물을 뜨는 시간 낭비를 하지 않았다.

꽤 빠른 걸음으로 터소비 아시오에게 걸어갔다.

"세 시간으로 알고 있는데."

잠이 든 터소비 아시오를 내려다본 나하사가 턱을 쓸며 난감한 표정을 지었다. 구르가 어깨 위로 올라와 고개를 갸웃했다.

"뭐가 말인가 개굴?"

"샘물의 효과 말이야. 세 시간 후에 사라질 거야."

터소비 아시오는 코까지 골며 아주 잘 자고 있었다.

"그럼 어서 깨워야 하지 않겠나 개굴!"

구르가 소리치며 터소비의 얼굴로 뛰어내렸다. 그러나 그 위에서 방방 뛰고 코를 막고 별짓을 다 해도 터소비는 깨어나지 않았다. 마법을 걸었을 당시, 나하사가 살짝 화난 상태여서 꽤 강하게 걸린 듯했다.

"일어나면 골치 아파질 것 같은데."

나하사가 서쪽을 바라보았다. 봉인 해제하는 것을 절대 보고만 있지는 않겠지. 나하사는 짐 속에서 종이와 연필을 꺼냈다.

'샘의 물, 뜬 지 십 분 정도 지났어요. 빨리 드래곤 산맥에서 나가세요.'

본래 다시없을 악필이지만, 알아볼 수 있도록 꾹꾹 눌러쓴 다음 유리병 세 개와 함께 터소비의 옆에 놓았다. 텔레포트 스크롤 정도는 가져왔겠지? 나하사는 딸의 불치병을 치료하기 위해 드래곤 산맥에 들어온 아버지의 얼굴을 한 번 보았다가, 투명마법을 시전했다.

"얀·쟈밀·바."

"개굴? 나하사?"

나하사가 갑자기 사라지자 불안한 듯이 개굴— 우는 구르를, 나하사는 손으로 집어 어깨 위에 올려주었다. 구르도 투명해졌다.

"이건 참 볼수록 신기한 마법이다 개굴."

"조용히 해."

나하사는 터소비의 얼굴 위 허공에 손바닥을 폈다.

"워터water."

주문을 외우자 손바닥 아래로 차가운 물이 쏟아져 내렸다.

"우악!"

터소비가 비명을 지르며 깨어났다. 나하사는 한 발짝 뒤로 물러나 벽에 기댔다.

"뭐, 뭐지?"

자다 일어나 상황 파악이 안 된 터소비가 주위를 두리번거렸다. 그러다 손바닥에 묻은 회색 흙을 보고 그제야 정신을 차렸다. 이곳은 드래곤 산맥의 신전 안, 갈색 머리 마법사 소년과 함께 들어왔다. 그리고… 그 소년이 자신에게 마법을 걸었다!

벌떡 일어난 터소비의 눈에 소년은 보이지 않았다. 커다란 개구리도 없었다. 악령도 마물도 없이 오직 자신뿐이었다.

"…어떻게 된 거지?"

낮게 중얼거린다. 나하사는 숨죽이고 터소비 아시오를 지켜보았다. 터소비는 긴장을 늦추지 않고 주위를 살폈다. 곧 그는 자신의 짐 옆에 놓인 쪽지와 유리병을 발견했다.

"이것은 암호인가?"

아니면 그림? 추상화? 미간을 모아 찌푸리고 한 글자 한 글자 분석하고 나서야 내용을 알아볼 수 있었다. 쪽지를 다 읽은 터소비가 유리병 속의 물을 들여다보았다. 자색의 투명한 액체는 샘물이 틀림없었다. 쪽지 내용대로라면 어서 빨리 이곳을 나가야 한다. 짐 속에 유리병과 쪽지를 넣고, 속주머니에서 텔레포트 스크롤을 꺼냈다.

부디 딸의 병이 꼭 낫기를 바랄게요. 안녕히 가세요. 나하사는 마음속으로 제법 진지하게 인사를 했다.

"소년, 지금 어디 있는 건가?"

그러나 터소비는 스크롤을 손에 든 채, 찢으려고 하지 않고 허공에 대고 소리쳤다.

"나하사! 여기 있는 거 알고 있네!"

물론 나하사는 말없이 보기만 했다. 이름을 괜히 알려 줬나.

"나는 이바노브 아시오 학교의 검술 선생이네."

뜬금없이 터소비 아시오가 자신의 직업을 털어놓았다.

선생일 줄은 몰랐다. …아니, 어찌 보면 선생 냄새가 나는 것 같기도 했다. 학생들에게 굉장히 다정한 선생일 것 같다. 나하사는 소리 없이 미소 지었다.

터소비는 자신의 짐 속에서 금박 테두리의 양피지를 꺼냈다. 뭘 하나 싶어 보고 있으려니 공작새 깃털이 달린 펜으로 양피지에 무언가를 급하게 써넣었고 있었다.

"이것을 두고 갈 테니 꼭 가지고 학교로 오게."

"……"

"감사의 인사를 하고 싶네. 꼭 와 주게!"

나하사는 대답하지 않았다. 터소비는 양피지를 바닥에 내려놓고 허공을 향해 고개를 꾸벅 숙였다. 공교롭게도 그 방향은 나하사가 있는 위치를 정확하게 짚어냈다.

스크롤을 찢자, 빛과 함께 터소비가 사라졌다. 나하사도 투명마법을 풀었다. 마족인 주제에 호기심은 많은 구르가 얼른 뛰어내려, 나하사보다 먼저 양피지를 보았다.

"국립 이바노브 아시오 학교 입학 추천서…… 나하사 네 이름이 적혀 있다 개굴."

"학교 입학 추천서? 뭐야, 그게!"

전혀 쓸모없잖아? 겨우 입학 추천서 같은 거나 쓰면서 그렇게 엄청난 거라도 베푸는 양 '감사의 인사를 하고 싶네, 꼭 오게!' 하고 소리치다니.

"나하야, 너는 학교 안 다니냐 개굴?"

이바노브 아시오 학교는 10세부터 13세까지 초급, 14세부터 17세까지 중급, 그리고 18세부터 21세까지 고급으로 세 개로 나뉘어 학생들을 받고 있었다. 나하사는 18세로 고급 학교에 들어갈 수 있는 나이다.

"학교 다닐 시간이 어딨어, 내가."

그러나 나하사는 안중에도 없었다. 양피지를 꾸깃꾸깃 접어 짐 속에 넣었다.

"버리지는 않는군 개굴."

"학교 가고 싶어 하는 애 있으면 이름 바꿔서 주지 뭐."

이바노브 아시오 학교는 전 대륙 최고로 손꼽힌다. 대륙 최초의 학교이며 자타 공인 최고의 선생님들이 모여 있고, 작은 도시만큼이나 부지가 넓으며 학생들에 대한 지원에도 아낌이 없다. 추천이나 시험을 봐서 들어가는 길뿐이라 입학은 까다롭지만, 일단 들어가기만 하면 편하게 공부할 수 있고 향후 직업을 갖는 데에도 큰 도움이 되기 때문에 노리는 아이들이 적지 않았다.

"아깝다 개굴. 마왕님 부활한 후에라도 학교 다녀 보는 게 어떤가 개굴?"

나하사는 피식 웃으며 등에 짐을 둘러멨다.

"그래, 세계가 멸망하지 않는다면."

마왕이 부활하면 세계가 멸망한다.

이 대륙의 오랜 전설이었다.

"자, 그럼 가 볼까."

나하사가 손을 뻗어 구르를 자기 머리 위에 놓아 주었다. 구르는 스스로 점프해서 머리에 올라타기보다는 나하사가 놓아 주는 것을 좋아했다. 소년 마법사와 개굴족의 왕이 서쪽 봉인지로 향했다.

서쪽에는 샘 대신, 끝이 보이지 않는 길고 좁은 복도가 있었다. 짙은 회색을 띤 대리석 바닥에는 양쪽 검은 벽에서 흘러내린 돌 부스러기가 가득했다. 양 옆벽에 빛의 돌이 주르륵 박혀 있어 어둡지는 않았으나, 서늘한 냉기가 안쪽에서부터 퍼져 나와 스산한 분위기였다.

나하사는 겁나지도 않는지 성큼성큼 복도를 걸었다. 구르는 나하사의 머리 위에 올라가 마치 높은 나무 위에서 청량한 바람을 맞듯 공기를 깊게 들이마셨다. 숲 속보다는 낮지만, 그래도 여전한 마기에 나하의 몸이 축축 처지는 것과는 반대로 구르는 몹시 기분이 좋은 듯했다.

"여긴 신전인데 어째서 마기가 가득하나 개굴?"

"드래곤 산맥 안에 있으니까."

"이곳의 드래곤 로드는 마족을 그렇게 좋아하지 않는 걸로 알고 있다 개굴."

"하지만 싫어하지도 않지."

아아, 무거워. 머리가 무겁다. 나하사는 머리 위의 커다란 개구리를 힐끗 보았다.

"구르야."

"알았다 개굴."

무거워하는 걸 눈치챈 구르가 스스로 바닥으로 뛰어내렸다.

"너 갈수록 무거워지는 거 같아. 살쪘냐?"

활기찬 구르의 모습에 왠지 뿔이 난 나하사가 말하자 구르는 코웃음을 쳤다.

"우유도 안 주면서 그런 말 하지 마라 개굴. 이건 마족 학대다 개굴."

"마족이 우유를 좋아한다는 소리는 듣지도 못했네요."

"인간의 음식을 즐길 줄 아는 멋진 마족이 별로 없어서 그렇다 개굴."

구르는 펄쩍펄쩍 뛰어 나하사 앞을 가로막더니, 짧은 두 다리로 서서 짧은 팔을 굽혀 허리에 댔다. 그리고는 위엄 있는 목소리로 소리쳤다.

"나는 아름다움뿐 아니라 맛과 향기, 촉감까지 즐길 줄 아는 고위마족이다 개굴!"

"……"

나하사는 개구리를 빙 둘러 걸어갔다.

"왜 무시하나 개굴!"

우유를 좋아하는 통통한 개구리가 자기보고 고위마족이라는데 그럼 무슨 반응을 해야 할까? 구르는 말이 없는 나하사를 따라오며 계속 주저리주저리 얘기했다.

"지금 감히 이 몸을 내려다보는데 내가 인간형이 되면 나하는 목이 부러져라 올려다봐야 할 거다 개굴."

"헤에— 그러셔? 그럼 지금 돼 보지그래?"

"흐, 흥. 지금은 복도가 좁으니 싫다 개굴."

나하사가 쿡쿡 웃었다. 모든 마족은 인간으로 변할 수 있다. 다만, 인간의 몸은 불편하고 마력 소모가 심하기 때문에 고위 마족이 아니라면 인간형으로 변하기를 꺼렸다.

조용하고 음침한 복도는 걸을수록 점점 어두워졌다. 빛의 돌의 간격이 띄엄띄엄해지더니 종내에는 하나도 남지 않았다.

"라이팅lighting."

빛의 구를 머리 위에 동동 띄웠다. 복도에는 둘의 발소리와 가끔 투닥거리는 목소리만 울렸다. 검은 벽에는 빛의 돌 대신에 마물의 머리 박제가 장식되어 있었다. 신을 모신다는 신전에 뭐 이런 걸 만들어 놔? 솔직히 이곳을 혼자 걸었다면 조금 무서웠을지도 모른다.

"안으로 들어갈수록 마기가 강해진다 개굴."

구르가 약간 긴장한 목소리로 말했다.

"그렇겠지. 이곳에서 얼마나 많은 사람들이 죽었는데."

"그렇다 해도 이건 심하지 않나 개굴? 마계와 비슷한 수준이다 개굴."

그 수준이란 말이야? 나하사는 현기증에 잠시 발을 멈추고 바닥에 앉았다. 몸의 솜털이 쭈뼛쭈뼛 서고 머리는 못으로 찌르는 듯 아팠다. 길고 끈질긴 잡초들이 발목을 잡고 있는 것처럼 걸음을 옮기기 어려웠다. 어깨는 대리석 덩어리가 누르고 있는 것 같았다. 심상치가 않다. 이 정도의 강한 마기라니. 아무리 드래곤 산맥의 신전이라 해도 이 정도는……

"더 들어가지 않는 게 좋을 것 같다 개굴."

마기가 강해지면 좋아해야 할 구르가 오히려 긴장하며 말했다.

"왜?"

"마계와 비슷한 수준의 마기가 있는 곳인데 마물도 마족도 없다 개굴."

그러고 보니… 머리가 박제된 마물은 있지만 살아 있는 마물은 없다. 이런 살기 좋은 곳이 있다는 걸 몰라서 아무도 없는 건 아닐 터였다. 다른 이유가 있는 것이 확실했다. 안에 무엇이 있는 걸까? 강한 문지기라도 있는 걸까, 아니면……

"봉인돼 있는 것 때문에?"

구르와 나하사의 시선이 마주쳤다. 나하사는 다시 일어났다. 마기가 강할수록 기운은 빠지고 걷기도 힘들지만, 마기가 아예 없는 것보다 낫다. 마법사는 지친 몸을 이끌고 복도를 계속 걸어 나갔다.

봉인지는 거대하고 복잡했다. 바닥에 둥글고 커다란 마법진 다섯 개가 서로 얽혀 그려져 있었다. 하나하나의 마법진이 모두 어머니 나무만 한 크기였고, 각 마법진 안은 또다시 작은 마법진으로 이루어져 있었는데 그 개수가 무려 45개나 되었다. 나하사는 가까이에 있는 마법진으로 가서 라이팅을 바로 앞에 띄우고 읽어 보았다. 45개의 작은 마법진에는 고대문자가 빼곡하게 적혀 있었다.

"이건 나도 읽을 수 없는 고대문자다 개굴."

구르가 바닥을 뛰어다녔다.

"오래 걸리겠는데."

과연 드래곤 산맥 신전의 절대보호봉인소답다. 나하사는 생각보다 훨씬 복잡하고 어려운 마법 수식에 막막해하면서도 한편으로는 들떴다. 왠지 예감이 좋았다.

"읽을 수 있나 개굴?"

"난 모든 고대문자를 외우고 있어."

구르가 입을 쩍 벌렸다.

"이건 천 년 전의 문자다 개굴."

"알아, 오백 년 전의 문자도 있고 최초의 문자도 있네."

최초의 문자라면 신화시대의 것이다. 태초의 문자. 대륙이 막 생겼을 때의 언어. 그 말에 더욱 경악하는 구르를 옆에 두고 나하사는 종이와 연필을 꺼냈다. 마법진 위에 쭈그려 앉아 고대문자를 옮겨 적었다. 이걸 언제 다 외우지, 하는 막막함도 잠시뿐이었다. 예감이 좋다. 이 정도의 마기에, 이렇게 복잡한 마법진에다, 이렇게 오래된 고대문자라면 어쩌면⋯⋯.

조그만 마법진 하나의 고대문자를 베껴 적고 외우는 데에만 한 시간이 꼬박 걸렸다. 44개의 마법진이 더 남았으니 이 정도 속도라면 적어도 이틀은 걸릴 것이다. 이 속도는 느린 것 같지만, 고고학자들이 알면 기함할 만한 속도였다. 태초의 문자가 섞인 고대문자를 읽는 것만으로도 엄지 길이만 한 두께의 책을 열 권 이상 옆에 두고 나흘 밤을 꼬박 새워야 하는데, 나하사는 한 시간 만에 읽고 외우기까지 했다.

구르는 그동안 바닥을 데굴데굴 구르며 마기를 만끽했다.

"나하야, 안 어지럽나 개굴?"

바닥에 바싹 엎드려 빼곡한 고대문자를 외우던 나하사가 다 죽어 가는 목소리로 답했다.

"골이 깨질 거 같아."

"으이구."

구르가 혀를 찼다. 이토록 마기가 흘러넘치는 곳에서 저런 괴상한 상형문자를 머릿속에 집어넣고 있으니 머리가 아픈 것은 당연했다.

"우선 다 베껴 적은 다음에 여관에서 외우는 게 어떤가 개굴?"

"안 돼, 시간이 걸리잖아."

얼굴이 하얗게 질린 소년이 상체를 세우고 가방에서 물통을 꺼냈다. 차가운 물을 들이켜니 정신이 좀 돌아오는 것 같았다.

"나는 계속 여기 있으면 좋지만 나하야, 너는……."

"그렇게 오래 걸리지도 않아. 외우다 보면 공식이 보일 거야."

나하사가 고집을 부렸다. 앞머리를 쓸고 관자놀이를 꾹욱꾹욱 누르더니 다시 마법진에 집중한다.

구르는 허연 배를 뒤집고 누워서 어린 마법사의 옆모습을 바라보았다.

마왕을 부활시키고자 대륙의 봉인을 해제하고 다니는 흑마법사. 고대문자에 통달하고 마력이 어마어마하며 고대마법을 자유자재로 쓰는 고대마법사. 그리고…… 매운 것을 좋아하고, 키 얘기가 나오면 발끈하는 인간의 아이.

새삼 아는 게 없다는 생각이 들었다. 구르는 몸을 바로 하고 뒤뚱뒤뚱, 고심하는 소년의 옆으로 갔다. 이 인간의 아이에 대해 자신이 알고 있는 건 너무나 적다. 구르는 나하사의 팔에 몸을 꼭 붙였다.

"…응?"

문자에 열중하고 있던 나하사가 고개를 들었다.

"어……?"

"왜 그러나 개굴?"

"뭔가 편해졌는데?"

몸을 짓누르고 있던 마기가 한층 덜해졌다. 나하사는 동그랗게 튀어나온 개구리의 눈을 바라보았다.

"네가 한 거냐?"

"나는 고위마족이다 개굴."

제법 듬직한 대답이다. 나하사가 풋 웃었다. 고마워, 말하며 구르의 동그란 머리통을 쓰다듬어 주고 다시 고대문자에 집중했다.

조용히 시간이 흘렀다. 구르가 코를 골며 잠들었다가 일어났을 때, 나하사는 여섯 개째 작은 마법진의 고대문자를 외우고 있었다. 구르가 우유를 먹고 폴짝폴짝 마법진이 있는 방에서 나가 혼자 놀다 왔을 때도 마법진을 외우고 있었고, 깜빡 잠들었다가 일어났을 때도 나하사는 마법진만 쳐다보고 있었다. 꽤 많은 시간이 흐른 듯한데 물만 홀짝댈 뿐, 밥도 먹지 않고 잠도 자지 않은 것 같아 구르가 좀 말리려고 할 때였다.

"됐어!"

엎드린 채로 종이에 빼곡하게 적힌 고대문자를 보던 나하사가 탄성을 내질렀다.

"뭐가 됐나 개굴?"

"공식을 발견했어."

으으으으. 기지개를 쭈욱 켜고는 이제 숨 좀 돌리겠다며 바닥에 누웠다. 작은 마법진 스무 개의 고대문자를 모두 외운 후에야 발견했다. 6천 자 정도 나열된 마법 수식 가운데, 단 세 글자만이 진짜 문자였다. 이틀을 꼬박 새워 피곤한 뇌가 눈꺼풀을 저절로 감게 했지만 잠은 오지 않았다. 오히려 정신이 맑아졌다. 정말로 마력이 깃든 문자는 단 세 글자밖에 없었다.

다른 문자들은 모두 마법진을 위장하고 있었던 것뿐이다.

이런 복잡한 술수를 써 가면서, 드래곤 산맥 신전 안에 이 정도로 커다란 마법진을 만들었다는 건 어쩌면.

"……마왕일지도 몰라."

나하사가 중얼거렸다. 심장이 세차게 박동했다. 정말 마왕일지도 모른다. 도저히 가만히 누워 있을 수가 없어서 벌떡 일어났다. 마치 데이트를 앞둔 소년 같은 모습에 구르가 혀를 찼다.

"넌 어째 마족인 나보다 더 좋아한다 개굴."

나하사는 가방에서 빵을 꺼내며 피식 웃었다.

"그럼. 내가 얼마나 바라는 일인데."

마지막 남은 우유 한 병을 꺼내 구르에게 주었다. 냉큼 받아 두툼한 손으로 뚜껑을 딴 구르는 나하사를 쳐다보았다. 매우 기분이 좋아 보였다. 여태껏 계속 묻고 싶었던 것을 묻지 않을 수 없었다.

"인간이면서 왜 세계 멸망을 바라는 건가 개굴?"

나하사는 빵을 한 조각 뜯어 우물거렸다.

"아니, 뭐 그런 걸 바라는 건 아닌데……."

말을 줄이자 구르가 잔소리를 했다.

"마왕님 부활 후 설득할 생각이라면 다시 생각해 보는 게 좋을 거다 개굴. 마왕님이 자신을 봉인한 인간들을 가만둘 리가 없다 개굴."

"물론 그렇긴 하지만……."

나하사는 별로 걱정하지 않는 것 같았다.

"나하는 악당인가 개굴?"

"사람들이 보기엔 그렇겠지."

"역시 세계의 멸망을 바라는 건가 개굴?"

"구르야."

나하사가 구르를 불렀다. 화난 목소리는 아니었다. 오히려 곧 마왕이 부활할지도 모른다는 생각 때문인지 들떠 보였다.

"세계의 멸망이라든지 인류의 몰살이라든지 그런 건 상관없어. 나는……."

마치 첫사랑 소녀와 만날 약속이라도 앞둔 것처럼 설렘 가득한 눈빛의 나하사가 말을 이었다.

"그냥… 마왕만 부활시키면 돼."

이쯤 되니 구르는 답답해졌다.

"그니까 그 이유가 궁금한 거다 개굴!"

"말했잖아."

나하사가 어깨를 으쓱했다. 구르는 처음 만났을 때를 떠올려 보았다. 자신과 같은 이유로 마왕을 부활시키려는 거라고 말한 적이 있었다.

'가족을 위해서라면 목숨을 바칠 수 있는 인간이라서 그렇다는 거야.'

분명히 그렇게 말했다.

"죽은 할머니의 유언이라고 했나 개굴?"

"응."

쉽게 고개를 끄덕이는 모습을 보니 가슴이 더욱 답답했다. 모든 게 마음에 들지 않았다. 이런 어린 소년에게 마왕 부활을 유언으로 남기고 죽어 버린 그 할머니라는 사람도, 그런 유언을 들었다고 해서 그걸 그대로 따르려 하는 나하사도, 지금 이렇게 깨작깨작 빵을 뜯어 먹으며 고대문자를 보고 있는 모습까지…… 전부.

그러나 나하사는 기분이 좋아 보였다. 눈 밑이 시커멓게 죽어 있건만 뭐가 좋다고 실실 웃고 있는지. 구르는 한숨을 내쉬었다. 아무튼 이 이야기는 그만하자. 더 하면 자신만 더 답답해질 것 같아 구르는 화제를 돌렸다.

"잠이나 좀 자라 개굴."

"괜찮아. 전에는 나흘도 새고 그랬어."

"……"

화제를 돌려도 답답해! 깝깝해!

무언가 무거운 걸 올려놓은 것처럼 가슴팍이 무거워서 구르는 괜히 데굴데굴 바닥을 굴렀다. 저 속 터지는 인간 놈은 내버려 두고 우유로 샤워나 하고 싶다. 아니, 근데 자신은 왜 저 놈의 말에 이렇게 답답해하는 거지? 마족인 구르로서는 답답함의 이유를 전혀 추측할 수 없었다.

공식 발견 후 채 다섯 시간이 지나지 않아 모든 고대문자를 외웠다. 다음 순서는 마법진의 위치를 구석구석 익히는 것이었다. 구르는 나하사와 떨어진 벽 쪽에 무관심한 척 앉아 있었다. 마지막 남은 우유를 모두 마시고 술 취한 아저씨처럼 널브러졌다. 곧 마왕님이 부활할지도 모르는데 전혀 기쁘지 않았다. 시간은 조용히 계속 흘러갔다. 다시 이틀이 흘렀을 때 드디어 나하사가 마법진 한가운데에 비틀거리며 섰다.

"한숨도 자지 않고 바로 하려고 개굴?"

나하사가 중앙에 서서 팔등을 단검으로 그으려 하자, 구르가 마법진 밖에서 소리쳐 물었다. 나하사는 잠시 고민하다가 고개를 끄덕였다.

"멀리 가 있어, 구르. 이왕이면 밖으로 나가."

잔뜩 뿔이 난 구르는 말없이 밖으로 나갔다. 조그만 돌멩이처럼 보일 정도로 작아진 후에야 나하사는 고개를 돌려 다시 앞을 바라보았다. 팔을 단검으로 그으니 붉은 핏줄기가 마법진에 떨어져 내렸다. 이제 주문을 외우고, 마력을 주입하면 된다. 소년 마법사는 주문을 외우기 전에 눈을 감고 잠시 생각했다. 마왕이면…… 정말 마왕이라면……. 드디어 이 칙칙한 로브를 벗고 편히 쉴 수 있다. 대륙을 떠돌아다니며 신전을 들쑤시는 짓과도 이젠 안녕이다.

나하사는 마음껏 상상했다. 어디 깊은 숲에 들어가서 통나무집 짓고, 그 안에서 계속 잠만 자야지. 아무도 눈길 주지 않는 곳에 식량과 옷가지만 들고 들어가 혼자 쉴 것이다. 원대륙에서 수입한 고추를 구해다가 매운 음식도 만들어 먹고, 호숫가에서 몸을 씻고 작은 동물들과 숲을 탐험하고… 밤이 되면 따뜻하고 두꺼운 이불을 덮고 잠들 것이다. 세상이 멸망하면 모두 불가능한 꿈이라는 걸 안다. 그러나 상관없다. 멸망하든 말든 상관없다. 부활 직후 제일 먼저 자신이 죽는다 해도 상관없다.

나하사는 눈을 떴다. 깊은 녹색 눈동자에 하얗게 빛나는 마법진이 비쳤다.

"와이아 · 온 · 라이야 · 온 · 마이야 · 온 · 리피르타 · 온."

미힐 시에서 봉인을 깰 때의 주문과 앞부분만 같을 뿐, 그때보다 훨씬 길다.

"파이머 · 온 · 유이 · 온 · 카이노우 · 온 · 시그 · 온……."

유이 이후에서야 마족 구르르무는 주문의 뜻을 알 수 있었다. 마신 이름의 나열이었다. 유이, 카이노우, 특히 시그는 모두가 알고 있는 이름이었지만, 와이아, 라이야 같은 이름은 들어 본 적이 없었다. 저 어린 마법사가 얼마나 오래된 마법서를 연구했는지 알 수 있었다. 읽는 것도 쉬운 일은 아니었을 것이다.

"…지알라 · 온 · 살라 · 온 · 치알라 · 온."

이어서 구르가 아는 마신들이 연이어 나왔다. 영창을 잠깐 멈춘 나하사는 숨을 골랐다. 나하사가 가슴 위에 모은 두 손 안에 하얀빛이 모였다. 눈을 뜰 수 없을 정도로 눈부셨다. 우리 대마족의 마신들 이름을 어째서 나열한 건지, 구르르무가 조금 불안한 마음으로 있을 때 나하사가 단호한 목소리로 한 음절을 내뱉었다.

"바."

나, 자신을 뜻하는 고대어였다. 구르는 눈을 크게 떴다.

"나하사!"

하얀빛이 어둠에 물들어 간다. 눈 깜빡할 사이에 칠흑같이 검게 물든 마력이 작은 마법사의 몸 전체를 감쌌다. 마신들의 이름을 열거한 후에 저 단어를 말한다는 것은, 마신에게 자신을 바치겠다는 뜻이다. 구르는 급히 달려가 마법진 안으로 들어가려 했지만, 보이지 않는 방어막에 막혀 몸이 튕겨져 나오고 말았다. 옅은 갈색 머리와 가는 목, 작은 어깨가 먹구름보다 어두운 마력 안에 잠겨 들어갔다.

"나하사!"

개굴족 왕의 절박한 외침이 들리지 않는 듯, 나하사는 두 팔을 높이 들어 주문을 계속 외웠다.

"…프 · 나이르 · 리, 오이… 윽."

눈썹을 찌푸렸다. 숨이 막혀 왔다. 기도까지 어둠에 잠식당한 것 같았다. 심장이 가슴 밖으로 뛰쳐나올 것처럼 박동했다. 후들거리는 다리에 힘을 주었다. 목구멍을 막는 마기(魔氣)를 밀어내고 간신히 입을 열었다.

"…르 · 리."

미힐 시에서 연자리의 봉인을 깰 때와는 비교도 할 수 없는 거대한 마력이 몸에서 빠져나갔다. 마법진은 오랜 가뭄에 시달린 대지가 소나기를 마주한 것처럼 위력적인 기세로 나하사의 마력을 빼앗아 갔다. 마치 영혼마저 빨아들일 것 같은 흡입력이었다. 나하사는 입술을 깨물었다. 이럴 것을 예상해 마신의 힘을 빌렸는데도……. 어쩌면, 이 속도라면 마력뿐 아니라 기력까지 빨려 들어가 봉인 해제된 것이 무엇인지 보지도 못하고 앙상한 뼈와 가죽만 남아 버릴지도 모른다.

"프·나이르·리… 오이르… 리……."

그러나 나하사는 연거푸 주문을 외웠다.

얼마든지 가져가도 좋다. 기력도 정신력도 모두 가져가 바보 천치가 되어도 좋다. 저항하지 않을 테니 만족할 때까지 가져가라.

"프… 나이르·리…! 오이르·리."

계속해서 외웠다. 몸이 그만하라고 비명을 질렀다. 그러나 나하사는 몇 번이고 주문을 외웠다. 노력은 헛되지 않았다. 커다란 마법진의 원 테두리에 검은빛이 스며들어 서서히 검게 빛나기 시작했다.

"프·나이르… 리·오이르·리."

나하사는 눈을 질끈 감고 있어 그 모습을 보지 못했다. 그저 마법진이 자신의 마력을 더 이상 빨아들이지 않을 때까지 계속해서 주문을 외울 뿐이었다.

나하사가 만든 방어막에 튕겨 나가 들어갈 수 없는 구르르무는, 열여덟 살의 어린 마법사가 홀로 드래곤 산맥 신전의 마법진과 싸우는 모습을 지켜보았다. 감정을 읽을 수 없는 표정으로 어린 소년의 뒷모습을 지켜보았다.

시간이 길게 흘렀다. 끈질긴 주문 영창이 끝났다. 마침내 커다란 마법진과 조그만 45개의 마법진, 그리고 수백만 자(字)의 고대문자까지 모두 어둡게 빛났다.

"하아……."

고대문자의 마침표에까지 모두 동등한 마력을 주입한 나하사가 숨을 토했다.

구르는 여전히 마법진 안으로 들어가지 못했다.

"나하사!"

주저앉아 있는 것이 간신히 보여 이름을 불렀으나 나하사는 돌아보지 않았다. 마법진의 검은 마기는 서서히 진하게 물들어 갔다. 어두운 마기가 달을 가리는 먹구름처럼 나하사의 모습을 다시 가렸다.

"갸이아 · 쉴 · 레오레이……."

작고 힘없는 목소리가 가느다랗게 들렸다. 이제 나하사의 모습은 보이지 않았다. 검은 마기 속의 나하사는 아무것도 보이지 않고 아무것도 들리지 않았다. 텅 빈 것 같은 몸 안에서 가까스로 마력을 끌어모아 마지막 주문을 외웠다.

"온 · 얀."

마기가 공중으로 치솟아 올랐다.

"바."

우우우우우우웅―!

마치 대지가 우는 것처럼 낮고 우울한 소리가 울렸다.

커다란 봉인소 안을 가득 메운, 어마어마한 검은 마기가 소년 마법사의 작은 몸으로 흘러들어 갔다. 안개처럼 흩어진 마기까지 모두 남김없이 흡수한 후에 나하사는 힘들게 눈꺼풀을 들어 올렸다. 눈앞이 흐릿했다.

"나하사! 괜찮나 개굴!"

방어막이 사라지자 구르르무가 달려왔다. 작은 손으로 다리를 두들기며 걱정스럽게 물었지만 나하사는 대답할 기운이 없었다.

마왕일까?

몸에 힘이 없어 계속 몸을 세우고 있을 수가 없다. 나하사가 옆으로 천천히 쓰러지는 것을 보고 구르가 얼른 머리를 받쳐 주었다. 바닥의 마법진은 커다란 원 테두리부터 천천히 지워지고 있었다.

"괜찮나 개굴?"

머리를 조심스럽게 바닥에 내려놓으며 구르가 물었으나 역시 나하사는 답이 없었다. 답을 하고 싶어도 목소리가 나오지 않았다. 마법진은 이제 중앙 부분밖에 남지 않았다.

마왕일까?

나하사가 쓰러진 부근만 남았던 마법진이 마침내 모두 사라

졌다. 나하사의 눈앞에 검은 형체가 서서히 생기는 것이 보였
다. 커다란 개구리도 멍하니 형체를 바라보고 있었다.

　마왕이었으면 좋겠다. 제발⋯⋯.

　끝내 나하사는 드래곤 산맥 신전의 봉인에서 풀려난 것이
무엇인지 보지 못하고 눈을 감았다.

　비가 내리는 서늘한 밤이었다. 더럽고 좁은 골목의
쓰레기더미에서 먹다 버린 옥수수를 뜯은 후였다.

　당신을 만난 건.

　"춥지 않니?"

　따뜻한 목소리였다.

　"괜찮아."

　칼을 휘두르는 더러운 아이에게 건네는 말은,

　"해치지 않을 거다."

　너무나 상냥했다. 몸의 떨림이 멈출 때까지 당신은
계속해서 말해 주었다. 괜찮아. 차가운 비에 젖은 더러
운 머리를 맨손으로 쓰다듬으며 다정하고 따뜻하게 속
삭여 왔다. 괜찮아, 괜찮단다. 괜찮아⋯⋯.

　사람이 죽어 나가도 아무도 신경 쓰지 않는 골목에서
살아온 아이에게 그런 온화한 손길은 처음이었다. 아
무도 돌보아 주는 사람이 없어 야생동물 같았던 더러
운 어린아이는 그 후로 당신과 함께하며 언제나 따뜻

한 밥을 먹었다.

언제나…… 당신의 품속에서 행복했다.

너무나 즐거운 나날이었다.

나는 당신의 유언을 반드시 들어주어야 한다.

서서히 정신이 돌아왔다. 행복했던, 또한 동시에 괴로웠던 과거가 멀어지고 그 사람이 없는 현실이 펼쳐졌다. 감은 눈에서 따뜻한 것이 관자놀이를 타고 흘러내렸다.

부드럽고 서늘한 것이 눈물을 닦는 감촉이 느껴졌다.

나하사는 힘들게 눈을 떴다. 아직 잘 보이지 않지만 녹색은 알아볼 수 있었다. 몇 번 눈을 깜빡이자 형체가 선명해졌다.

"…구르."

이름이 불리자 개구리는 얼굴에 바싹 붙어 몸을 비벼 왔다. 마치 오랜만에 주인과 만난 애완동물이 애교 부리는 것 같다. 싫지 않아 잠시 그대로 두었다. 손을 들어 구르의 등을 쓰다듬으며 자신이 누워 있는 곳을 살폈다. 누런 벽지에 소박한 전등이 매달려 있었다. 자신은 평상복 차림으로 푹신한 베개에 머리를 묻은 채 이불을 덮고 있었다. 여관인가……? 잠이 덜 깨 멍하니 생각하던 나하사가 벌떡 몸을 일으켰다.

"진짜 여관이잖아!"

"좀 더 누워 있어라 개굴."

"내가 어떻게 여기 있는 거야?"

구르는 요통 걸린 할아버지처럼 손으로 허리를 토닥이며 답했다.

"내가 데려왔다 개굴."

"네가?"

그 작은 몸으로 자신을 끌고 온 것치고는 몸에 상처가 하나도 없다. 아니, 그 이전에 봉인소에서 올라올 수조차 없었을 텐데? 계단이 없는 곳이 아니었나?

"기절한 채 일어나지 않아서 얼마나 놀랐는지 아나 개굴?"

구르는 당황스러워하는 나하사를 제법 강한 힘으로 다시 눕히려 했다. 나하사는 구르를 손으로 들어 다리 위에 올려놓고 물었다.

"대체 날 어떻게 데려온 거야?"

"인간은 약한 생명체다 개굴. 그렇게 앞뒤 안 가리고 달려들었다가 한 방에 훅 가는 거다 개굴."

훅 간다니…… 구르는 계속 딴소리만 했다.

"야, 날 어떻게 데려왔냐니까?"

"내가 없었으면 혼자서 어쩔 뻔했나 개굴?"

"네, 죄송하게 됐습니다. 그런데 대체 어떻게……."

나하사는 말을 멈췄다. 그전에 더 중요한 문제가 있다.

"그래서… 뭐였어?"

소년 마법사가 침을 꿀꺽 삼켰다. 개구리의 표정은 읽을 수 없었다.

"구르, 뭐였어? 마왕…이었어?"

나하사를 응시하던 구르는 커다란 눈을 깜박이며 입을 열었다.

"건강해야 마왕님 부활도 시키고 그러는 거다 개굴."

"아……."

몸에서 힘이 쭉 빠진다. 나하사는 스르르 누웠다. 분명히 폭신폭신한 침대인데 가시방석보다 불편하다. 누렇게 바랜 천장을 보며 힘없이 중얼거렸다.

"마왕이 아니었구나……."

억울하다. 그토록 복잡하고 고대문자가 빼곡한 마법진에, 신전 들어가기 전부터 마기가 가득했으면서…… 쓰러질 때까지 마력을 빨아들였으면서 마왕이 아니었다니……. 나하사가 너무 우울해 보여서 구르는 괜찮다든가, 힘내라는 말조차 할 수 없었다. 베개에 얼굴을 묻고 으으으으으! 신음을 내지르고, 한숨도 몇 번이나 쉬고, 주먹으로 팡팡 침대도 내리쳤다.

"왜 마왕이 아닌 거야! 꼭 마왕일 것처럼 무지막지 시간 잡아먹었으면서."

아무리 침대를 때려도 불만은 사라지지 않았다. 이불을 내팽개치고 침대에 걸터앉았다. 로브를 벗어 더욱 작아진 소년의 얼굴에는 실망한 표정이 역력했다.

"그럼 대체 뭐야? 엄청 힘들었는데."

구르는 나하사의 무릎 위로 기어 올라가 약간 심통 난 목소리로 답했다.

"고위마족인 것 같기는 하다 개굴. 나보단 못하지만 개굴."

"고위마족……."

차라리 그냥 마물이면 몰라도 고위마족이라니. 나하사의 한숨이 깊어졌다. 이제 그 고위마족 씨를 어떻게 구슬려서 대륙에 숨어 살게 하나. 아니, 그 이전에 대륙공용어를 알기나 할까?

"그래서, 지금 그 안에 있는 거고?"

드래곤 산맥으로 다시 들어가야 하나 싶어서 물었다. 구르가 고개를 저었다.

"같이 나왔다 개굴."

"뭐?"

그럼 고위마족이 인간의 마을에 있다는 소리잖아! 나하사가 벌떡 일어났다.

"지금 어디 있어?"

"바람 쐬고 금방 온다고 한 것 같긴 한데 개굴."

나가서 사람 막 쳐 죽이고 있는 거 아냐? 그러나 그렇다고 하기엔 밖이 너무나 조용했다.

"나가 봐야겠다."

그래도 나가 봐야 했다. 도망갈지도 모르는 일이고.

로브와 짐을 챙기기 위해 나하사가 일어날 때였다. 방 문고리 돌아가는 소리가 났다.

"마침 지금 오는군 개굴."

그 마족인가? 나하사는 첫 만남부터 자신이 우위에 있다는 사실을 알려 주기 위해 제법 사나운 눈을 하고 문 쪽을 보았다. 그들의 첫 만남은 자신이 기절했을 때 이미 이루어졌다는 점을 잠시 잊고 있었다.

문을 열고 들어온 것은, 가슴께까지 오는 흑장발에 밤하늘보다 어두운 검은 눈, 잘생긴 눈썹과 오뚝한 콧날, 비율이 정확하고 뚜렷한 이목구비, 이십 대 초반으로 보이는 팔등신 꽃미남이었다.

"……사람?"

그것도 하늘이 내린 듯한 꽃미남? 나하사의 여벌을 입고 있었는데 키 차이 때문에 팔이며 발이며 위로 껑충 뛰어올라 있었다. 흉해야 하는데 무표정한 얼굴에서 느껴지는 자신감 하며, 짧은 옷 아래로 보이는 그린 듯 잘 짜인 몸매가 오히려 그 모습을 모델 음유시인처럼 보이게 했다.

"저… 저 사람이 마족이야?"

떨떠름한 나하사의 말에 구르가 고개를 끄덕였다. 남자는 칠흑같은 검은 눈동자로 나하사를 응시하고 있었다. 너무 잘생겨서 부담스러웠다. 뭐 저런 흠잡을 데 없을 정도로 잘생긴 남자가 다 있지?

"이, 일단 이리 와… 봐."

강하게 나가야 하는데 존댓말을 쓸 뻔했다. 나하사가 침대 옆 테이블에 딸려 있는 의자를 가리키자, 남자는 긴 다리를 쭉 쭉 뻗으며 척척 걸어와 앉았다. 자신의 머리 하나를 훨씬 뛰어넘을 큰 키와 강한 눈빛에 쫄 뻔했다. 나하사는 헛기침을 한 번 하고 자리에서 일어난 다음, 앉아 있는 남자를 내려다보며 팔짱을 끼고 섰다.

"내 말 잘 들어. 지금은 아직 마왕이 부활하지 않아서 마계로 돌아갈 수 없어. 게다가 이 대륙 사람들은 마족을 굉장히 싫어해. 그러니까 무슨 말이냐면… 드래곤 산맥이라든지 깊은 숲에 들어가서 혼자 숨어 지내는 게 좋을 거야."

남자는 대답이 없었다. 구르가 침대 위에 앉아 말했다.

"저 녀석 말을 못 알아듣는다 개굴. 대륙공용어를 모른다 개굴."

"아!"

그래서 표정 변화가 없었구나. 나하사는 고개를 끄덕였다. 그럴 수도 있다. 드래곤 산맥 신전의 봉인은 굉장히 오래되었다. 대륙공용어는 오백 년 전에 만들어져 삼백 년 전부터 널리 쓰이기 시작했으니 그전에 봉인된 마족이라면 모를 것이다.

"그럼 고대어를 쓰는 건가?"

"그렇긴 한데… 엄청 오래된 고대어다 개굴. 내가 알아들을 수 없었다 개굴."

봉인 마법진의 고대문자와 비슷한 수준인가. 나하사가 남자의 잘생긴 얼굴을 보았다. 그때 조각을 깎아 놓은 것처럼 가만히 있던 남자가 입을 열었다.

"와밀라이밀또라뱅꼬."

"……."

"……."

"링아이동뻥? 빠으상빵상."

"……."

"……."

품, 푸하하하, 참지 않은 웃음소리가 방 안에 가득 찼다. 남
자는 표정 변화 없이 나하사와 구르의 웃음이 멈추길 기다렸
다. 너무 웃어서 맺힌 눈물을 닦으며 나하사는 숨을 골랐다.

"야이유 오오?"

다 웃었냐는 뜻의 고대어이다. 나하사는 고개를 끄덕였다.
실례인 건 아는데 저 미남이 빵상 같은 소리를 하니까 웃음을
참을 수 없었다. 게다가 울림이 있는 낮은 중저음의 멋진 목소
리라 더 웃기다. 목소리는 저렇게 좋은데!

나하사는 웃음이 덜 가신 채 입을 열었다.

"야일, 마이오 빠이빠잉 써주에르."

미안, 그렇게 오래된 고대어로 말하는 사람은 처음 봐서라
는 뜻이다. 어색함 없는 나하사의 고대어 실력에 구르와 잘생
긴 마족이 동시에 놀랐다.

"링아이 이므하코 초르초르 뽕?"

마족의 물음에 나하사는 유창한 고대어로 답했다.

"필리무기 키노 긴긴르 밀라이똥."

"서래 고래서래 긴긴르 아이야? 콰이아 기링링."

"하하. 매트 온. 기아이 빙빙, 치느, 화여루에스레 똥."

"이것들아, 그만 좀 해라 개굴!"

자기만 모르는 언어로 즐겁게(?) 대화하는 모습이 마음에 안 든 구르가 소리를 빽 질렀다.

"대체 뭐라고 대화한 거냐 개굴?"

짧은 다리를 불만스럽다는 듯 꼬며 묻는 개구리에게 나하사는 순순히 대답했다.

"자기가 얼마나 오랫동안 봉인된 건지 모르겠대. 기억나는 게 아무것도 없대. 오히려 자기 이름이 뭐냐고 나한테 묻는데?"

"언제 그렇게 대화했나 개굴?"

"그리고 지금 배가 많이 고프다고 하네. 나는 매운 거 좋아하는데 매운 것 괜찮냐고 물어봤더니 어땠는지 기억 안 난대서 나중에 같이 시험 삼아 비빔밥 먹으러 가 보기로 했어."

"대체 언제 그렇게까지 대화한 거냐 개굴?"

뽕똥거린 말에 그런 긴 뜻이 있었던 건가!

왠지 그 몇 마디로 둘이 부쩍 친해진 느낌이 났다. 구르는 미남 마족이 알아듣지 못하는 대륙공용어로 계속 험담했다.

"저 녀석 얼굴만 뺀지르르하고 이상하다 개굴. 저렇게 기생오라비처럼 생긴 놈은 마족 중에도 잘 없다 개굴."

"그 말 그대로 전한다?"

"상관없다 개굴!"

나하사가 의외라는 듯한 표정을 지었다.

"너 그래도 괜찮은 거야?"

이 마족은 고대시대 때 드래곤 산맥에 봉인된 마족이다. 개굴족은 따지고 보면 마물족인데 이렇게 건방지게 대해도 되는 건가? 게다가 잘생긴 사람은 대부분 실력자라는 법칙에 따라 분명히 구르보다 직위가 상위일 터였다.

"이 녀석이 너보다 강해 보이는데. 마족은 직위를 엄청 따지는 거 아니었어?"

그러나 구르는 고개를 저었다.

"모든 고위마족은 동급이다 개굴. 사천왕이라든가 오대마족이 있었던 시절은 지났다 개굴. 하위마족끼리의 서열 싸움은 치열하지만, 우리 고위마족의 위로는 마왕님 한 분뿐이다 개굴."

마족들이 평등한 생활을 하고 있다는 것이었다.

"올레. 핑퐁팡."

현기증 날 정도로 아름다워 제대로 볼 수조차 없는 미남 마족이 다시 말을 걸었다.

"뻴리, 파파 초르초르."

"짱샹. 실라이브 사레."

미남 마족이 무슨 말을 했는지 모르지만 나하사는 웃으며 고개를 끄덕였다. 시대에 뒤떨어지고 있는 건 저 미남 마족이건만, 개굴족의 왕은 왠지 자신이 소외당하는 느낌이 들었다. 구르는 허리에 손을 올리고 불만스럽게 말했다.

"언제까지 저렇게 둘 건가 개굴. 이곳에서 살아남고 싶으면 대륙공용어를 하라고 해라 개굴!"

"어… 응. 그래야지."

맞는 말이었다. 나하사는 짐을 뒤져 대륙공용어 사전을 꺼냈다. 낡아서 헤지고 여기저기 낙서도 되어 있는 데다 찢긴 곳도 많지만, 없는 것보다는 나을 것이다. 신화시대의 언어를 대륙공용어로 번역한 사전인데, 이 대륙에 하나밖에 없는 것이다. 나하사 자신이 만들었으니까.

"뚜이잉. 살라 미 에브이."

"왕."

마족이 사전을 건네받아 펼치고는 첫 페이지부터 빠른 속도로 넘겨 갔다. 빛나는 외모의 마족이 사전에 집중하는 것을 보고 나하사는 침대에 드러누웠다.

"나하야, 데리고 여행할 생각은 아니지 개굴?"

"……."

나름 리더인 소년이 대답이 없자 구르가 흥분하며 가슴팍으로 뛰어들었다.

"으악! 야, 아파. 너 무거워."

"나는 저런 수상한 놈이랑 함께 여행하는 거 허락 못 한다 개굴!"

"니가 엄마냐?"

나하사는 모처럼 만난 동족을 왜 이렇게 경계하는지 그것이 이상하게 느껴졌다.

"대체 왜 그렇게 싫어해? 무슨 일 있었어?"

그러자 구르는 사전을 속독하는 마족을 힐끔 보더니 나하사의 얼굴로 슬금슬금 기어와 조용히 말했다.

"저놈 변태 같다 개굴. 네가 쓰러졌을 때 계속 네 주위를 맴도는 게 심상치 않았다 개굴. 자유롭게 풀어 났는데도 여기까지 따라온 것도 수상하다 개굴."

"아, 그건."

나하사는 놀라지 않았다. 그럴 만한 이유가 있었다.

"자기를 봉인에서 풀어 준 게 나라는 걸 본능적으로 안 거야. 너도 마찬가지잖아. 처음부터 왠지 내가 친근하게 느껴졌지?"

구르가 고개를 끄덕였다. 하지만 사실은 그 이유만이 전부가 아니었다. 나하사가 구르에게 비밀로 하고 있는 것이 하나 있었지만 아직은 알려 줄 수 없었다.

나하사가 구르의 머리를 쓸어 주며 말을 이었다.

"함께 다니는 게 좋을 것 같아. 시대가 몇 번을 바뀔 동안 쭈욱 봉인됐었고 기억나는 것도 없다는데, 세상 물정 모르는 고위마족을 풀어 놓을 순 없잖아."

"고마운 말이군."

바로 옆에서 들리는 낮은 목소리에 나하사가 벌떡 일어났다. 흑발의 잘생긴 남자가 어느새 사전을 덮고 이쪽을 보고 있었다.

"방금 네가 말했어?"

"그렇다."

조금도 어색하지 않은 발음이었다.

"벌써 대륙공용어를 다 외운 거야?"

"전부는 아니지만 여기에 나와 있는 거라면 대충."

"……."

천재다……. 나하사도 외우는 게 빠른 편이지만 이 마족은 정말 괴물 같았다.

"그러면 나는 너와 함께 여행을 하는 건가?"

"응, 그게 나을 것 같아."

고개를 끄덕이자 마족이 일어섰다. 나하사의 고개가 한껏 뒤로 꺾였다. 키가 정말 크다. 얼굴은 작으면서 다리는 길고 어깨는 탄탄하다. 날카로운 콧날과 깊고 검은 눈을 보고 있으려니, 이 마족을 데리고 밖을 돌아다니는 건 남자한테든 여자한테든 못할 짓이 아닐까 하는 생각이 들었다.

마족이 나하사에게 다가왔다.

"나를 봉인에서 풀어 줘서 삐링뽕하군."

"…왜 그것만 고대어인데?"

"이 사전에 나와 있지 않아서 고대어를 썼다."

마족이 대륙공용어 사전을 건넸다. 낙장은 물론, 찢기거나 누렇게 바랜 자국도 있고 여기저기 더럽혀져 있어 알아볼 수 없는 단어가 많을 것이다.

"고맙다고 표현해. 요즘 말로는."

"그런가. 고맙군, 인간."

엄마처럼 훈계하는 개구리나 고맙다는 말을 서슴없이 하는 미남을 보니, 그간 자신이 알고 있던 마족에 대한 상식이 무너져 가는 느낌이었다.

"내 이름은 나하사야."

"나하사라면⋯⋯."

"바다라는 뜻."

마족이 묘한 눈으로 소년을 보았다. 나하사에는 바다라는 뜻만 있는 것이 아니었다. 아마 오래된 고대어를 쓰는 이 마족이라면 다른 뜻을 알고 있을 것이다.

나하사는 일부러 화제를 돌렸다.

"너는 이름 기억이 안 난다고 했나?"

"그렇다."

"호칭이 있는 게 편한데."

고민하던 나하사가 아! 하고 손바닥을 쳤다.

"진."

"⋯진."

마족이 얼떨떨한 얼굴로 다시 읊었다.

"어울리지?"

까맣다는 단순한 의미의 고대어였다. 마족은 고개를 끄덕였다.

"좋군."

"진, 잘 부탁해."

나하사가 손을 내밀자 진이 마주 잡아 왔다. 크고 단단한 손이었다.

"니네 뭐 하나 개굴!"

작은 소년과 커다란 청년이 서로 눈을 마주치고 있는데 개구리가 그 사이에 끼어들어 훼방을 놓았다.

"나하야, 왜 나는 소개 안 하나 개굴! 이게 바로 굴러 온 개구리 알이 박힌 개구리 알 뽑는다는 그런 건가 개굴!"

"아니, 구르야."

"자식새끼 키워 봤자 소용없다더니 옛말 틀린 거 하나 없다 개굴. 어떻게 나를 이렇게 홀대할 수 있나 개굴!"

나하사가 흥분한 개구리를 들어 입을 틀어막았다.

읍, 읍읍─!

발버둥치는 개구리를 진의 얼굴 앞으로 들이밀었다.

"얘는 구르르무. 개굴족의 왕이래."

"왕인가. 반갑군."

진의 새카만 물감을 부은 듯한 검은 눈동자에 커다란 녹색 개구리가 담겼다. 구르가 몸부림을 멈추자 나하사도 입을 막은 손을 뗐다. 구르는 나하사의 손목과 어깨를 타고 잽싸게 머리 위로 올라갔다.

"나는 나하랑 아주 오래전부터 함께 있었다 개굴. 이 자리는 내 거다 개굴!"

구르가 엄포를 놓았다. 나하사는 피식 웃었다. 내 머리 위를 이 미남이 탐내겠냐?

"음……."

그런데 진이 왠지 아쉽다는 눈길로 보고 있었다. 마족이라는 건 원래 인간 머리통에 올라가는 취미가 있었나?

저 키 크고 늘씬한 조각 미남도 상당히 엉뚱한 마족일 것 같다는 예감이 들었다.

제5장
정의의 용사단 결성

대륙 중앙에 자리 잡은 커다란 나라. 엘프, 드워프, 인간 세종족이 모두 다 함께 어우러져 사는 평화로운 나라. 신에게 선택받은 나라라고 일컬어지며 대륙을 구한 영웅 대부분을 배출한 나라. 이바노브 아시오.

명실공히 제국이라는 단어가 어울리는 그곳의 수도, 이바노브에는 액자를 걸어 놓으려 박은 못에마저 금칠을 해 두는 황성이 있다. 육지임이 틀림없는데도, 하늘에서 내려다보면 황성 둘레를 푸른 강이 감싸 흐르고 있고 강 밖에는 우거진 수풀이 있어 육지와는 동떨어져 홀로 있는 것처럼 보이기 때문에 대륙섬이라 불린다. 황금의 성이라고 지칭하기도 한다.

현재 그 황금의 성 내부의 넓고 화려한 회의실에는 날아가는 새도 떨어뜨릴 위력을 지닌 자들이 모여 있었다.

"이건 심각한 일이군요."

수염이 까슬하게 자란 턱을 쓰다듬으며 말하는 통통한 갈색 머리의 중년인, 래이 줄. 어깨를 감싼 하늘색 천이 앞으로 매듭을 세 번 묶고 늘어져 있다. 이칼리노 신전의 신관 복장을 한 것만으로도 우러러봐야 하는데, 그 매듭이 세 개다. 대신관의 자리를 앞에 두고 있다는 뜻이다.

"그런가? 심각한가?"

래이 줄의 옆에서 고개를 갸웃하며 묻는 백발의 노인은 대륙 유일 7서클 마스터, 안 노르. 고대마법을 사용하려면 그에게 허가를 받아야 한다.

"심각하군요."

노인의 맞은편에 앉아 있던 화려한 청년이 고개를 끄덕였다. 그는 6서클의 마법사일뿐더러 검술 실력도 상당하다. 스스로 더 그레이트라는 이름을 붙여, 노와 더 그레이트로 개명한 미청년은 금실로 수놓은 타이와 목깃에 흰색 레이스가 달린 대례복을 입고 있었다. 그는 샹들리에 불빛을 받아 반짝거리는 금색 머리카락을 살랑거리며,

"뽀루지가 나다니."

금칠한 테두리의 손거울에 얼굴을 비추어 보고 있었다. 푸른 눈을 치켜뜬 미청년은 입술 밑에 난 좁쌀만 한 뽀루지를 노려보았다.

"이 투명한 피부에 악마의 씨앗이 싹트다니⋯⋯. 그놈들이 신경 쓰게 해서 그렇습니다. 용서할 수 없군요!"

반드시 그놈들을 해치우겠다는 의지의 미청년 옆에서 노을빛 단발머리의 여자가 회의실의 기다란 책상을 내리치며 벌떡 일어났다.

"이럴 때가 아니에요. 수백 년간 없었던 일이라고요!"

여성 특유의 날카로운 고음이 조용한 회의실을 갈랐다. 목 뒤를 살짝 덮는 길이의 주홍색 머리카락에 황금색 눈, 햇빛에 보기 좋게 탄 건강한 피부. 크림 신전의 전무후무한 여신관이다. 사람들 시선은 상관도 하지 않고, 피부색보다 조금 더 진한 고동색 천으로 가슴만 겨우 가리고 허벅지가 그대로 보이는 짧고 딱 달라붙는 핫팬츠를 입고 다니는 신세대 여성으로 유명하다. 오늘은 중대한 일로 황명을 받아 황성에 왔기 때문에 크림 신전의 신관 복장을 단정하게 차려입고 있었다.

7서클 마스터 안 노르가 눈을 끔뻑끔뻑했다.

"어엉? 오랜만이군, 주홍 처자. 이름이 맨드라미였나?"

"사루비아입니다!"

"응? 해바라기라고?"

"노르 님, 노망난 척하지 마세요. 사루비아라고요!"

"그렇군. 코스모스 양, 오랜만이야."

뚜둑. 이성이 끊기는 소리가 났다.

"지금 약 올려, 할아범?"

발목까지 덮는 신관 복장으로 용케 테이블 위까지 올라가서는, 당장에라도 안 노르의 멱살을 잡을 것처럼 덤볐다.

"젊은 처자가 폭력적이군. 홀홀홀."

백발의 노인은 슬쩍 의자를 뒤로 빼며 지팡이를 들고 외쳤다.

"실드shield!"

"하!"

주먹질이 투명한 마법의 벽에 가로막히자 사루비아는 크게 비웃더니 테이블을 쾅 짚었다.

"마법은 댁만 하는 줄 알아?"

다갈색 피부의 여인이 두 손을 머리 위로 드는 것을 본 노와 더 그레이트가 고개를 설레설레 저으며 일어났다.

"나, 크림의 앞에 모든 의지를 다할 것을 맹세한 당신의 어린 딸이…… 으으읍!"

그는 온 힘을 다해 신성마법 주문을 외우는 사루비아의 입을 틀어막고 테이블 위에서 끌어내렸다.

"그만해, 프리지어. 스승님도 그만 좀 놀려요. 왜 둘은 틈만 나면 싸우는 겁니까?"

"반응이 재미있지 않나. 홀홀홀."

실드 마법을 해제하며 하는 말에 사루비아가 더욱 흥분했다. 노와가 쉽게 손을 놓을 것 같지 않자 혀로 핥아 버렸다. 노와가 기겁하며 물러났다.

"으아아악! 지금 뭐 하는 거야, 이 멧돼지 같은 여자가! 감히 신성한 내 몸에 침을 묻히다니……!"

"시끄러워! 자꾸 사람 복장 헤집는 네놈 스승이랑 끝장을 봐야겠어!"

"그래, 그러든지. 괜히 사이에 꼈네. 어휴, 정말. 냄새가 나잖아."

노와는 상비하고 다니는 고급 티슈를 꺼내 손을 닦고 로션을 섬세하게 발랐다. 마친 후에는 향수를 뿌리는 것도 잊지 않았다. 그러는 동안에도 사루비아와 안 노르는 여전히 신경전 중이었다.

"늙은이를 끝장 본다니 너무한 거 아닌가, 처자. 홀홀홀."

"만날 때마다 온갖 네 글자 꽃 이름은 다 나오는 당신 버릇, 내가 고쳐 놓겠어요!"

"홀홀홀."

"으악! 그 웃음도 야비해. 젊은 사람보다 건강하면서 늙은 이인 척하고 있어! 안 그래, 지바이?"

"……."

"지바이, 뭐라고 말 좀 해 봐!"

이름과 어울리는 주홍 머리를 쥐어뜯으며 옆자리에 말없이 앉아 있는 사내에게 동의를 구했다.

지바이 다윈. 커다란 체구에 다갈색 피부, 이마를 훤히 내보인 짧고 짙은 남색 머리와 남색 눈동자가 차분하고 과묵한 인상을 주었다. 어깨 갑옷에는 나뭇잎을 물고 있는 푸른 새 문양이 박혀 있다. 기사단 마인 아시오의 문양이었다.

"지바이!"

사루비아의 재촉에 남색 머리의 남자가 입을 열었다.

"음."

"음? 그렇게 뜸 들이다가 고작 음이라고!"

지바이 다윈의 뒤에서 각 잡고 있던 기사 다섯이 동시에 경직했다. 언제 봐도 놀라운 광경이다. 마인 아시오의 최연소 기사단장이며, 가장 카리스마 있는 단장이라고 불리는 지바이 다원에게 저렇게 말할 수 있는 사람은 소꿉친구인 그녀가 유일하다.

"아무튼, 지금 우리가 이러고 있을 때가 아닙니다."

여태 가만히 있던 래이 줄이 말했다.

"그래요! 내 성스러운 얼굴에 뾰루지 나게 한 그 악적을 잡아야 합니다!"

황금 테두리 안에는 꽃 조각이 되어 있는 거울을 아직도 손에서 놓지 않은 금발 미청년, 노와 더 그레이트도 외쳤다. 사루비아도 진정하고 자리에 앉았다.

"벌써 주요봉인소가 세 개나 깨졌습니다."

"알고 보니 이름 없는 신전의 봉인들도 다수 깨졌다고 하고요."

그렇다. 내로라하는 그들이 한자리에 모인 이유는, 요즘 대륙적으로 소문이 자자한 봉인 해제 사건의 대책 마련을 위해서였다.

"무엇보다 그저께……."

래이 줄이 참담하게 입을 열었다.

"드래곤 산맥의 봉인이 깨진 게 크군요."

사실 주요봉인소 한두 개 깨진 거 가지고 이 멤버를 모으는 건 무리였다. 이바노브 아시오에서 조사단 파견을 생각하고 있었기는 하지만, 지바이 다윈과 안 노르를 조사단에 넣을 생각은 하지 않았다. 그들은 그게 아니라도 필요로 하는 곳이 많았다. 그러나, 드래곤 산맥의 절대보호봉인소가 깨졌다.

"기함할 일이야, 홀홀홀."

능글맞은 7서클 마법사 안 노르의 말을 마지막으로 침묵이 감돌았다. 선천적으로 조용한 것을 못 견디는 사루비아가 앉은 지 얼마 되지도 않았으면서 또 벌떡 일어났다.

"무속검사(無速劍士)는 언제 와요?"

건강한 피부의 미녀 신관이 눈을 초롱초롱 빛내며 래이 줄에게 물었다. 왈가닥인 그녀도 대륙에 명성이 자자한 미남 영웅에게는 설레는 것이다.

"그러고 보니 늦으시는군요."

"그 자식이 올 때가 됐는데……."

노와도 거울에서 눈을 떼며 말할 때였다.

"제3공작 파인 실 누소즈 님께서 오십니다!"

"골른 아시오의 기사단장님께서 들어오십니다!"

소드 마스터와 적발의 무속검사가 들어왔다.

7서클 마스터를 포함한 회의장의 모든 사람이 벌떡 일어났다. 특히 사루비아는 황금색 눈동자를 반짝이며 마중까지 나갔으나,

"그럼 나중에 봐, 니스."

"그래, 거기서 기다려."

아름다운 백금발의 엘프, 배우 음유시인인 동시에 정령술사인 필리아 넥터가 니스너 실 누소즈의 볼에 살짝 입을 맞추며 돌아서는 모습을 보고 곧 짜져서 돌아왔다.

니스너와 필리아의 열애 보도가 진짜였나! 적발의 무속검사와 빛의 여신으로 불리는 필리아 넥터의 열애설이라면 불평도 할 수 없다. 주홍 머리의 여신관이 절망하든 말든 사내들은 반갑게 그들을 맞이했다.

"오랜만이네, 누소즈들. 홀홀홀."

"왜 이렇게 늦으셨습니까?"

"흠, 여전히 나한테 필적할 정도로 잘생겼군!"

"……"

안 노르와 래이 줄, 노와에 이어 말이 없는 지바이까지 가까이 다가가 어깨와 주먹을 마주치며 친근함을 표했다. 적발의 무속검사는 그들에게 인사한 후, 크림 신전의 유일한 여신관에게 악수를 청했다.

"처음 뵙는군요."

"네? 네, 네……!"

사루비아가 답지 않게 더듬거리며 대륙 최고의 인기남의 손을 맞잡았다. 건강한 갈색 피부에 홍조가 돌았다.

"잘 부탁드립니다."

"네? 네, 네……!"

"……"

"……."

어째서 저 적발의 미남자가 나를 이렇게 물끄러미 보고 있는 걸까? 크림 신에게 몸과 마음, 영혼까지 바친 여신관의 머릿속에서 상상의 나래가 펼쳐질 무렵 니스너가 잘생긴 입술을 열었다.

"이제 손을 놓아도 되겠습니까?"

"…헉! 네, 죄, 죄송합니다!"

자신이 그의 손을 놓지 않고 계속 잡고 있었던 것이다. 갈색 피부가 빨갛게 익었다. 노와와 안 노르가 풋 웃었다. 심지어 지바이 다윈마저 실소했다.

"폐하는 늦으신다. 먼저 자리에 앉지."

젊은이들의 귀여운 분위기를 깨며 니스너의 아버지, 파인 실 누소즈가 말했다.

회의실 책상은 커다란 직사각형 모양이었는데 상석은 황제와 황태자의 자리였다. 7서클 마스터인 안 노르가 황제가 앉는 자리의 바로 오른편 의자에 앉았다. 소드 마스터인 파인 실 누소즈는 황태자가 앉는 자리의 왼편, 즉 안 노르의 맞은편에 앉고 골른 아시오의 단장인 니스너 실 누소즈는 자신의 아버지 옆에 앉았다. 현자 노와 더 그레이트와 신관 래이 줄, 사루비아는 안 노르의 옆줄에 앉고 기사 지바이 다윈은 니스너의 옆에 앉았다. 황성 경비단장과 대륙평화협회의 제1대장도 소심하게 지바이의 옆에 앉았다.

자리 배치가 끝난 후, 안 노르가 먼저 입을 열었다.

"여태까지 깨진 봉인소가 몇 개나 되지?"

"여섯 개로 추정됩니다. 우선 마다스의 이름 없는 신전 세 곳이 가장 먼저 깨진 것으로 보입니다."

"그다음이 미힐의 주요봉인소인가?"

래이 줄의 대답에 파인 실 누소즈가 물었다.

"네, 미힐 시의 주요봉인소가 깨진 후 바다의 섬의 주요봉인소도 얼마 지나지 않아 깨졌습니다."

그리고 그 후, 드래곤 산맥 신전의 봉인이 깨지는 대사건이 일어났다. 래이가 눈짓을 하자 사루비아가 일어나 테이블에 거대한 지도를 펼쳤다. 대륙과 섬들이 크게 그려져 있었다.

"미힐이 깨지고, 서른 시간 후에 바다의 섬이 깨졌다는 건……."

"범인이 하나가 아니라는 말이잖아?"

거울을 손가락으로 톡톡 두드리고 있던 노와가 놀라워하며 말했다. 대륙 가장 왼쪽에 있는 섬, 미힐에서 가장 오른쪽에 있는 바다의 섬으로 가기 위해서는 비행선을 타더라도 서른 시간은 훨씬 넘게 걸렸다. 그렇기에 동일범은 아닐 거라는 추측이었다.

"어쩌면 단체일지도 몰라요!"

사루비아가 소리쳤다.

"음, 대륙에 분란을 일으키려는 집단인가?"

"흑마법사 쪽을 알아봐야겠군요."

"위유의 망명 국민 쪽도 알아봐야지."

모두가 동의했다. 다만, 니스너는 걸리는 것이 있었다.

"미힐 시에서 그 마법사를 쫓았을 때 인어족의 여왕이 함께 있었습니다."

"아!"

그 자리에 있었던 래이가 탄성을 내질렀다. 자신은 마법사의 마법에 걸려 움직이지 못했으나 저 적발의 영웅은 가까이 다가간 것이다.

"그때 여왕이 그러더군요. '당신들을 원하는 곳으로 보내 주겠다'고."

"원하는 곳으로?!"

"그렇다고 해도……."

설마 대륙 끝에서 끝까지 공간 이동을 시키는 게 가능한가? 모두의 시선이 노 마법사에게 향했다. 그는 흰 수염을 쓸었다.

"인어족의 여왕에게 시간과 공간은 무의미하지. 홀홀홀."

그렇기에 동족들과 모두 함께 자신들의 세계로 떠날 수 있었던 것이다.

"물론 그렇다고 범인이 개인이란 소리는 아니네. 홀홀홀."

"그렇겠죠. 봉인을 깨는 데 드는 마력이 어마어마한데. 분명히 상당한 재력을 가진 집단이 배후일 겁니다."

"마법 지식도 많을 거고요."

"그러고 보니… 안 노르 님."

뭔가 고심하던 래이가 안 노르를 불렀다.

"안 노르 님께서 허가하지 않은 고대마법 사용이 가능합니까?"

안 노르는 하얀 송충이 같은 눈썹을 위로 치켜떴다.

"지금 내게 시비 거는 겐가?"

"아니, 아닙니다. 그게 아니라……."

쩔쩔매는 래이 줄을 대신해 니스너가 대신 답했다.

"봉인을 깬 마법사가 고대마법을 쓴 듯합니다."

"뭐, 뭐라고?"

"……!"

노와 더 그레이트는 놀라며 손거울을 떨어뜨렸고, 내내 표정에 변화가 없던 지바이 다원마저 눈을 크게 떴다.

"그럼 할아범이 허가했다는 거야?"

사루비아가 경어를 잊고 안 노르를 보았다. 7서클 마스터 노인은 놀라 말을 더듬거렸다.

"고, 고대마법을… 썼다고?"

"확실치는 않습니다."

래이 줄이 급히 말했다.

"마법 주문이 고대어로 이루어져 있었고, 모두의 움직임을 제어하는 마법을 했는데… 그런 부류의 마법은 제 기억에 고대마법밖에 존재하지 않습니다."

"……"

안 노르는 눈을 감았다.

고대마법. 그 네 글자에 두근거리지 않을 마법사는 없을 것이다. 원대륙의 언어로 된 마법이 성행한 지금, 이곳에 고대마법을 가르치는 곳은 없다. 복잡하고 방대한 고대문자를 외워야 하는 것은 물론이고 소비되는 마력이 상당하여 배우려는 시도조차 하지 않는다. 그러나 가장 정교하고 섬세한 수식을 지닌 마법, 가장 신들의 것과 가깝다고 칭해지는 그 고대마법에 도전한 마법사가 아예 없었던 것은 아니다. 독학으로 연구해 고대마법을 썼던 이들이 있었으나, 대다수가 마법의 위력을 감당하지 못하고 스스로 파멸해 갔다.

대륙을 정복하려는 야심으로 고대마법을 사용한 자도 있어서 지금은 허가받은 자 외에는 사용이 금지되어 있다. 오직 7서클 마스터인 자신만이 고대마법 사용 허가를 내릴 수 있었고, 이바노브 아시오는 안 노르가 고대마법 사용을 감시할 수 있도록 마력 공급을 아끼지 않았다.

"나는 아이eye를 써서 기준치가 넘는 마력을 사용하는 곳을 전부 감시하고 있네."

오랜 침묵 끝에 안 노르가 입을 열었다.

"주로 텔레포트 게이트나 마법 학교, 대련장. 내가 허가를 내린 고대마법 사용자들이 쓰는 것이지."

"그럼 봉인을 깬 마법사는……?"

"내가 감지하지 못하는 마법은 내 눈이 볼 수 있는 범위를 벗어난 마법이네."

노인은 수염을 쓸며 웃었다.

"한마디로 나보다 마력이 높다는 소리지. 흘흘흘."

"그럼 역시 배후가 있군요."

래이 줄이 단정했다. 그들이 알기로는 이 대륙에 안 노르 이상 가는 마법사는 없었다.

"재력이 상당하고, 대륙에 혼란을 꾀하고, 고대마법을 쓰는 자들이라……."

"쿼시가 생각나는 설명이네."

노와가 금발을 귀 뒤로 넘기며 말했다.

"쿼시라면 흑마법사 길드지? 거기서 고대서적을 사들이고 있다는 소식을 들은 적이 있어요."

사루비아가 동조했다.

"달그림자도 있지."

"원대륙 놈들도 잊으면 안 된다."

각자 하나둘 수상한 이들을 열거할 때, 여태 말이 없던 지바이 다윈이 입을 열었다.

"위아이."

"위아이……!"

이바노브 아시오에 의해 멸망한 위유의 백성들이 모여 만든 집단. 꼬리를 잡기가 쉽지 않고, 잡아도 마치 도마뱀처럼 끊고 재빨리 도망쳐서 완벽하게 몰살시키지 못했더니 어느새 대륙 곳곳에 퍼진 상태였다.

"어느 쪽이든 만만치 않은 상대군요."

래이 줄이 한숨을 쉬며 말했다. 안 그래도 이바노브 아시오 황실 사정 때문에 머리가 복잡한데 대륙의 적까지 나타났다. 그렇다고 다른 나라나 단체에 해결해 주기를 바랄 수도 없었다. 왜냐하면 모든 사람들이 영웅들의 나라, 이바노브 아시오가 해결할 거라고 당연하게 여기기 때문이었다.

"이상하군."

말없이 고민하고 있던 니스너가 말했다.

"그 소년 마법사는 분명히 나를 구해 주었어. 생명의 은인이다."

"또 그 얘기십니까?"

래이 줄이 설레설레 고개를 저었다.

"그럼 뭘 합니까? 드래곤 산맥 신전의 봉인을 깬 마당에. 거기에 마왕이라도 봉인되어 있었으면 어쩔 뻔했습니까?"

"그걸 말이라고!"

사루비아가 벌떡 일어났다.

"말이라도 함부로 하지 마세요!"

"이럴 때만 신관답군요, 해바라기 양은."

"사루비아입니다!"

크악, 할아범 때문에 날 다른 이름으로 부르는 사람들이 늘어나고 있어! 괴성을 지르며 머리를 쥐어뜯는 사루비아 옆에서 노와가 손거울로 뾰루지를 살피며 말했다.

"거기에 마왕이 봉인되어 있었다면 우리가 이러고 있지도 못했겠지. 애초에 그 범인이 봉인을 풀지도 못했겠지만."

마왕이 부활하면 대륙은 멸망한다. 오랜 전설이었다. 마왕이 봉인된 곳이 어디인지는 아무도 모른다. 애초에 주요봉인소 중 무엇이 봉인되어 있는지 알고 있는 곳은 세 곳뿐이었다. 만약 드래곤 산맥에 봉인된 것이 마왕이었다면…… 상상만 해도 소름이 끼쳤다.

노와 더 그레이트는 재차 말했다.

"아무튼 마왕 부활 같은 건 절대 일어나서는 안 됩니다."

"네놈이 오랜만에 맞는 말을 하네?"

"내 빛나는 외모가 마왕 때문에 사라지는 건 애석한 일이니까."

"의도가 썩었어, 넌!"

사루비아의 손가락질을 노와는 콧방귀 뀌며 무시했다.

"그리고 드래곤 산맥과 바다의 섬, 미힐 신전에 보낼 수색대 말인데."

파인이 여기까지 말했을 때, 사루비아가 손을 번쩍 들었다.

"나, 나 드래곤 산맥 갈래요!"

"…드래곤 산맥은 사루비아하고."

지바이 다윈이 조용히 손을 들었다.

"지바이. 그래, 둘이 좋겠군. 네 기사단과 사제들을 동원해서 가라. 그곳은 위험한 곳이니까."

"이미 골른 아시오의 제2기사단이 주둔해 있으니 문제없을 겁니다."

니스너가 이어 말했다.

"전 할 일이 있어 나중에 합류하겠습니다."

"음?"

사루비아만큼 정의에 집착하는 니스너가 나중에 합류?

그의 아버지가 의아한 눈길로 보았다. 니스너는 설명을 할 생각이 없어 보였다.

"무슨 일…… 아!"

파인 실 누소즈는 곧 납득했다.

"그럼 너는 다녀온 후 합류해라."

"예, 래이도 함께입니다."

"알았다."

지바이와 노와, 사루비아는 어리둥절해했지만 안 노르와 파인은 알아챘다. 저 적발의 검사에게 황명이 내려진 것이다.

"바다의 섬에는 이 몸이 가 드리죠. 오랜만에 패션 스트리트도 걸어볼 겸."

노와가 금발 머리를 찰랑거리며 말했다.

남은 건 힐본세의 섬. 파인은 고민했다. 7서클 대마법사나 소드 마스터가 이바노브 아시오를 떠나는 건 지나치게 위험한 일이었다. 위아이가 마법사의 배후라면 특히 더.

"미힐에는 이칼리노의 신관과 제 기사단을 보내기로 하겠습니다."

고민 끝에 말했다. 자신이 이끄는 창공의 날개 제3기사단을 보낼 생각이었다. 미힐은 이미 니스너와 래이가 조사하고 왔으니 그들로 충분할 것이다. 그런데, 안 노르가 입을 열었다.

"내 아들도 함께 보내지. 홀홀홀."

"아드님이라면······."

7서클의 대마법사 안 노르가 쉰을 넘은 나이에 본 귀한 아들, 씬 노르. 대마법사인 아버지의 피를 착실하게 받았는지 현재 열여덟의 나이에 무려 6서클 마스터인, 마법에 천재적인 소질이 있는 소년이다. 조금만 더 공부하면 충분히 7서클에 진입할 수 있는데도, 요즘 반항기라 그런지 아버지처럼 마법에만 매달리기 싫다며 갑자기 검술에 빠졌다. 그런데 놀라운 건 그쪽에서도 경이적인 성과를 보이고 있다는 것이었다.

"지금껏 하오아이와 바다의 섬에 관광차 간 것 외에는 이 나라를 떠난 적이 없네. 좋은 경험이 될 게야. 홀홀홀."

"예······."

수염을 쓰다듬으며 만족스러워하는 안 노르에 비해 파인은 마지못해 대답했다. 씬 노르가 천재 마법사라는 것에는 동의한다. 그러나 외동아들, 그것도 늦둥이로 태어나 아버지의 사랑을 듬뿍 받고 자란 그는 성격이 안 좋기로 유명했다. 안 노르도 괴팍한 노인이라는 평을 듣지만 씬 노르는 아주 싹퉁바가지라고 악평이 자자했다.

우리 기사단 놈들이 고생깨나 하겠군. 파인은 속으로 한숨을 내쉬었다. 그러나 지금은 수하 놈들 걱정할 때가 아니었다.

"풀 대장, 각 국가에 국경 경비 태세를 철저히 하라고 하시오. 특히 신전은 말할 것도 없고."

"네, 넷! 알겠습니다."

갑작스레 이름이 불린 대륙평화협회의 제1대장 풀이 뻣뻣하게 굳어서 대답했다. 5년 전에 이바노브 아시오의 주도로 소국 간의 연맹이 결성되었는데, 그것이 대륙평화협회로 얼마 전 이름이 바뀌었다. 임원들은 황금의 성에 머물면서 소국 간에 분쟁이 일어날 경우 텔레포트 게이트를 통해 즉시 개입하고 있다. 현재 총책임자는 갑작스러운 사정으로 자리를 비우고 있어서 급히 제1대장 풀이 대신 온 것이었다.

"크루모만과 소냐르에는 내가 따로 말하지."

"아! 그러고 보니."

래이 줄이 손뼉을 쳤다.

"바다의 섬의 주요봉인소에서 범인을 봤다고 하는 이들이 와 있죠?"

"그중 하나가 소냐르 제1공작의 영애다."

그러자 손거울을 보며 속눈썹 수를 세고 있던 노와가 한쪽 눈썹을 들어 올리며 물었다.

"그 망아지가 있다는 건…… 칼 더 그레이트도 와 있는 겁니까?"

더 그레이트라는 칭호에 웃음이 나올 뻔한 것을 참고 래이줄이 답했다.

"네, 그렇다고 알고 있습니다."

"흥, 적을 보았으면서 놓치기나 하고. 약해 빠진 놈."

타국의 기사를 욕했으나, 노와 더 그레이트와 소냐르 제1공작 영애의 수호기사인 칼 더 그레이트가 죽고 못 사는 친구 관계인 것을 아는 이들은 웃어넘겼다.

안 노르가 지팡이를 들고 일어섰다.

"나는 그들을 보러 가겠네. 홀홀홀."

그들이란 미힐과 바다의 섬 신전에서 작은 체구의 마법사를 보았다고 하는 이들을 말하는 것이었다. 7서클의 대마법사는 자신의 아이eye로 볼 수 없는 마력을 쓰는 마법사에게 흥미가 있었다. 파인이 고개를 끄덕인 그때였다.

"파인 공작님."

입구에서부터 짧은 회색 단발의 여성이 급히 들어왔다. 모두가 몸을 일으켰다. 그녀는 이바노브 아시오의 황제가 가장 아끼는 가신이었다. 그녀는 적발의 무속검사와 안 노르, 둘에게 허리를 숙여 인사하고 다른 이들에겐 눈인사를 했다.

"드릴 말씀이 있습니다. 폐하의 전언입니다."

눈치를 보니 많은 이들 앞에서 할 말이 아닌 듯했다. 파인이

다가가자 그녀가 귓속말을 했다.

"그게……."

아주 작은 목소리이긴 했지만 그녀가 간과한 것이 있었다. 현재 모인 사람들이 대륙에서 손꼽히는 실력자라는 사실이다. 그들은 개미 기는 소리조차 들을 수 있는 청력의 소유자들이었다. 그리하여 대륙평화협회의 제1대장을 제외한 모두가 황제에 관한 비밀스러운 이야기를 들어 버렸다.

"폐하께서 급히 부르십니다."

"무슨 일이지?"

"살이 쪄서 드레스가 맞지 않는다고……."

"……."

"오늘 밤 연회라고 급히 경락을……."

"……."

안 노르가 지팡이를 삐끗했다. 언제나 우아한 표정을 짓는 노와가 흉하게 입을 쩍 벌렸고, 사루비아는 뭐엇? 하는 소리까지 질러 버렸으며, 표정 변화가 거의 없는 지바이 다원의 표정마저 일그러졌다. 익숙해진 래이 줄과 니스너 실 누소즈를 빼고 모두가 경악했다.

황제 전속 경락사, 파인 실 누소즈가 이마를 짚었다. 지금 얼마나 중대한 문제를 상의 중인데!

"공작님!"

회색 단발의 여성이 그를 다시 불렀다. 급하다는 뜻이었다.

황제의 명이다. 어쩔 수 없다. 파인은 고개를 끄덕였다.

"우선 조사를 한 후 다시 만나도록 하지."

이미 긴장이 풀려 버려서 회의 진행도 어려울 것이다.

"네!"

"알겠습니다."

사루비아와 노와가 소리 내어 답하고 다른 이들도 고개를 끄덕였다.

"조사를 마친 후에는 이곳에서 만난다. 텔레포트 게이트를 통해서 와라. 후작!"

파인은 문 옆 기사들 사이에서 얼어붙어 서 있던 사내를 불렀다. 갑자기 호명된 탓에 놀란 표정을 지은 사내가 고개를 번쩍 들었다.

"네, 네?"

"가지고 오게."

"옙!"

갈색 머리의 키 작은 통통한 아저씨는 결코 부하 같은 게 아니었다. 후작이라는 멀쩡한 작위가 있는 남자였다. 그도 어디 가서는 당당하게 턱을 들고 다니지만, 이 화려한 멤버들 앞에서 후작 따위는 겉절이에 불과했다.

"저, 전 이바노브 아시오 황성의 텔레포트 게이트를 담당하는 질리어트라고 합니다."

"아, 질리어트 뷔엔 아이지야 후작? 오랜만이군요."

래이 줄이 반갑게 인사했다. 사실 이들 중에 질리어트를 모르는 사람은 없었다. 황성의 텔레포트 게이트를 이용하려면 그의 허가를 받아야 하기 때문이다.

"어디서나 자유자재로 황성에 텔레포트를 할 수 있도록 연통을 넣어 놨습니다. 이걸……."

품에서 손가락 한 마디만 한 조그만 배지를 꺼냈다. 검은색 바탕에 하얀 동그라미가 그려져 있었다.

"하얀 태양이군요."

래이 줄의 말에 질리어트가 고개를 끄덕였다.

"여러분께 드리겠습니다. 이걸 달고 계시면 절차를 거치지 않고 바로 텔레포트를 준비할 것입니다."

하얀 태양은 예전, 영웅의 시대를 열었던 잔의 상징인 하얀 달의 오마주였다.

"홀홀홀. 괜찮은 그림이군."

안 노르는 아들에게 줄 여분의 배지를 받아 들었다. 사루비아가 싱글벙글 웃으며 조그만 배지를 가슴에 달았다.

"뭔가 정의의 기사단에 가입하게 된 것 같아요! 설레네요!"

"내가 왜 이런 촌스러운 걸 달아야 하는 거야."

노와 또한 더 화려하게 튜닝해야겠다며 툴툴대면서도 목깃에 달았다.

"……."

지바이 다윈은 묵묵히 받아 들어 허리띠에 달았다.

"심플한 모양이네요."

"의미는 크지만 말이야."

래이 줄과 니스너 실 누소즈도 가슴에 배지를 달았다.

후에 그들에게 멋들어진 호칭을 부여하며 그들의 상징이 될 하얀 태양 배지를 달며, 적발의 무속검사는 다시 한 번 다짐했다.

그 어떤 배후가 있고 그 어떤 음모가 있더라도, 그 소년 마법사가 자신의 생명을 구한 사실을 절대로 잊지 않을 것임을 말이다.

대륙섬에서 한창 화제가 되었던 그 소년 마법사는 세상 물정 모르는 두 마족과 함께 항구의 음식점에 앉아 있었다.

음식점 벽면에는 '소냐르 제1공작 영애의 왕자님을 찾습니다'라는 부끄러운 이름의 전단이 커다랗게 붙어 있었다. 나하사는 간 크게도 떡두꺼비와 몸짱 미남의 초상화 근처에 앉았다.

"뭐 드실래요?"

여자 종업원이 퉁명스레 물었다.

"정식 하나 주세요. 빈 그릇 하나랑."

"하나만 시키게?"

지금은 화장실에 갔는지 없지만, 음식점을 들어올 때 후드를 뒤집어쓴 키 큰 남자도 있었다는 것을 아는 종업원이 한쪽 눈썹을 들며 물었다. 둘이서 와서 하나만 시키기 미안하지만, 나하사는 음식을 남기는 것을 싫어하기 때문에 더 시키지는 않았다.

"네, 하나만 주세요."

갈색 단발의 여자 종업원이 퉁명스럽게 고개를 끄덕이고 돌아섰다.

"이 남자가 요즘 대륙에 소문이 자자한 바로 그 꽃미남이야?"

"그래, 엄청 잘생겼지?"

그때 여행 중인 듯한 여성 둘이 초상화 앞에 서서 대화를 시작했다.

"키도 크고 정말 멋있다! 마이아 소냐르는 어떻게 이런 남자랑 마주친 거지? 게다가 생명의 은인이라며? 로맨틱해!"

"역시 로맨스는 우리 같은 평범한 여자들이랑은 거리가 멀어. 공작 영애 정도는 돼야 이런 남자가 나타난다 이거지 뭐."

푸른 눈의 여성이 한숨을 쉬며 말하곤 바로 앞 테이블에 앉았다.

"여기 이슬 두 병이요!"

얼마 전부터 원대륙에서 수입되기 시작한 이슬은 요즘 젊은이들 사이에서 선풍적인 인기를 끄는 술이었다. 종업원이 안주와 술을 가져오자 여자 둘은 서로의 잔에 술을 따랐다.

"저 갈색 머리 남자, 내 언니의 친구의 이모의 딸의 사돈의 팔촌의 옆집 친구가 실제로 봤는데 말이야. 적발의 무속검사보다 잘생겼다고 하더라고."

쿨럭, 가만히 듣고 있던 나하사가 기침을 했다.

"뭐? 니스너 경보다?"

"응, 나도 믿기지는 않지만 바로 앞에서 보면 천상의 신이 강림한 것 같다던데."

"에이, 설마 그 정도겠어?"

설마 그 정도로 소문이 과장되고 있을 줄은 몰랐다. 나하사는 괜히 속상한 느낌에 물컵을 계속해서 비웠다. 구르 또한 전단에 그려진 자신의 떡두꺼비 같은 모습을 보고 차마 말은 못하고 답답한 마음에 계속해서 냉수를 들이켰다.

"완전 걸어 다니는 조각이래."

대체 뭘 본 거야?

"노와 더 그레이트 말하는 거 아냐?"

그 꽃미남이야 워낙 유명하지.

"노와 님하고는 다른 아름다움이라더라. 가까이서 보면 빛이 난대. 후광이 장난 아니래. 보면 마음이 막 경건해진대."

아니, 대체 어떻게 본 거냐고 실제로 없는 사람을! 정말 소문이란 무섭다.

다섯 컵째의 물을 마시려고 할 때 음식이 나왔다. 여자 종업원이 신경질적으로 음식을 놓고 갔다.

"어……?"

그런데 숟가락이 없다. 그 고상하게 생긴 놈이 손으로 먹으려 하진 않을 텐데. 나하사가 직접 주방으로 가 숟가락을 가져오기 위해 일어날 때였다.

"헉……!"

"저런……!"

늦은 시간임에도 시끌벅적했던 음식점 안이 고요해졌다. 남자고 여자고 어린아이고 노인이고 할 것 없이 모든 이들의 시선이 한곳으로 향했다.

비단결 같은 흑장발, 흑요석 같은 검은 눈, 날카로운 콧날과 황금 비율의 입술, 보통 사람보다 머리 하나는 더 큰 키에 얼굴은 작고 다리는 길다. 도저히 인간으로는 보이지 않는 외모의 남자가 긴 다리로 성큼성큼 걸어와 나하사의 맞은편에 앉았다.

"잘 맞는군."

오면서 급히 맞춤 제작한(그가 맞춤 제작하자고 우겼다) 옷이 마음에 드는 것 같았다. 새하얀 셔츠 위에 검은 베스트를 입었는데 셔츠 단추가 모두 잠겨 있어 사람들의 안타까움을 자아냈다. 종아리를 가리는 검은 부츠와 깔끔한 선의 검은 바지, 허리에는 새하얀 검집이 달려 있다.

"아… 목소리조차… 이건 꿈? 아니면 환상?"

수다를 떨던 여성 중 하나가 입 밖으로 그런 말을 내뱉었고, 종업원은 손에 힘이 풀려 그릇을 떨어뜨렸다. 이 정도 반응일 줄은 몰랐다. 나하사는 떨떠름해하며 물었다.

"로브는 어디다 갖다 버렸어?"

"걱정하지 마라. 쓰레기통에 잘 버렸다."

"진짜 버리란 뜻이 아니잖아!"

"쓰레기는 쓰레기통에 버리는 것이 아니었던가?"

"쓰레기가 아니야. 내가 입는 옷이라고!"

아무리 낡고 헤졌다지만 엄연히 사람이 입는 옷이다. 게다가 남이 빌려 준 걸 쓰레기통에 처박아? 이런 못된 놈이…….
나하사가 저 잘생긴 남자의 머리통이라도 쥐어박으려 하는데 테이블 위로 불쑥 손이 튀어나왔다.

"여기 있습니다!"

아까 그 퉁명스러웠던 갈색 단발의 여자 종업원이었다.

"로브 여기 있습니다. 잊으셨더군요!"

손은 나하사에게 향했는데 눈은 진을 보고 있다. 진은 종업원에게는 시선도 주지 않고 음식을 보았다.

"왜 숟가락이 없지?"

"헛…… 죄, 죄송합니다! 지금 가져오겠습니다!"

저렇게 친절할 수가……. 종업원이 바람처럼 달려가 숟가락과 포크, 나이프를 가지고 왔다. 진은 감사의 인사도 없이 받아 들고 음식을 먹었다.

"천상의 신이 강림했어……."

"조각이 밥을 먹고 있다……."

니스녀 실 누소즈와 전단의 갈색 머리 미남의 외모를 찬양하던 두 여자가 넋을 잃고 진을 바라보았다. 물론 그들뿐만이 아니었다. 식당 안의 모든 이들이 진을 보았다. 남자들은 시기조차 할 수 없는 경외의 시선을, 여자들은 사랑에 빠진 눈빛을. 진에게 관심 없는 건 어느새 우유를 뜯어 홀짝이고 있는 구르뿐이었다.

나하사가 이마를 짚었다. 아, 밥 먹는 시간이 너무 길어. 배는 대체 언제 오는 거지? 미리 끊어 놓은 배표를 꺼내 시간을 확인했다. 앞으로도 세 시간을 더 이곳에 있어야 한다.

"나하야, 또 멀미 심할 텐데 비행선을 타지 개굴."

"차라리 멀미하는 게 나아."

구르가 속삭이는 말에 나하사는 머리를 꾹꾹 누르며 답했다.

"아직 육지인데 벌써 머리가 아픈가 개굴?"

그럼 안 아프게 생겼냐? 이렇게 시선이 몰리는데. 우리는 마왕을 부활시키려는, 숨어 지내야 하는 사람들이란 말이야! 차마 그 말을 입 밖으로는 내뱉을 수 없으니 더욱더 답답했다. 진은 스테이크를 한 조각 입에 넣으며 낮은 목소리로 말했다.

"인간은 정말 연약한 몸을 가졌군."

흑장발의 꽃미남이 우아하게 입을 우물거리는 모습을 보고 음식점 내에 모든 여성들의 눈이 일시에 하트로 변했다.

"아······!"

"어느 나라의 왕자님이실까―?"

"어쩜 고기를 씹는 것도 저렇게 우아하게!"

저렇게 여성들의 시선을 한 몸에 받고 있으니 보통은 시비를 걸어야 마땅하지만, 남자들은 그 누구도 일어서지 않았다. 시비를 걸기에는 너무나 고귀하고 우아한 데다 천상의 신이 현신한 듯한 외모인 것이다.

나하사는 다섯 컵째의 물을 들이켰다. 뱃멀미하기 전에 사람들 시선에 멀미나게 생겼다. 앞으로 가는 곳마다 이렇게 되면 어떡하지? 로브를 하나 사야겠다. 저놈에게 맞을 만한 걸로. 요즘 유행하는 캡 모자도 사고. 아니, 변장시킬까? 얼굴에다 주근깨를 잔뜩 붙이면 나아질까?

나하사는 머리가 깨질 것 같았다.

구르가 다른 이들에게는 들리지 않을 정도로 조용히 말했다.

"배가 출발하기 전까지 아직 시간이 남았으니 좀 자라 개굴."

"나는 원래 밤엔 잠이 잘 안 와."

나하사는 스르르 테이블 위로 쓰러졌다. 구르가 조그만 손으로 흰 우유가 가득 담긴 그릇을 밀었다.

"나하야, 많이 아프나 개굴? 우유 좀 줄까 개굴?"

"마음은 고마운데 그걸 마시면 머리 대신 배가 아플 거다."

"죽이라 생각하고 먹어라 개굴."

"……."

"잘 보면 비슷하다 개굴. 특히 색깔이 개굴."

지금 이게 날 놀리나? 살짝 고개를 들었다. 흰 우유 그릇이 바로 앞에 있었다.

"윽⋯⋯."

우유를 보면 반사적으로 배탈이 날 것 같아 나하사가 눈살을 찌푸리자, 진이 우아하게 포크를 내려놓고 그릇을 소년의 앞에서 치워 주었다. 진이 자신을 도와주는 건가 싶어 기특한 마음에 잠깐 두통이 가시려는데, 그릇을 든 진의 손이 허공을 향하는 것을 보고 나하사의 눈이 점점 커졌다.

주르르륵.

"야!"

"지금 뭐하는 건가 개굴!"

망설이지 않고 그릇의 우유를 음식점 바닥에 쏟는 꽃미남 마족을 보고 벌떡 일어날 수밖에 없었다.

"너 왜 그래?"

"마족이 우유라니 어울리지 않는군."

"아무리 그래도 바닥에 버리면 어떡해!"

"그럼 어디다 버려야 하는 거지? 인간의 입에다?"

"지금 농담하는 거지?"

나하사의 두통이 심해져 갈 때 음식점 종업원이 대걸레를 들고 재빠르게 다가왔다. 나하사는 고개를 숙이며 사과했다.

"정말 죄송합니다. 제 동료가⋯⋯."

"아뇨! 괜찮습니다. 괜찮아요. 실수하실 수도 있죠!"

"……."

실수가 아니었는데? 누가 봐도 고의였는데? 그러나 아까 그 퉁명했던 여종업원은 괜찮다고 몇 번이나 말했다. 정확히는 진을 보며……. 두 볼이 발그레했다.

진은 스쳐 지나가듯 종업원을 힐끗 보고 다시 우아하게 다리를 꼬며 스테이크를 썰었다. 그런 오만한 태도에도 불구하고 음식점 안의 여성들은 조금도 불평하지 않았다. 오히려 열렬히 찬양 중이었다.

"아, 어쩌면 우유를 쏟는 모습도 저렇게 아름다우실까……!"

"저런 사람이 존재하다니, 천족이실지도 몰라……."

마족이거든요! 그것도 드래곤 산맥 신전에 봉인당했던!

"우유를 다시 가져다 드리겠습니다."

종업원이 진을 보고 친절하게 말하고 물러갔다. 나하사는 다시 자리에 앉았다.

제길, 미남만 좋아하는 더러운 세상!

"어이, 후배!"

종업원이 오는 바람에 입을 다물고 있던 개구리가 테이블을 탕탕 치며 진을 불렀다.

"후배?"

고개를 갸웃하는 진에게 개구리는 허리에 손을 얹은 거만한 자세로 서서 소리쳤다.

"내가 지금 확실히 말해 두겠는데!"

"……?"

"나는 선배다 개굴! 물론 나이는 네놈이 더 많은 것 같지만, 마력도 더 많은 것 같지만, 나는 나하와 아아아아아아아주 오래전부터 함께 여행을 해 왔다 개굴!"

아주 오래라……. 나하사는 속으로 날짜를 세어 보았다. 보름하고 며칠 됐더라?

"그러니 앞으로 착실하게 선배라고 불러라 개굴!"

개굴족의 왕 구르르무가 노골적으로 텃세를 부리고 있었다. 나하사는 턱을 괴고 개구리의 재롱을 재미있게 지켜보았다.

"대답을 해라 개굴!"

그러나 개구리의 협박은 진에게 통하지 않는 것 같았다.

"선배… 선배가 뭐지?"

"선배는…… 개굴."

구르는 진이 알아들을 만한 고대어로 선배의 뜻을 설명할 수가 없었다. 나하사가 도움을 주었다.

"음, 선배가 고대어로 발음이… 빵꾸."

"…나하, 놀리는 거지 개굴?"

유감스럽게도 진짜다. 푸하하하, 나하사가 사람들 시선도 상관 않고 크게 웃었다. 진은 진지하게 고개를 끄덕였다.

"그렇군, 자신을 빵꾸라고 불러 달라는 건가."

"아니다 개굴!"

"빵꾸, 앞으로 잘 부탁한다."

"아니라고 개굴!"

두 마족의 대화에 나하사가 배를 잡고 자지러지게 웃었다. 자신들을 쫓는 정의의 용사들이 생긴 것도 모르고 평화로운 한때를 보내고 있는 그들이었다.

제6장

사막섬, 그리고 우정

"우에엑."

칙칙한 회색 로브를 입고 후드를 뒤집어쓴 소년이 허리를 굽히고 속에 있는 것을 게워내고 있었다. 아침에 먹은 빵 조각이 그대로 보인다. 나하사는 신음하며 손등으로 이마를 쓸었다.

"나하야, 얼굴이 시퍼렇다 개굴."

구르는 더러워하지도 않고 소년의 발치에서 걱정스럽게 올려다보았다. 반면 진은 멀찌감치 떨어져 있었다. 긴 손가락으로 우아하게 코를 막고. 나하사는 새삼 구르에게 감동했다.

"흑! 구르야, 너밖에 없어."

"꾸에엑!"

나하사가 구르를 껴안으려 하자 구르도 곧 기겁하며 풀쩍풀쩍 뛰어갔지만. 솔직히 자신의 안에서 나온 것이지만 냄새가 너무 역해 계속 맡고 있으면 또 토할 것 같았다. 나하사는 조금 떨어진 커다란 나무 옆으로 엉금엉금 기어갔다.

"으으……."

햇볕은 따스하게 내리쬐고 바람도 따뜻하게 불어오는데 속은 엉망이다. 배에서 내린 지 삼십여 분이 지났건만 멀미가 가라앉지 않는다. 나무에 기대앉아 다리를 쭉 펴고 멍하니 있으려니, 개구리는 무릎 위로 슬금슬금 올라오고 흑발의 미남은 다가와 옆 나무에 기대섰다.

"나하야, 여긴 인간이 사……."

"이곳은 인간이 사는 곳답지 않게 공기가 좋군."

구르의 말을 가로막으며 진이 말했다.

"어이, 시커먼스."

구르가 어제부터 자신이 밀고 있는 진의 별명을 으스스한 어조로 불렀다. 머리와 눈동자가 새까맣다고 붙인 별명이었다.

"선배의 말을 가로막는 버릇은 어디서 배웠나 개굴."

"음? 미안하군, 빵꾸."

진이 조금도 미안하지 않은 얼굴로 말했다.

"빵꾸라고 하지 마라 개굴!"

"정말 날씨가 좋군."

"내 말 좀 들어라 개굴!"

"인간이 사는 곳 맞나?"

"개굴!"

구르가 커다란 눈에 눈물을 가득 담고 나하사의 배로 뛰어들었다.

"저놈 좀 어떻게 해 줘라 개굴. 선배 말 듣기를 뭐처럼 안다 개굴! 내가 이 나이에 이렇게 푸대접받으면서 살아야 하나 개굴. 아이고, 억울해서 못 산다 개굴."

나하사는 그래그래 하며 구르의 등을 쓸어 주었다. 이틀간 배를 타고 오면서 이 비슷한 장면을 수없이 보았다. 저 흑발 냉미남은 커다란 개구리의 말을 귓등으로도 안 듣고 있다. 내 공이 상당하다. 구르야, 그냥 포기해. 말하고 싶었지만 지금의 구르가 꼭 떼쟁이 아기처럼 귀여워서 그냥 위로하는 척했다.

"아름다운 풍경이군."

진이 무감각한 목소리로 말했다. 사실 그랬다. 그들은 햇살이 따스하게 내리쬐는 들판에 있었다. 푸른 하늘에 새하얀 뭉게구름이 떠 있고 꽃향기가 섞인 따뜻한 바람이 불어온다. 노랗고 하얀 들꽃이 화사하게 피어 연두색 들판을 장식하고 크고 작은 나무들의 초록빛 잎사귀는 바람에 살랑살랑 흔들렸다. 그러나 이렇게 쾌청한 날씨를 자랑하는 이 섬의 이름은.

"사막섬."

"개굴?"

"이 섬 아래쪽에는 사막뿐이야. 어느 생명도 살 수 없다고 해."

어느 지점을 넘어가면 태양이 바로 앞에 떠 있는 것처럼 뜨거워진다. 사막섬이라 칭하고 있지만 사실은 상식적인 사막의 수준이 아니다. 마치 자로 그은 듯 정확한 그 경계를 넘어가면 인간은 바로 타들어 가며 뼈조차 남기지 않고 녹아 버린다.

"그래서 태양의 신에게 저주받은 곳이라고도 하지."

"설마 우리 그런 곳으로 가는 건가 개굴?"

나하사의 설명을 듣고 놀란 구르는 펄쩍 뛰며 물었다.

"글쎄……."

우선은 주요봉인소 하나를 위해서 온 거긴 하지만, 일명 경계 밖이라고 일컬어지는 곳에도 절대보호봉인소가 한 군데 있었다. 아주 오래전 정령들만이 들어갈 수 있었다고 전해지고, 현재에는 탐사 로봇만이 드나드는 사람의 손길이 닿을 수 없는 곳. 나하사가 고민하고 있는 것을 눈치챈 구르는 더욱 펄쩍 뛰었다.

"인간은 녹는다고 하지 않았나 개굴. 나는 마족이라서 괜찮아도 나하는 안 된다 개굴!"

"아니, 마법이 있으니까……."

"그래도 나는 허락 못 한다 개굴!"

"무언가 오는군."

"허락 못 한대도…… 개굴?"

방금 목소리는 나하사가 아니었다. 나무에 기대어 있던 흑발의 미남 마족이 하늘을 올려다보고 있었다.

"응?"

나하사도 마족의 시선을 따라 하늘을 올려다보았다. 태평한 구름이 천천히 지나가고 있다.

"어디서 뭐가 온다는 거냐?"

며칠이 지났는데 아직도 적응되지 않는 눈부신 외모의 진이 말없이 하늘을 올려다보며 한 걸음 앞으로 옮겼다가 다시 두 걸음 왼쪽으로 걸었다.

"무슨 소리가 들린다 개굴!"

"무슨…… 어?"

나하사도 벌떡 일어나 하늘을 보았다.

"이게 무슨 소리지?"

뭔가 기야아아 같은 소리가 났다. 높고 가는 소리였다.

"이건……."

나하사가 눈을 크게 떴다. 꺄아아아……?

"비명?"

"비명이다 개굴!"

하늘에서 여자의 비명이 들리고 있었다.

"가까워지고 있어!"

그 소리는 점점 가까워졌다. 하늘에서 떨어지는 것이 틀림없었다. 나하사가 우왕좌왕하며 목을 빼고 하늘을 올려다보았다.

"으, 으아. 어쩌지? 어쩌지? 어디로 떨어지는 거지?"

"지, 진정해라 개굴! 여기, 여기다 개굴!"

"아, 아니, 여기 같은데?"

"여긴가? 이곳 같기도 하다 개굴!"

고대마법을 자유자재로 쓰는 소년 마법사와 개굴족의 왕이 우왕좌왕하는 데 반해, 진은 무표정한 얼굴로 팔짱을 끼고 서 있을 뿐이었다.

"꺄… 꺄아아아아아아악!"

이제 형체도 보이기 시작했다. 언뜻 보기에도 분홍색이 몹시 화려하다.

"오, 온다!"

안 되겠다. 마법으로 멈추어야 한다.

"스트…… 으악!"

그러나 나하사는 하고자 했던 마법을 시전할 수 없었다. 분홍색 형체에 가속도가 붙어 생각보다 빠른 속도로 떨어졌기 때문이다. 구르와 나하사가 머리를 감싸 쥐고 엎드렸다.

퍽! 파직 파지지직 퍼버벅! 요란하게 나무 부러지는 소리가 났다. 진이 기대 있던 커다란 나무 위로 떨어진 것 같았다. 나하사가 조심스레 고개를 들어 올려다보니 나뭇가지에 가려 분홍색만 조금 보일 뿐이었다.

뚜둑 뚝! 물체의 무게를 이기지 못한 건지 나뭇가지가 부러졌다. 분홍색이 나뭇가지를 분질러 가며 떨어지고 있었다. 인간과 두 마족, 수컷 삼인방은 잡아 줄 생각은 하지도 않고 사사삭 나무에서 비켰다.

"꺄악!"

녹색 나뭇잎들과 함께 분홍색의 무언가가 땅으로 퍼억 소리를 내며 떨어졌다. 얼굴은 바닥에 박아 보이지 않았지만 분홍 머리에 분홍색 옷을 입고 입는 그것은…….

"헉, 사람이야!"

설마 했는데 진짜 사람이다. 하늘에서 가속도가 붙어 떨어졌기 때문에 분명히 크게 다쳤을 것이다. 떨어진 사람의 몸이 움찔거렸다. 반소매 원피스 아래의 가는 팔이 움직이더니 상체를 들어 올리기 시작했다. 나하사는 긴장했다.

얼굴이 바닥에 처박히는 소리가 났는데……. 막 갈린 거 아냐? 뼈 드러나고 눈알 튀어나온 거 아냐?

"아씨, 발을 잘못…… 으응?"

"헉, 멀쩡해!"

가느다란 손으로 헝클어진 머리를 긁적이며 아무렇지도 않다는 듯 벌떡 일어난 사람은 무려, 여자아이. 가슴까지 오는 은은한 분홍색 갈래머리에 방금 자신이 떨어진 나무를 닮은 영롱한 청록색 커다란 눈동자. 나하사보다 키가 작고 어려 보이는 여자아이였다. 밑단에 레이스가 달린 공주풍의 분홍색 옷을 입고 있는데…… 어떻게 어디 하나 찢기지 않을 수가 있지? 어떻게 생채기 하나도 안 날 수가 있지? 여자아이는 해괴한 눈으로 자신을 보는 어린 소년을 위아래로 훑었다.

"당신은 누구십니까?"

그건 이쪽에서 묻고 싶은 말이다.

"여긴 어딥니까? 제가 왜 이곳에……."

"몰라. 어디 안 다쳐서 다행이다. 그럼 안녕."

쓸데없는 인연을 만들고 싶지 않아 나하사는 조용히 고개를 돌렸다. 분명히 인간이 아닐 것이다. 그래, 이곳에서 조금만 더 가면 엘프 마을이 있지. 엘프일 것이다. 아니, 잠깐. 아무리 엘프라도 저런 일이 가능한가? ……잊자. 방금 전의 일은 머릿속에서 잊자. 안 그래도 멀미 때문에 속도 안 좋고 머리도 아픈데 신경 쓰고 싶지 않다. 나하사는 짐을 챙겨 들었다.

"가자, 구르. 진."

구르가 개굴개굴 울며 나하사의 발등에 앉았다. 저럴 때는 자기를 직접 들어서 올려 달라는 뜻이다. 구르를 머리 위에 올려놓자 진이 옆에 다가와 마뜩잖은 눈길로 개구리를 보았다. 시기와 질투가 섞인 상당히 부러워하는 눈빛이었다. 언젠가 저 커다란 마족이 자신의 작은 머리통 위에 올라오려 할지도 모른다는 생각에 나하사의 몸이 떨렸다.

"자, 잠깐 기다리십쇼!"

진과 함께 돌아서는 그때였다.

"이보십쇼!"

가냘픈 미성이 뒤쪽에서 들려왔다. 돌아보니 분홍 머리 소녀가 세상 누구보다 연약한 표정을 하고 앉아서 이쪽을 애처롭게 쳐다보고 있었다.

"다리를 삔 것 같습니다."

"……."

"손 좀… 잡아주시겠습니까?"

나하사는 대답을 할 수 없었다. 분홍 머리 소녀의 눈이 꽃미남 마족 진을 직시하고 있었기 때문이다. 하얗고 탱탱한 볼이 발그레해졌다. 청록색 푸른 눈이 반짝였다.

그러나 진은 바닥에 박힌 돌덩이를 보는 것처럼 시선을 던지고는 다시 뒤돌아 걸었다. 진이 뒤도는 순간 분홍 머리 소녀가 X발, 하고 작게 말하는 것을 나하사는 듣고 말았다.

뭐지? 이중인격인가? 얽히면 피곤할 것 같다. 나하사도 앉아 있는 소녀를 한 번 힐끗 보고는 진을 따라 걸었다.

엘프의 도시는 축제 준비가 한창이었다. 별의별 종족들이 다 모이는 만큼 자신들은 먹지 않는 육류를 파는 곳도 많았다. 인간과는 달리 종족 차별이 없는 엘프의 도시에는 순종 키메라나 키메라 혼혈들도 많이 보였다.

"으음, 이거 참 맛있네."

상체는 말이고 하체는 사람인 키메라가 나무 열매 꼬치를 먹으며 지나갔다.

"러브 남매는 마지막 날에 온대냐?"

"첫날에는 시크릿 보이가 온대요."

다리가 달린 뱀 두 쌍이 음유시인 이야기를 하면서 걷고 있었고, 양팔 대신 커다란 날개가 있는 주홍 머리의 하피족 셋이 사람들 머리 위를 날아다녔다. 그 외에도 많은 종족이 있었다.

이들은 오늘 오는 음유시인에 관한 이야기나 황혼의 눈물에 관한 이야기도 했지만 열 명 중 둘은,

"드래곤 산맥의 봉인이 깨진 것을 알면 드래곤도 가만있지 않을 거야."

"그 소식 들었어? 소냐르 제1공작 영애의 왕자님이 봉인을 깬 범인이었대!"

대륙의 봉인을 깨고 다니는 자에 대해 이야기했고, 열 명 중 일곱은,

"그게 중요한 게 아니야. 적발의 무속검사가 파견된다고!"

니스너 실 누소즈가 가담한 정의의 용사단에 관해 이야기했다.

바로 어제 알려진 용사들에 대한 소식은, 봉인을 깨고 다니며 대륙을 어지럽히는 정체 모르는 이에 대한 이야기보다 훨씬 화제가 되고 있었다. 사람들은 생판 타인임에도 불구하고 서로의 대화에 주저하지 않고 끼어들며 소문을 부풀렸다.

"파견된다는 말에는 어폐가 있네. 다른 이들은 봉인소로 떠났는데 그는 아직 이바노브에 머물러 있다더군."

"그건 창공의 날개의 기사단장도 마찬가지죠? 안 노르도 그렇고."

인간 영웅에 관한 이야기에 하피족도 흥미진진하게 끼어들었다.

"젊은이들 경험 쌓게 하려고 그런 걸까요?"

"그런가 보군."

사람들이 고개를 끄덕이며 동조했지만 사실 노와 더 그레이트는 니스너 실 누소즈보다 나이가 많았다. 그러나 대륙 사람들은 그들의 영웅이 어린 나이라는 것을 자주 잊었다.

"노와 더 그레이트와 마인 아시오의 단장, 크림의 여신관은

각각 어디로 떠난 건가요?"

"바다의 섬과 드래곤 산맥이네."

"아! 내가 드래곤 산맥에서 왔는데 말이야."

스킨헤드에 다리가 세 개인 키메라가 뱀처럼 갈라진 혀를 날름거리며 말했다. 지적 능력이 있는 키메라는 키메린이라고 부르며 인간과 같은 종족으로 인정받는다. 그러나 이곳이 엘프의 도시가 아니었다면 저 키메린은 대화에 끼어들기는커녕 도시에 발을 들여놓을 수조차 없었을 것이다. 인간들 사이에서는 여전히 키메린에 대한 차별이 심했다.

"우연히 봤거든. 크림 신전 최초의 여신관을!"

그러자 오오, 하는 탄성이 곳곳에서 터졌다. 남성들의 눈은 타올랐고 여성들은 눈살을 찌푸리며 얼굴을 붉혔다.

"정말 소문대로 비키니를 입고 다니던가?"

"그렇게 풍만한 편은 아니라던데?"

건강한 갈색 피부와 노을빛 머리카락의 여신관은 여성에 대한 차별이 심각한 크림 신전에서 최초의 신관이 되기 전부터 파격적인 복장으로 이미 유명했다.

"깜짝 놀랐어, 진짜. 내가 나무 뒤에서 봤는데 말이야, 처음엔 홀딱 벗고 있는 줄 알았다고."

우오오오, 탄성이 거세졌다.

"좀 더 묘사를……!"

"자세하게……!"

그러나 키메린은 다른 이들의 소망을 들어줄 수 없었다.

"더 자세히는 못 봤어. 지바이 다원이 너무 노골적으로 가려서 말이야."

쳇, 여기저기서 혀를 찼다. 아쉬워하는 이들 중에는 여자도 몇 있었다.

"그런데 그 신관 이름이 뭐였지?"

"맨드라미… 해바라기?"

"아! 프리지어, 프리지어였네!"

사루비아는 남자들 사이에서는 대륙 최고의 음유시인 필리아 넥터만큼 유명하건만, 그 이름을 제대로 아는 자는 드물었다.

시간 가는 줄 모르고 수다를 떠는 사람들 덕에 나하사는 가만히 앉아서 적들의 정보를 모두 들어 버렸다. 그 용사들 중에서 누구도 이곳에 아직 오지 않았다는 것까지. 대륙 곳곳의 봉인이 깨지고 있는 이런 때에, 마침 3년에 딱 한 번 주요봉인소를 공개하는 날인데도 오지 않았다는 것은 엘프 수장을 전적으로 믿고 있다는 뜻이었다.

나하사는 필리아 넥터와 니스너 실 누소즈의 열애설 이야기를 시작한 사람들 사이를 빠져나갔다. 숙소를 잡으려 골목으로 가는데, 위에 있는 것이 머리카락을 잡아당기는 게 느껴졌다.

"왜 그래?"

"……"

"구르, 여기선 말을 해도 돼."

"오, 그런가 개굴!"

구르가 반색하며 뛰어내렸다.

"나하, 어서 방 잡고 구경하자 개굴!"

축제 볼 생각에 개굴족의 왕이 아이처럼 방방 뛰었다. 그러나 나하사는 아직도 속이 좋지 않아 방에서 쉬고 싶었다. 내일 밤이면 결전인데 그전까지 기력을 회복해 놓아야 한다.

"본격적인 축제는 내일 하는데 그래도 구경하고 싶어?"

"하고 싶다 개굴!"

눈을 반짝반짝 빛내는 개구리의 말을 거절하는 건 차마 양심에 찔렸다. 나하사는 바로 옆의 액세서리와 문구를 파는 매대로 갔다.

"이거 얼마예요?"

"5도르입니다, 마법사님."

아주머니에게 값을 지불하고 산 것은 어린아이의 주먹만 한 파란색 복주머니였다. 나하사는 복주머니를 들고 구르의 앞에 쪼그려 앉았다.

"100도르 넣어 놓을게."

지폐를 꾸깃꾸깃 접어 복주머니 안에 넣고 그것을 구르의 목에 매달아 주었다. 구르가 머리를 갸웃거렸다.

"왜 나한테 돈을 주나 개굴?"

"뭐 먹고 싶은 거 있으면 훔치지 말고 사라고."

"나하가 사 주면 되잖나 개굴."

"나는 쉴 거야. 넌 구경하고 들어와. 저기 빨간색 간판 보이지? 저쪽으로 와."

구르가 소리를 빽 질렀다.

"싫다 개굴! 같이 가야 한다 개굴!"

"잘 거라니까."

"구경 좀만 하다 쉬어라 개굴!"

떼쟁이 아이 같은 모습에 나하사는 이마를 짚고 한숨을 쉬었다. 여러 종족들이 지나가면서 피식피식 웃었다.

"나를 혼자 내보내고 시커먼스랑 둘이서 뭘 하려고 그러나 개굴!"

"야, 그런 식으로 말하지 말아 줄래? 기분 나쁘거든?"

하마터면 개구리한테 정색할 뻔했다. 나하사는 멀찌감치 서 있던 진을 불렀다.

"진, 구르랑 둘이서……."

"이봐. 나는 언제까지 이러고 있어야 하지?"

말 걸기만을 기다렸다는 듯 바로 튀어나온 목소리에는 불만이 가득했다. 그럴 만도 하다. 후드를 뒤집어쓰고 있으니 바닥밖에 보이지 않았을 것이다. 그러나 어쩔 수 없었다. 이렇게 사람이 많은 곳에서 진의 외모를 그대로 내보이면 엄청난 혼란이 일어날 것이다.

"너희 둘이 놀다 와."

"빵꾸와?"

"저 시커먼스랑?"

구르와 진이 서로 마주 보았다. 진은 눈을 찡그리고 구르는 꽥 소리를 질렀다. 주로 누가 빵꾸냐, 선배라고 알려 줘도 왜 빵꾸라고 부르냐 하는 내용이었다. 사람들의 이목이 쏠리기 시작했다. 나하사는 한숨을 쉬고 일어났다.

"아무튼 난 들어간다."

조금 떨어진 숙박 가능한 음식점 안으로 들어갔다. 많은 수의 인간과 여러 종족들이 있었다.

"나하야, 날 이놈이랑 둘만 두지 마라 개굴!"

마치 주인을 쫓는 강아지들처럼 진과 구르도 투닥대며(주로 구르가 일방적으로 시비를 걸었다) 따라 들어왔다.

간단히 죽을 시킨 후에 진에게 후드를 벗게 해 주었다. 여기 저기서 헉 하고 숨을 들이켜는 소리와 챙강 하고 종업원이 그릇을 떨어뜨리는 소리 등등이 들렸다.

"누, 누구지? 신인 음유시인?"

"아, 어딘가의 황태자가 아니실까? 아니면 엘프 왕자님?"

천상의 신이라든지 드래곤의 폴리모프라든지 하는 낯 뜨거운 찬양이 계속 들렸다. 그러건 말건 나하사는 피곤함에 졸고 있었고 두 마족은 계속 떠들어댈 뿐이었다. 둘의 싸움은 주로 구르 혼자 벽에 대고 외치는 꼴이었다.

"선배라고 불러라 개굴!"

"이곳은 무척 여러 종족들이 많군."

"제발 내 말 좀 들어라 개굴!"

"그런데, 이봐."

진의 부름에 병든 병아리처럼 꾸벅거리던 나하사가 응? 하고 고개를 들었다.

"아까부터 따라오고 있는 인간 말인데."

나하사는 그들과 좀 떨어진 테이블에 앉은 사람을 보았다.

"어, 왜?"

"계속 나를 보고 있어서 거슬린다. 죽여도 되나?"

"안 돼."

아무렇지도 않게 살인을 언급하고 있다. 나하사가 대번에 고개를 첫자 진은 눈썹을 찌푸렸다.

"그럼 따라오지 못하게 만드는 건 되겠지."

"절대 안 돼."

그러자 진은 인심 쓴다는 듯이 고개를 끄덕였다.

"어쩔 수 없군. 실명(失明)시키는 것으로 만족하겠다."

아, 골치 아파. 나하사는 머리를 꾹꾹 누르며 일어났다.

"넌 가만히 있어. 내가 물어보고 올 테니까."

진이 고개를 끄덕였다. 구르가 나하사 머리 위로 풀쩍 올라갔다. 노골적으로 이쪽을 바라보며 침을 흘리고 있는 사람은 무릎까지 오는 공주풍 원피스를 입고 분홍색 머리를 발랄하게 갈라땋은 여자아이. 아까 하늘에서 떨어진 바로 그 소녀였다.

"야, 너……."

"네?"

소녀가 눈을 동그랗게 뜨며 나하사를 올려다보았다. X발, 말하던 모습이 상상되지 않을 정도로 순수한 눈망울이었다.

"무슨 일이십니까?"

"아니, 그… 우리를 왜 따라오는 거냐고."

"우선 여기 앉으십시오."

소녀가 자신 옆의 빈자리를 가리켰다.

"저분의 오른쪽 옷소매 깃이 조금 가려졌잖습니까."

아, 역시나. 말을 제대로 하기도 전에 이 여자아이가 자신들을 따라오는 이유를 알아 버렸다. 역시 저 쓸데없이 졸라 잘생긴 마족 때문이었다. 나하사는 소녀 옆 빈자리에 앉아 칙칙한 회색 로브를 입고 있어도 자체 후광이 나는 팔등신, 아니, 구등신 꽃미남을 가리켰다.

"저 녀석, 네가 생각하는 것처럼 멋진 놈 아니야."

"놈이라니 무례한 표현입니다! 왕족에게!"

누가 왕족이야? …마족인 걸 알려 줄까?

욱할 것 같아서 나하사가 말을 고르고 있는데, 이번엔 구르가 흥분하며 험담을 시작했다.

"저 시커먼스 놈을 놈이라고 하는데 뭐가 문젠가 개굴!"

"당신은 뭡니까? 개구리 주제에 어떻게 저분을 놈이라고 말할 수 있습니까?"

"나는 개구리가 아니다 개굴! 나는 위대한 마ス…… 읍!"

나하사가 재빨리 구르의 입을 막았다. 꽃미남의 동료와 예쁘장한 여자아이의 대화에 이목이 쏠려 있는 이 상황에서 마족의 마도 꺼내게 할 수는 없었다. 아무리 이곳이 엘프의 도시라지만!

"하, 하하. 못 들었지?"

"뭐라는 겁니까? 마징가?"

"아니, 아무것도 아니야."

구르에 이어 나하사는 세 번째 험담을 시도했다.

"아무튼 저 녀석 얼굴만 그럴싸하지 속은 이상한 놈이야. 아무렇지 않은 얼굴로 빵상이니 뽕이니 말하고 다닌다고."

"아… 저 용안에 유머러스하기까지!"

막강한 실드에 가로막혔다. 네 번째 험담은 구르가 했다.

"성격도 흉악하다 개굴. 선배 말 무시하기 일쑤다 개굴!"

"지금 어디서 개구리가 짖습니까?"

좋아하는 사람이 바지에 오줌을 지리면 자신은 옆에서 똥을 싸는 정신! 생각보다 실드가 강하다.

나하사는 마지막 수단을 쓰기로 했다.

"사실은 저 녀석, 여자를 안 좋아해."

"……!"

"…그런!"

여기저기서 대화를 경청하고 있던 사람들이 술렁였다. 절망하는 여성들 사이로 기뻐하는 남자들도 몇 명 보였다.

분홍 머리 소녀는 창백한 얼굴로 중얼거렸다.

"멋진 남자는 유부남 아니면 호모라더니……."

정신적 충격이 클 것이다. 미안한 마음이 들었지만 이 방법이 아니라면 이 아이는 실명할지도 모른다.

나하사는 실연의 충격에서 헤어 나오지 못하는 분홍 머리 소녀를 두고 구르와 함께 테이블로 돌아왔다. 진은 자신의 취향을 멋대로 바꿔 버렸는데도 화를 내지 않았다.

"이제야 좀 편하군."

……쿨해! 화를 내기는커녕 오히려 후련한 얼굴로 우아하게 차를 마신다.

"흐, 흥. 사람들의 시선에 익숙하지 않나 보군 개굴. 나는 시선을 받아도 아무렇지도 않은데 개굴."

구르가 쓸데없이 시비를 걸었다. 물론 진은 비도 안 오는데 어디서 개구리가 우나 하는 표정으로 무시할 뿐이었다.

음식이 나오자 그릇에 우유를 따르며 나하사는 생각했다. 진에게는 허세가 아니라, 진정으로 추앙받고 경배받은 자에게서나 느껴지는 여유가 있었다. 악명 높은 드래곤 산맥에 봉인되고, 마법진에 쓰인 고대어보다 더욱 오래된 고대어를 쓰면서, 행동과 말투 하나하나가 우아하고 기품이 느껴지는 검은 머리의 마족.

새삼 자신은 저 마족에 대해 아무것도 모른다는 생각이 들었다. 그렇다고 알고 싶은 마음은 추호도 없었지만.

죽을 먹어도 속이 가라앉지 않는다. 나하사는 배를 부여잡
고 침대 위로 올라갔다.
"정말 축제 구경 안 할 건가 개굴?"
사람이 아파 죽겠는데 개구리 놈은 계속 축제 타령이었다.
"진이랑 같이 가라니까. 난 안 가."
"어디가 어떻게 아픈 건가 개굴."
"너무 오래 배를 탔더니 속이 계속 안 좋아."
구르는 물끄러미 나하사를 보다가 주섬주섬 복주머니를 목
에 걸었다. 정말 혼자 축제에 가려는 모양이었다. 모처럼 인간
들 사이에서 실컷 말하면서 돌아다닐 수 있는데, 그런 절호의
기회를 놓치는 게 아쉽기도 할 것이다. 그래도 나하사는 왠지
섭섭했다.
"금방 갔다 오겠다 개굴."
구르는 진에게 나하를 잘 보고 있으라고 신신당부를 하고는
창문을 통해 나갔다. 그러나 저 미남 마족은 구르의 말을 뒤
집 개가 짖는 것처럼 무시했다. 그는 하얗게 질린 얼굴로 누운
나하사를 본체만체하고는 새로 산 대륙공용어 사전을 무릎 위
에 놓았다. 펼치지는 않고 허공을 보았는데, 그저 멍하니 있을
뿐인데도 사색에 잠겨 무언가 진중한 고찰을 하는 듯 보였다.
"왜 안 봐?"

나하사가 묻자 진은 무감각하게 답했다.

"내가 왜 인간의 언어를 말해야 하는지 모르겠군."

"어쩔 수 없어. 여긴 인간이 득실득실한 세상이야."

"마계로의 이동이 어째서 되지 않는 거지?"

이 마족은 기억이 없어서 그런지 가끔 아주 상식적인 것을 묻기도 했다.

"마왕이 있어야만 문이 열리니까."

"아니다."

진은 잘생긴 눈썹을 고상하게 찌푸렸다.

"내가 알기로 문을 여는 건 마왕만의 능력이 아니었다."

이번에 눈썹을 찌푸릴 차례는 나하사였다. 이 꽃미남 마족은 지금 자신이 전 대륙을 뒤집을 충격 발언을 했다는 걸 알고나 있을까?

"너는 기억도 없다며."

"부분적으로 기억나는 것들이 있다."

분명히 기억나는 게 아무것도 없다고 했었던 것 같은데. 말이 바뀌는 게 수상하다.

"그럼 마왕 말고 누가 할 수 있는데?"

"모든 종족의 왕은 모두 할 수 있다."

"하긴 그렇다는 학설도 있지. 그런데 너, 뭔가 착각하나 본데. 예를 들어 인어족의 여왕이 문을 열면 이동할 수 있는 건 인어족밖에 없어."

나하사는 푸른색 귀걸이를 만지작거리며 말했다.

"다른 종족의 왕이 바로 네 눈앞에서 문을 연다 해도 넌 그 문을 통과할 수 없다는 거야. …뭐, 이것도 그 학설이 맞을 경우의 이야기지만."

"……."

"진. 네 생각보다 이 대륙에서의 마왕에 대한 연구는 상당히 깊게 진행됐어. 믿고 싶지 않은 건 알겠는데 받아들여야 해. 마왕이 부활하기 전까지 너희는 마계로 돌아갈 수 없어."

진은 침묵했다. 나하사는 자신이 잔인한 발언을 너무 아무렇지도 않게 한 걸까 하고 조금 후회했다. 드래곤 산맥 신전의 봉인은 대륙에서 두 번째로 오래되었다고 하고, 마법진은 신화시대 고대어로 되어 있었다. 이 마족은 얼마나 오랜 기간 고향을 꿈꾸며 지냈을까. 위로는 소용없을 것이다.

나하사는 침대에 드러누워 이불을 덮었다.

"난 잔다. 내일 봐."

그러나 나하사는 채 눈을 감기도 전에 벌떡 일어나야 했다.

"아까 그곳에는 마족이 있던데."

진이 지나가듯 한 말 때문에.

"그게 무슨 소리야?"

머리 아픈 것도 잊고 소리를 버럭 질렀다. 진은 시끄러운 듯 눈썹을 찌푸렸다.

"아래에 마족이 둘 있더군. 빵꾸도 느꼈을 것이다."

식당에 마족이 있어? 구르도 느꼈다고? 게다가 두 놈?

마족 두 마리가 인간들 사이를 활보하다니. 나하사는 심각한 표정이 되었다가 곧 도리질을 쳤다. 생각해 보면 충분히 그럴 수 있다는 생각이 들었기 때문이다.

"사막섬의 축제는 모든 종족이 즐길 수 있으니까. 내려가서 인사라도 해. 모처럼 만난 동족이잖아."

"어째서? 동족인 것이 무슨 상관이지?"

"안 반갑냐? 남겨진 마족들은 동족을 소중히 한다고 들었는데."

"남겨진 마족들?"

나하사는 진의 봉인 시기를 다시 떠올렸다. 고대시대부터 봉인되었으니 이 용어를 모를 수도 있었다.

"마왕이 봉인되기 전에 왔다가 돌아가지 못하고 갇힌 마족들을 그렇게 불러."

"한둘이 아니겠군."

"응, 아마."

그래서 초기에는 굉장히 혼란스러웠다고 전해진다.

마족과 인간은 전쟁을 시작했다. 거의 천 년을 넘게 지속된 길고 참혹한 전쟁은 이바노브 아시오의 영웅, 하얀 달의 영웅이라 일컬어지는 잔 라이언으로 인해 인간의 승리로 끝났다. 그 이유는 물론 대륙에 남은 마족 수에 한계가 있었던 데다, 마계에서의 증원이 불가능했던 탓도 컸다. 그 시절에 굉장히 많은 마족이 소멸했다고 한다.

"아마 마족은 엘프의 나라 바깥에는 없을 거야. 인간들은 아직도 마족을 굉장히 싫어하거든."

종족에 대한 차별이 없는 엘프들의 나라이기에 마족이 이곳에 있을 수 있는 것이다. 나하사는 내일 마족을 마주치더라도 절대로 놀란 표정을 짓지 말자고 다짐했다. 진은 기다란 손가락으로 뭔가 불만스러운 것처럼 테이블을 탁탁 두드렸다.

"인간들이 마족을 싫어한다고? 나는 인간에게 숭배받은 기억이 있다."

"옛날 일이야."

예전에는 마족을 섬기는 나라도 있었다. 그러나 그 후로 벌써 시대가 다섯 번 바뀌었다. 지금은 신들의 시대이다.

"지금 어디 가서 마족이라고 말해 봐. 큰일 나지. 흑마법을 썼다는 이유만으로도 화형당한 사람도 있다고."

"그것이 레알인가?"

진의 입에서 고대어가 튀어나왔다. 레알이라니…….

"공용어로는 정말이라고 해. 예전이야 흑마법사가 영웅 대우를 받았지만 지금은 죄인 취급이야. 너도 조심해. 아무리 엘프의 나라지만 마족인 것은 숨기는 게 좋아."

"인간은 변덕스럽군."

"그렇기도 하지만 시간이 많이 흘러서 그래. 진, 네가 알던 세상과는 많이 다를 거야."

진은 무표정한 얼굴로 대륙공용어 사전을 집어 들었다. 공부해야겠다는 생각이 들었나 보다. 진이 무심하게 덧붙였다.

"그럼 빵꾸는 저대로 보내도 되는 건가? 마족인 것을 금방 들킬 것이다."

부연 설명하지 않아도 나하사는 걱정하고 있었다. 겉보기에는 그저 커다란 개구리처럼 생겼으니 말을 해도 키메라거나 돌연변이구나 할 것이다. 하지만 그 바보 같은 자식이 자기는 위대한 개굴족의 왕 어쩌구 하면서 스스로 말이라도 하면……. 엘프들의 나라니 잡혀가진 않겠지만 마족을 싫어하는 인간들에게 괜한 보복을 당할지도 모른다. 요즘 인간들 강한데. 개구리 같은 건 한주먹 거리도 안 될 텐데. 나하사는 구르가 그래 보여도 고위마족임을 잊고 있었다.

"으……."

열린 창문을 보니 잊고 있던 속 쓰림이 다시 느껴지고 두통도 덮쳐 왔다. 나하사는 주섬주섬 이불을 덮고 다시 누웠다.

"됐어, 그딴 개구리 놈. 사람이 아픈데 놀러나 가고……."

딱 그렇게 말하고 누웠을 때였다.

"나하!"

커다란 목소리가 들린다 싶더니 창문 안쪽으로 쏘옥 커다란 개구리 머리가 들어왔다. 구르였다.

"아직도 많이 아픈가 개굴?"

나하사는 이불을 반쯤 뒤집어쓴 채 눈만 보이고 답했다.

"뭐야, 너. 왜 이렇게 빨리 왔어?"

"삐쳤나 개굴?"

들어와서 창문을 닫고 풀쩍 풀쩍 뛰어 나하사의 머리 옆으로 왔다. 짧은 팔을 들어 열을 재는 시늉을 했다. 변온동물 개구리의 체온이 생각보다 따뜻해서 나하사는 놀랐다.

"어쩐지, 열 있을 줄 알았다 개굴."

"어?"

구르는 목에 건 복주머니를 열어 무언가를 꺼냈다. 조그만 타원형의 하얀색 알약이었다.

"배앓이도 두통도 열도 한 번에 없애 주는 약이다 개굴."

나하사가 천천히 상체를 일으켰다.

"구르… 약 사러 간 거였어?"

"그렇다 개굴."

마족이 인간의 약을 사러 갔다 왔다고 당당하게 고개를 끄덕였다. 나하사는 눈을 깜빡이며 약을 받아 들었다.

"어서 먹어라 개굴."

축제에서 먹을 거 사 먹으라고 준 돈으로 약을 사오다니……. 이런 따뜻함은 참 오랜만에 느껴본다. 몸이 아파서 그런지 감동이 두 배였다. 나하사는 구르를 들어 껴안았다.

"꾸엑! 뭐 하는 건가 개굴!"

"넌 진짜 멋진 놈이야."

"이제 알았나 개굴. 너도 멋진 인간이다 개굴."

진짜 멋진 마족 진이 이쪽을 한심한 눈으로 보고 있는 게 느껴졌다. 그래도 나하사는 구르를 품에 안고 얼굴을 비볐다.

"고마워."

고맙다는 말은 진심이었다. 비록 좌약이었지만.

사막섬 엘프의 나라에서 본격적인 축제가 시작됐다. 국가라고는 하지만 엘프의 나라는 어느 곳에 있든 정식 명칭이 없다. 인간들이 편하자고 일방적으로 명칭을 만들어서 부르는데, 사막섬의 엘프들은 사막 엘프라고 부르고 있다.

사막 엘프의 축제는 3년에 한 번, 약 보름간 거행한다. 축제가 진행되는 동안에는 인간, 수인족, 드워프 등 모든 종족이 한자리에 모인다. 대륙에서 차별받는 돌연변이, 키메린도 즐거이 떠들고 혼종들도 밝게 웃으며 어울릴 수 있다. 심지어는 마족도 놀러 오는 모양이다.

물론 나하사는 그저 축제 구경을 하고자 긴 시간 뱃멀미를 견디며 이곳에 온 것이 아니었다.

"저거야."

나하사가 비행 풍선에 매달려 있는 거대한 사각형의 영상을 가리켰다. 로브를 뒤집어쓴 진과 머리 위의 개구리의 시선이 나하사의 손끝을 따라갔다. 사막 엘프 수장과 드워프 나라 될의 황태자가 양옆에 서서 보고 있는 그것. 온갖 종족들이 목이 빠져라 고개를 들고 보고 있는 그것. 3년에 한 번씩 사막 엘프의 나라와 뒬을 오가는 대륙 제일의 보물. 떨어지는 빗방울처럼 생긴 은은한 은청색의 조그만 것.
“저건 귀걸이가 아닌가 개굴!”
“맞아.”
“고작 장신구 하나 구경하려고 여기까지 왔나 개굴?”
실망하는 구르와 달리 나하사의 녹색 눈동자는 소나기를 맞은 숲처럼 반짝였다.
“주요봉인소 중 하나야.”
“저게?”
구르가 딸꾹질하듯 개굴, 울었다. 옆에 있던 꼬리가 세 개 달린 인간형의 키메린이 힐끗 이쪽을 보았다. 말하는 개구리가 신기한 모양이었다.
“봉인은 신전에 하는 게 아닌가 개굴?”
“그게 아니야. 순서가 잘못됐어. 봉인이 있기 때문에 신전이 생긴 거야. 신전들은 대부분, 먼저 봉인이 있고 나서 나중에 만들어졌어.”
사람들이 흔히 잘못 알고 있는 상식 중 하나였다. 이칼리노 신전이나 몇몇 신전을 뺀 신전들은 소위 말하는 신들의 시대 초기에 지어졌다. 지나가다가 여기 봉인이 있다 싶으면 바로 그 자리에 뚝딱뚝딱 날림 공사하듯 지은 것이 대부분의 신전이었다. 그 때문에 대부분의 봉인소는 무엇이 봉인되어 있는지 알려지지 않았다.

"그렇다고 보석에 봉인하다니 특이하군 개굴."

"엄청 바빴나 보지. 주변에 봉인할 데가 저거뿐이었나 봐."

"마력을 감당할 수 있는 보석은 별로 없었을 텐데 개굴."

웬만한 물건들은 일정 수치가 넘는 마력을 담으면 바로 깨져서 가루가 되어 버린다. 무언가를 봉인할 때에는 아무리 가벼운 마법진이라도 보통 이상의 마력이 들어가는데, 주요봉인소가 될 정도의 마력을 저 보석은 감당해내고 있었다.

"구르야, 네가 언제 봉인됐지?"

"마법소년 리난이 한창 유행할 적에 봉인됐다 개굴."

"백 년 전······. 저 봉인소는 삼십 년 전 거야."

"뭣!"

구르가 꽥 소리를 질렀고 무심하던 진도 이번에는 오호, 하고 놀랐다.

"가장 최근에 주요봉인소로 지정된 봉인소야. 절대보호봉인소 여섯 곳 바로 다음 순위에 랭크되어 있지."

보통 사람보다 훨씬 많은 것을 알고 있는 마법사 소년의 말을, 꼬리가 세 개 달린 키메린과 그 뒤의 입이 부리 모양인 조인족, 털이 얼굴을 덮은 오골족이 경청했다.

"저건 원대륙에서 들어온 다이아몬드라는 보석인데 담을 수 있는 마력이 상당해. 텔레포트 게이트의 마력 저장 장치로 쓰기도 할 정도로."

오른쪽 귓불에 깊은 푸른색의 귀걸이를 단 곱상한 소년의 주위로 사람들이 점점 모여들었다. 나하사는 영상을 올려다보면서 말하느라 자신에게 시선이 집중된 것을 눈치채지 못했다.

"그럼 대체 여긴 왜 온 건가 개굴?"

겨우 삼십 년 된 봉인소에 봉인된 게 마왕일 리가 없지 않느냐는 뜻이었다.

"사실은 저 봉인은 사막섬의 경계 부근에 있었어. 마법진 형태로. 그런데 시간이 흐르면서 경계 밖의 마법진이 사라져 갔지. 놔뒀다가는 봉인이 깨질 것 같아서 사막 엘프와 뒬의 드워프들이 힘을 모아서 옮긴 거야."

구르의 물음에 나하사는 이제는 보통 사람들이 알기 어려운 사실까지 입에 담았다. 자기 딴에는 소곤거리며 말했지만 주변이 워낙 경청하고 있어 다 들렸다.

"오오."

"그런 거였군!"

나하사를 둘러싼 온갖 종족들이 고개를 끄덕이며 감탄했다.

"그 후로 3년에 한 번씩 삼엄한 경비 속에 두 나라를 오가고 있어. 사막 엘프의 축제는 그 시기에 맞추어 열리는 거고."

마침 영상 속에서, 사막 엘프가 사는 곳 바로 아래에 위치한 드워프 국가 뒬의 황태자가 조그만 다이아몬드를 사막 엘프 수장에게 건넸다. 이로써 가장 최근에 추가된 주요봉인소는 사막 엘프 수장의 손에 들어갔다.

"그런데, 소년."

설명을 듣던 오골족 사내 하나가 끼어들었다.

"저 보석은 황혼의 눈물이라 하지 않는가."

"네?"

그제야 나하사는 자기 주위에 사람들이 몰려 있는 것을 알았다. 이래서 좋을 게 없다. 당황스러워하는 소년에게 오골족 사내가 다시 물었다.

"어째서 푸른빛의 보석을 황혼이라 칭한 건가?"

나하사는 고민했다. 이렇게 아는 체해서 좋을 게 없다. 정의의 기사단인지 용사들인지 뭔지가 조직되었다는데 괜히 '황혼의 눈물에 대해 엄청 잘 아는 소년 마법사가 있더라' 하는 소문이 퍼지면 자기만 곤란해진다. 뭐 이미 늦은 것 같지만⋯⋯. 나하사는 한숨을 쉬었다.

"무엇이 봉인된 건지는 몰라도 저 다이아몬드의 색은 상시 변해요. 노란색으로 삼 년을 보낸 적도 있었죠. 그때는 사막의 꽃이라고 불렀어요."

"오호."

"정말 대단하군. 어떻게 그런 걸 다 아는 건가?"

마왕의 봉인을 깨기 위해 대륙 주요봉인소를 낱낱이 파헤쳤다고 어떻게 말하겠는가.

나하사 주위의 사람들이 소년의 방대한 지식을 칭찬할 때였다. 영상과 가까운 앞쪽에서부터 와아 하는 탄성이 나왔다. 모두의 시선이 영상으로 향했다. 사막 엘프 수장이 은청색으로 빛나는 보석 귀걸이를 왼쪽 귓불에 달고 있었다.

"주요봉인소를 달랑달랑 달고 다니는 건가 개굴!"

구르는 놀라 말했지만 나하사는 고개를 저었다.

"사막섬에서 가장 안전한 곳이지."

저 봉인을 깨려면 사막 엘프 수장의 신체에 달린 주요봉인소를 빼앗아야 한다. 나하사는 영상 속의 사막 엘프 수장을 바라보았다. 황금색 로브를 입은 귀가 뾰족한 엘프. 지팡이 맨 위에는 공작 깃털이 달려 있었다. 나이는 삼백 세로 추정. 그는 고대마법 사용을 허가받았다. 힘든 싸움이 될 것이다.

"이봐."

긴장하여 주먹을 쥐는 나하사를 후드를 뒤집어쓴 채 인상을 잔뜩 찌푸리고 있던 진이 나지막이 불렀다.

"왜?"

"저 인간 저대로 둘 건가?"

진이 턱짓으로 가리키는 곳에는 분홍 머리의 소녀가 노골적으로 이곳을 응시하고 있었다.

"남색가라고 말해도 따라다니는 거 보니 어지간히 좋나 보다, 네가."

"가만둘 거라면 내가 손을 쓰겠다."

올려다본 후드 안쪽의 얼굴에서는 새까만 눈이 섬뜩하게 빛나고 있었다.

"으악, 참아!"

당장 서걱서걱 칼질이라도 할 듯한 기세에 나하사가 진의 팔을 끌었다.

"계속 쫓아다니진 않을 거야, 참아."

"나는 인내심이 많은 편이 아니다."

진이 경고하듯 말했다. 서늘한 음성이었다. 이 꽃미남이 드래곤 산맥 안에 막강한 마법진을 펼쳐 봉인할 정도로 큰 죄를 지었던 마족임을 잊어서는 안 된다.

"알았어. 그럼 지금 안에 들어가 있자."

계획을 바꾸기로 했다. 사막 엘프의 축제 기간에만 한정으로 공개하는 유물 전시관으로 향했다. 근처에서 설명을 듣던 여러 사람들은 아쉬워하며 그들을 보내 주었다.

"안까지 따라 들어오면 저 인간의 목을 베겠다."

"저긴 초대장이 없으면 못 들어가."

사막 엘프의 유물 전시관은 사막섬은 물론, 이 대륙의 역사가 있는 곳이다. 3년 전에 한정된 초대장을 미리 찍어 나눠 주는데 나하사는 그것을 다섯 장이나 가지고 있었다. 사막 엘프 경비에게 초대장 세 장을 주고 안으로 들어갔다. 넓은 실내에는 황토색 옷을 입은 여러 종족들이 가득했다.

"그냥 끝내는 게 나을 것 같은데."

진은 여전히 불만스러워했다. 끝낸다는 음성이 굉장히 살벌했다. 후드 덕분에 표정을 볼 수 없어서 다행이다.

"걱정하지 마. 봐, 못 들어오잖아."

예상대로 분홍 머리 소녀는 입구에서 막혔다. 그제야 진은 멈췄던 걸음을 내디뎠다. 척 척, 기분 좋은 걸음이다. 분홍 머리가 스토커이긴 해도 외모는 예쁘장했는데…… 아니, 눈도 크고 아주 예뻤는데 저렇게까지 싫어하다니. 저 녀석 진짜 남색가는 아니겠지?

"놔눈 인뇌시미 뫄는 편이 아니돠. …그렇게 말하면 멋있는 줄 아나 개굴."

진이 옷을 갈아입으러 들어간 사이, 구르가 잔뜩 혀를 굴리며 진의 말을 따라 했다. 낮은 목소리로 말하는 게 분위기 있고 멋있기는 했지만, 개구리가 따라 하자 웃긴 말이 되었다.

"가만히 있어 봐."

나하사는 자꾸만 움직이는 구르의 머리를 툭툭 쳤다. 애완동물용 황토색 천 옷을 머리부터 껴입혔다. 나하사도 황토색 긴소매 티셔츠와 바지를 입었고 지나가는 인간, 엘프, 수인족, 키메린 등등 모두 황토색 옷을 입고 있었다. 이 유물 전시관은 황토색이나 누런 종류의 옷이 아니면 입장할 수 없었다.

"팔 내밀어."

나하사의 말에 구르가 말 잘 듣는 아이처럼 짧은 팔을 쏙 내밀었다. 드워프 장인이 즉석에서 개구리를 보고 뚝딱뚝딱 만든 옷인데도 몸에 꼭 맞았다. 눈대중으로도 이렇게 한 치의 오차도 없을 수 있다니 역시 드워프답다.

"불편하다 개굴."

구르가 뒤뚱뒤뚱 한 바퀴 돌며 자신이 입은 옷을 살폈다. 그 모습이 제법 귀여워 나하사는 피식피식 웃었다. 그때 뒤쪽에서 탈의실 문 열리는 소리가 났다.

"편하군."

구르와는 아주 다른 말을 하며 나온 것은 꽃미남 마족, 진.

"어머!"

"세상에!"

관심 없이 지나가던 사람들의 발과 쉴 새 없이 옷을 짓던 드워프의 손길이 멈추었다. 모든 종족을 통틀어 가장 아름다운 외모인 엘프들마저 저 조각 미남의 얼굴을 보고 숨 쉬는 것마저 잊었다.

비단결 같은 흑장발, 무심하게 내리깐 깊은 흑안. 팔다리가 길고 가슴은 떡 벌어졌다. 황토색이라는 비루한 색을 세상에 다시없는 고상한 색으로 만들어 버리는 미모다. 긴 장발을 쓸어 넘기고 입고 있던 옷을 바닥에 내던지는데 그런 쓸데없는 행동 하나하나가 모두 더없이 우아해 보였다.

"잠깐! 옷을 왜 던져?"

자신도 모르게 멍하니 보던 나하사가 소리를 버럭 질렀다.

"네가 입을 옷인데, 무슨 쓰레기 던지듯 버리냐?"

"그럼 어쩌라는 거지?"

"잘 개서 사물함에 넣어야지!"

그러자 진은 한쪽 눈썹을 올리며 눈을 크게 떴다.

"나보고… 옷을 개라고?"

못 들을 말을 들었다는 눈빛이다. 옷을 갠다는 말을 혹시 옷을 만든다는 뜻으로 알고 있는 걸까?

"허리를 굽히고 앉아 저 거적때기를 만지라고? 나보고?"

물론 마다스 상점에서 급하게 체격에 맞는 것을 구입한 거라 칙칙하고 낡기는 했지만, 거적때기라 할 정도는 아니었다.

"너, 그러면 나갈 때는 뭐 입고 가게? 저렇게 버려 두고!"

나하사의 잔소리에 진은 조금 생각하더니, 팔짱을 끼고서 주위를 둘러보았다. 그러자 신기한 일이 벌어졌다.

"제, 제가 개 드리겠습니다!"

"저는 바지를 갤게요!"

"저는 로브를……!"

사람들이 우르르 몰려와 거적때기를 손수 개 주는 것이다. 놀라운 건 그중에 남자도 있었다는 것이었다. 나하사와 구르가 동시에 뭐 씹은 표정을 지었다. 미남 미녀만 좋아하는 더러운 세상. 앞으로 지겹게 외치게 될 것 같다.

커다란 개구리가 소년의 머리 위에서 크하암 크게 하품했다.

"이 유물의 이름은 헬리나11이고 삼백여 년 전 사막섬의 경계 밖에서 들여온 것입니다. 처음 유물을 발견한 헬리나 박사에 의해 약 2040도의 열을 견딘다는 사실이 밝혀졌고, 놀랍

게도 헬리나11에는 생명체가 살고 있었다고 합니다."

귀가 뾰족한 백금발의 엘프 여성이 투명한 유리관 안, 주먹만 한 붉은 돌을 가리키며 설명했다.

"이는 헬리나02 이후 두 번째로 발견된 생명체가 사는 유물인데요. 그 생명체가 뭔지 궁금하시죠?"

설명을 듣던 사람들이 네— 하고 입을 모았다.

"바로 사막섬 모래뱀의 알이었습니다. 모래뱀은 아시다시피 사막에서만 사는 새끼손가락만 한 뱀이죠. 그중에서도 특히 사막섬 모래뱀은 경계를 들락날락할 수 있을 만큼 뜨거운 열을 견딜 수 있는 것으로 유명합니다. 그러나 경계 밖에서 살아 있을 수 있는 시간은 5분을 채 넘기 힘든데, 헬리나11에 붙어 있던 알은 경계 밖에서 열흘에서 보름 정도 살아 있었던 것으로 추측됩니다."

그래서 대륙 제일의 드워프 장인들과 원대륙의 과학자들이 모인 사막 연구단에서 성분 연구를 하고 있다는 설명이 이어졌다. 어쩌면 경계 밖에 출입할 수 있을지도 모른다고 잔뜩 흥분한 아름다운 엘프를 보며 구르는 다시 하품했다.

"나하야, 언제 끝나냐 개굴?"

"세 시간 지나면 휴식 시간이 있고 또 세 시간이 지나야 해."

나하도 이미 다 아는 걸 듣는 건 지겨워 관중 뒤로 빠졌다. 뒤에서는 앞보다 설명 듣기를 게을리하는 사람들이 모였는지 두셋씩 모여 수다를 떨고 있었다.

"이거 들으려고 왔나 개굴?"

"그럴 리가."

나하사가 3년 전부터 힘들게 초대장을 다섯 장이나 구해 멀미를 참으며 이 먼 곳까지 온 건, 단순히 뒬로부터 사막 엘프 수장에게 주요봉인소가 건너가는 것을 보거나 유물을 구경하고 설명을 듣기 위해서가 아니었다. 지금으로부터 약 일곱 시간이 지난 자정 무렵에 사막 엘프 수장을 직접 만날 수 있다. 실제로 황혼의 눈물을 볼 몇 안 되는 기회다.

사막 엘프 수장의 거처는 대륙 최대의 정보 길드인 하프에서도 모르고 있었다. 축제 기간인 지금이 아니면 다음 기회는 3년 후밖에 없는데, 나하사는 주요봉인소의 봉인 해제를 그렇게 뒤로 미루고 싶지 않았다.

"정 그러면 휴게실에서 자고 있을…… 구르?"

지겨워하던 구르가 언제부턴가 눈을 날카롭게 뜨고 있었다. 개구리답지 않게 제법 기세가 있었다.

"구르, 왜 그래?"

"동족이 있군."

대답은 두건을 둘러쓴 키 큰 남자에게서 나왔다. 몇 발짝 떨어져 서 있던 진이 나하사 옆으로 바싹 다가왔다.

"지금 여기에 마족이 있어?"

"그렇다."

나하사는 충격을 받았다. 그러나 마족이 있다는 사실 때문에 충격받은 건 아니다.

"너 키가 몇이라고?"

"단위가 바뀌지 않았다면 183이다."

새삼 키 차이가 상당하다는 걸 느꼈다. 키 작은 게 콤플렉스인 소년은 너무 잘생겨서 문제인, 얼굴을 두건으로 가린 키 큰 남자에게서 게걸음으로 몇 발짝 물러났다.

"나하야, 여기 나가면 안 되나 개굴?"

구르가 조용하게 말했다. 나하사는 고개를 저었다.

"그건 안 돼. 휴게실에서 자고 있을래?"

"심상치가 않다 개굴."

아무래도 이곳을 나가려는 이유가 설명이 지루하기 때문은 아닌 것 같았다. 나하사는 더욱 뒤쪽으로 물러났다.

헬리나11의 설명을 끝내고 이동하는 무리의 맨 뒤를 따르며 나하사는 황토색 옷을 입은 개구리를 손에 들었다.

"심상치 않다니 무슨 소리야?"

"기운이 이상했다 개굴. 이 섬에 와서 동족 넷을 보았는데 다들 다른 종족들과 어우러져 평범한 기운이었다 개굴. 그런데 방금 느낀 기운은."

"잠깐."

앞서 가던 드워프 연인 둘의 걸음이 처져서 나하사가 구르의 말을 막았다. 더 뒤에는 유물 전시관의 엘프 경비병이 다섯이나 있어서 나하사는 대열의 구석으로 향했다.

"계속해 봐."

"살의였다 개굴."

구르의 낮은 말이 섬뜩해 소름이 돋았다.

"잠시 기운을 노출한 다음 곧바로 숨겼다 개굴."

마족의 기본 속성은 악(惡)이었다. 살의야 얼마든지 느낄 수 있다. 그러나 중요한 건 그 기운을 숨겼다는 데에 있었다.

"그 마족도 너네를 눈치챘겠지?"

구르의 동그란 눈이 깜박였다.

"그렇다 개굴."

현재 대륙은 마족들의 적인 인간들이 지배하는 세상이다. 마계로의 이동조차 되지 않기 때문에, 마족들은 우연히 동족을 만나게 되면 서로에게 극진하다고 했다. 동족을 보기 어려우니, 당연히 헤어지려 하지 않는다고.

"그런데도 기운을 숨겼다는 건……."

나하사는 턱을 쓸며 고민했다. 이곳은 엘프가 사는 곳. 충분히 마족이 있을 수 있다. 있어도 되는 곳이다. 그런데도, 동족을 만났는데 기운을 숨겼다는 건 자신이 있다는 사실을 들키고 싶지 않다는 뜻이었다.

"수상하다 개굴. 여길 나가야 한다 개굴."

"그건 안 돼. 지금이 아니면 3년 후야."

"하지만 나하야, 보통 살의가 아니었다 개굴."

"나한테 향하는 게 아니라면 상관없어."

"마족의 살의는 위험하다 개굴. 휘말릴지도 모른다 개굴."

"걱정하지 마. 나 강한 거 잊었어?"

인간을 걱정하는 마족과 괜찮다는 인간 사이의 치열한 공방에 진이 끼어들었다.

"하나가 아니었다."

이번에는 구르와 진이 공방을 벌일 차례였다. 구르가 진을 노려보았다.

"하나였다 개굴."

"아니, 둘이었다."

"확실하게 느낀 건가 개굴?"

"하나는 이마에 뿔을 세 개 달고 있었고 다른 하나는 붉은 머리 인간 암컷을 흉내 내고 있더군."

느낀 걸로도 모자라 확실하게 집어내는 모습에 구르는 내심 놀랐다.

"거짓말을 하는 거다 개굴. 찰나의 순간에 정체를 아는 건 불가능하다 개굴."

못 믿겠으면 말든지, 하는 식으로 진이 입을 다물었다. 구르 또한 입을 다물었다. 진심으로 화가 난 듯했다.

나하사는 난감한 표정으로 구르를 보았다. 자신은 여기서 구르를 더욱 화나게 할 말을 해야만 했다.

"여기서 돌아갈 순 없어."

"나하사!"

구르가 크게 소리치자 앞서 가던 사람 중 몇이 돌아보았다.

"거기, 사담은 자제해 주십시오."

뒤에서 따라오던 엘프 경비병이 주의를 주었다. 나하사는 그들에게 고개를 꾸벅 숙여 보이고 다시 구르를 보았다. 구르는 손바닥을 뛰어올라 나하사의 머리 위로 올라갔다.

"구르."

"......"

답이 없는 걸 보니 단단히 토라진 모양이었다. 나중에 휴게실에서 우유를 잔뜩 사 줘야겠다고 생각하며 나하사는 한숨을 쉬었다.

유물 열 개를 더 본 후에야 휴게실로 들어갔다. 말이 휴게실이지, 그곳은 호화로운 응접실이나 다름없었다. 유물 전시관에 초대된 쉰 남짓한 사람들이 기다란 테이블 세 개에 나눠 앉았다. 테이블은 깔끔한 하얀색 천으로 덮여 있고, 엘프를 상징하는 하얀 카라 한 송이가 꽃병에 꽂혀 가운데에 놓여 있었다.

"저희가 곁을 지나갈 때 원하는 음식을 말씀해 주십시오."

요리사 모자를 쓴 눈꼬리 올라간 엘프가 말했다. 세 명의 엘프가 각 테이블을 돌았다. 3년에 한 번 있는 엘프 축제에 초대된 사람들이라 그런지, 사막 거미의 알이나 늙은 전복 같은 값비싼 사막섬 특산물을 주문하는 이들이 많았다.

엘프가 나하사 곁으로 왔다.

"비빔밥이요. 고추장 많이 넣어서."

"우유 줘라 개굴. 흰 우유다 개굴."

이런 음식을 주문하는 사람은 처음이다. 그러나 엘프는 미소를 잃지 않으며 옆의 두건 쓴 남자를 보았다.

"그대는 무엇으로 하시겠습니까?"

"이런 것을 쓰고 있으면 제대로 음식을 먹을 수 없다."

"네?"

"벗겠다."

뭐? 벗겠다고? 좌중이 경악하는 가운데 남자는 얼굴 절반을 가리고 있던 두건을 벗어젖혔다.

"헉!"

"아니, 저런……!"

미모도 저쯤 되면 죄가 아닐까? 나하사는 여러 번 들은 적 있는 탄성과 흥분의 시간을 익숙하게 기다려 준 후, 현대의 음식을 모르는 흑발의 남자를 대신해 비빔밥을 주문했다.

즐거운 식사 시간을 개미 기는 소리도 들릴 만큼 조용하게 만든 장본인, 진이 수저를 탁 내려놓았다. 맛있게 비빔밥을 먹던 나하사가 고개를 들었다.

"애으래?"

왜 그러냐고 물었으나 입안에 가득한 음식 때문에 발음이 제대로 되지 않았다. 나하사는 꿀꺽 물과 함께 삼켰다.

"맛있지 않아?"

진이 티슈를 뽑아 우아하게 입술에 조금 묻은 붉은 양념을 닦았다. 그리고는 긴 다리를 꼬고 팔짱을 끼고 앉아 눈을 내리깔며 더없이 고상하고 진중한 얼굴로 말했다.

"또깔라비."

사방이 조용했기 때문에 흑발 냉미남의 또깔라비는 휴게실 전체에 울려 퍼져 인간과 엘프, 드워프와 오골족 등 모든 이들의 귀에 들어갔다. ……독한 나비?

"또깔라비타."

그러나 사람들의 인정하고 싶지 않은 마음을 외면하고 냉미남이 확인 사살을 했다. 게다가 이번엔 한 글자가 늘어나 있었다. 쨍그랑, 챙, 그릇 깨지는 소리와 포크 떨어지는 소리, 커헉 하는 신음 등등이 났다. 그러나 진의 일행인 나하사와 구르는 그다지 반응하지 않았다.

"이 시커먼스, 지금 뭐라는 건가 개굴?"

"맵대."

나하사는 자기 몫의 그릇을 비우고 잽싸게 진의 그릇을 가져왔다.

"매워서 못 먹겠대. 내가 다 먹어야지."

무척 즐거운 표정이었다.

"나하, 너는……."

다른 건 먹는 듯 마는 듯하면서 매운 건 엄청 많이 먹는다는 말을 하려다가 자신이 나하사와 냉전 중이었다는 사실을 깨달은 구르가 입을 다물었다.

"구르, 너⋯⋯."

나하사도 우유가 입가에 묻었다고 말해 주려다가 그냥 입을 다물었다. 구르가 자신을 걱정하는 건 고마운 일이다. 그러나 나하사에게 중요한 것은 자신의 안전이 아니라 주요봉인소의 해제였다. 그 점을 구르는 확실히 알아야 했다. 그렇지 않으면 앞으로 함께 여행하면서도 마찰이 잦을 것이다.

식사를 마친 후에도 삼십여 분의 휴식 시간이 남아 있었다. 무기라고 해도 좋을 외모를 가리기 위해 진을 앉히고 다시 두 건을 싸매 주고 있는데 큐레이터 엘프가 있는 쪽에서 소란이 일기 시작했다.

"뭐하러 쉬는 거야! 이러다가 자정에 늦으면 어쩌려고?"

"늦지 않습니다."

"당장 지금 출발해!"

"명령하지 마십시오."

휴식을 끝내자는 여자와 엘프의 다툼이었다. 아니, 다툼이라기보다는 인간 여성의 일방적인 시비였다. 백금발의 엘프 여성은 눈을 내리깐 채 도도하게 무시하고 있었고, 붉은 머리의 인간 여성은 무조건 자신의 말을 들으라고 독촉하고 있었다.

"저 여자다."

진이 말했다. 나하사는 무슨 말이냐 묻지 않고 다시 인간 여성을 보았다. 구불거리는 붉은 머리가 허리까지 내려오고 도톰한 입술 아래에 점이 있다. 속눈썹을 잔뜩 올려놓는 등 화장이 무척 진한데도 얼굴보다 몸 쪽으로 더욱 시선이 갔다. 황토색의 밋밋한 옷인데도 남자들이 침을 꿀꺽 삼킬 만큼 육감적인 글래머 미인임을 알 수 있었다.

"유물 따위를 왜 보여 줘? 이런 지겨운 설명을 들어야 한다니 나는 그런 말 못 들었어!"

미인이 무례한 불평을 했다. 유물 전시관은 사막 엘프의 자존심이었다. 그러나 모욕적인 발언에도 큐레이터는 눈 하나 깜빡하지 않았다.

"일정은 변경되지 않습니다. 기다리십시오."

"젠장, 이 꽉 막힌 XX 같으니라고!"

욕지거리를 내뱉자 큐레이터 주위의 엘프 경비병이 반응했다. 표정을 굳히며 일어서는 것을 큐레이터가 눈짓으로 말렸다. 붉은 머리의 미녀가 화났다는 티를 내며 성큼성큼 걸어 아무 의자에나 앉았다. 주위에 앉아 있던 키메린 둘이 수군거리며 일어나 자리를 피했다.

저 미인이 마족이라고. 별생각 없이 보았는데 마침 여인이 딱 시선을 돌렸다. 둘의 눈이 마주쳤다. 빛이 들지 않는 것 같은 검은 눈이었다. 아주 찰나의 시간이 지나고 여인이 눈을 돌렸다.

나하사는 진의 두건을 마저 묶어 주고 의자에 앉았다. 구르는 여전히 토라져 있었으나 달랠 여유가 없었다. 사막 엘프 수장과의 싸움을 머릿속으로 시뮬레이션해 보기 위해 소년은 눈을 감았다.

나하사는 여전히 일행의 맨 뒤에서 따라갔다. 이번에는 붉은 머리의 미녀도 마찬가지였다. 노골적으로 하품을 하고 기지개를 켜고 재미없다고 투덜대는 모습이 꼭 여섯 살 먹은 어린아이 같았다. 밤 열한 시 반이 넘자 드디어 마지막 유물이 소개됐다.

"마지막으로 소개해 드릴 것은 사막섬의 공룡입니다."

검붉은 암막 커튼이 치워진 한쪽 벽면, 투명한 유리 안에 거대한 공룡이 전시되어 있었다. 물론, 살아 있는 것이 아닌 화석 상태이다. 아직 발견하지 못한 뼈대는 회색으로 만들었고 앞머리와 꼬리, 발목 부분은 은은한 은색이었다.

"우리가 오천 년이 지나도 정복하지 못한 경계 밖을 자유롭게 드나들었다고 전해지는 공룡. 스오쉬티프왕입니다. 뼈는 보시다시피 멀리서도 빛나는 은색입니다. 뼈를 구성하고 있는 성분의 99%가 무엇인지 알고 계십니까?"

아다만티움. 나하사는 입안으로 말했다. 나하사의 옆에 있던 붉은 머리의 미녀도 팔짱을 끼고 중얼거렸다.

"아다만티움이잖아. 저딴 걸 질문이라고."

힐긋 바라보니, 미녀는 나하사보다 한 뼘은 더 컸다. 바로 옆에서 보니 정말 풍만하다. 남자라면 대부분 좋아할 외형이다.

"네, 아다만티움입니다. 아직 모든 뼈가 발견된 것은 아니지만, 보시는 바와 같이 발견된 모든 뼈는 아다만티움으로 이루어져 있습니다. 그런데 이상한 점은, 현재의 아다만티움은 경계 밖에서 녹는다는 사실입니다. 아다만티움의 강도가 예전과 달라진 것일까요? 그게 아니라면 경계 밖의 온도가 시간이 흐르면서 상승하고 있는 걸까요?"

요즘에는 경계 밖의 온도가 상승하고 있다는 설을 지지하는 연구자들이 많았다. 나하사도 그렇게 여기고 있었다. 그게 아니라면 오천 년이 지나, 원대륙의 높은 과학 문명이 도입된 지금도 경계 밖에 들어서지 못하는 이유를 설명할 길이 없었다. 북국(北國)에는 이미 인간의 발이 닿기 시작했다.

"어느 쪽이든, 경계 밖에 닿기 위해서는 아다만티움의 연구를 게을리해서는 안 될 것입니다."

엘프는 정형화된 문장으로 설명을 마쳤다. 늦은 시간이라 살짝 졸던 몇몇의 눈이 반짝 떠졌다.

"그럼 이제 황혼의 눈물을 보러 가겠습니다."

아마 대부분이 3년에 한 번 직접 볼 수 있는 황혼의 눈물을 보러 온 것일 터였다. 장내가 소란스러워졌다. 앞장선 큐레이터를 따라 사람들이 술렁이며 따라갔다.

코너를 꺾어 거대한 하얀 문 앞에 다다랐다. 텔레포트 게이트를 상징하는 별이 가득한 마법진 문양이 그려져 있었다. 엘프가 앞에 서자 문이 저절로 열렸다.

"위에 서십시오."

바닥에 그려진 거대한 푸른빛의 마법진 위에 사람들이 올라 섰다. 본래 텔레포트 게이트를 이용하려면 나흘 전부터 검사를 받아야 하고 반나절 꼬박 안전 설명을 들어야 한다. 그러나 이곳에 초대받은 이들은 텔레포트 게이트를 한 번씩은 이용해 본 자들이다. 애초에 초대장을 얻기 위해서는 텔레포트 게이트 유경험자여야 한다는 자격 조건이 있었던 것이다.

텔레포트 게이트는 텔레포트라는 단어를 쓰기는 했지만 그 마법과는 상당히 달랐다. 일정한 크기의 마력을 마법진에 가하면 지정된 포인트로 공간 이동이 되는데, 그 과정에는 마법 수식보다 원대륙의 과학 기술이 섞여 있다. 순수한 마법 텔레포트는 그 어떤 지역이라도 자유롭게 이동할 수 있는 최고위 마법이다. 그저 공간 이동이라는 공통점 때문에 이름을 빌려 쓰고 있는 것뿐이었다.

윙, 기계음이 들리며 마법진 경계선에 투명한 벽이 생겼다. 몇 분이 흐르자 유물 전시관의 하얀 내부가 수풀이 무성하게 우거진 숲 속으로 바뀌었다. 가볍게 멀미가 났다. 연자리가 이동시켜 줄 때와는 확연히 다른 느낌이었다.

"오셨습니까?"

나뭇잎 색 천으로 만든 옷을 입은 엘프들이 그들의 키만큼이나 거대한 활을 들고 서 있었다.

"이곳의 식물은 사람을 공격합니다. 모두 저희 곁에 바짝

붙어서 와 주세요."

방문자들은 일렬로 서고 그 양옆으로 활을 든 엘프들이 서서 보호했다. 나하사는 맨 앞에 서서 가고 싶었으나 붉은 머리의 미녀가 잽싸게 튀어나와서 앞에 서는 바람에 두 번째로 걸어갔다. 진은 숲을 구경하느라 가장 마지막에 섰다.

조금 더 숲 안으로 들어가자 검과 방패를 들고 갑옷을 입은 전사 엘프도 있었다. 그들은 큐레이터에게만 고개를 숙이고 방문자들을 하나하나 날카로운 눈으로 훑었다. 가운데에 마력석이 달린 마법사 지팡이를 든 엘프와 녹색 옷을 입은 백금발의 엘프 여자아이도 한 명 있었는데, 자기들이 초대해 놓고는 그 누구도 환영의 눈빛을 보내지 않았다.

"늘 이렇습니까?"

인간 중 하나가 그나마 가장 친절한 큐레이터에게 물었다.

"그렇진 않습니다만 요즘에는 대륙이 시끄러워서 경계를 강화했습니다."

"아, 그 봉인 해제 때문에⋯⋯."

"조용히 하십시오."

왼편의 창을 든 엘프가 묵직하게 말했다. 큐레이터를 보고 있었으나 분명히 인간을 향한 경고였다. 사람들은 얼굴이 핼쑥해져서 입을 꾹 다물고 묵묵히 따라갔다.

"으흠—."

그 와중에 나하사 앞의 붉은 머리의 글래머 미인은 콧노래를 부르며 사뿐사뿐 걷고 있었다. 미녀의 얼굴이 밝아질수록 구르는 나하사의 머리 위에서 어두운 기운을 내뿜었다.

"도착했습니다."

큐레이터가 걸음을 멈춘 곳에는 거대한 크기의 나무가 있었다. 기둥의 넓이는 둘째 치고서라도 굉장히 높아 위가 보이지 않았다. 밧줄로 만든 사다리가 나무에 달려 있었는데 그다지 튼튼해 보이지는 않았다.

"오르기 전에 신체검사를 한 번 더 하겠습니다. 양팔을 벌려 주세요."

육감적인 붉은 머리의 미녀가 거리낄 것 없다는 듯 활짝 벌렸고 나하사도 순순히 검사에 응했다. 엘프는 구르까지 팔을 벌리게 했다. 쉰 명이 넘는 다른 이들을 검사하는 동안 구르는 나하사의 어깨로 내려왔다.

"들어가지 마라 개굴."

나하사는 붉은 머리의 미녀 마족을 힐끗 보고는 안 들릴 만큼 물러났다.

"조금 말이 거칠긴 하지만 딱히 수상하진 않아."

"내내 지겨워하다가 주요봉인소를 본다니까 맨 앞으로 와서 저러고 있는데 수상하지가 않나 개굴."

"그건 나도 마찬가지잖아."

"마족이 주요봉인소에 관심 갖는 것 자체가 수상한 거다 개굴."

"구르."

나하사는 한숨을 쉬었다. 머리 터지게 엘프 수장과의 싸움을 생각하고 있는데 구르가 잔소리를 하니 피곤했다.

"그만해."

"위험하다 개굴."

"쓸데없는 걱정 좀 하지 마!"

자신도 모르게 소리를 지르고 말았다. 소년 마법사는 신경이 몹시 날카로워진 상태였다. 고대마법을 쓰는 엘프 수장과의 싸움을 목전에 두고 있다. 말다툼할 정신도 없었다.

나하사는 사과하지 않았다. 구르가 어깨 위에서 바닥으로 펄쩍 뛰었다. 커다란 개구리는 바닥에서 나하사를 올려다보았다.

"걱정할 거다 개굴."

"……뭐?"

"나는 널 걱정할 거다 개굴."

눈이 커다랗고 볼이 불룩한 커다란 녹색 개구리. 귀여운 생김새지만, 저 개구리는 마족이다. 마족이 지금 인간인 자신을 걱정할 거라고 말하고 있다.

"나하, 네가 네 안전을 중요하게 생각하지 않는 거 알고 있다 개굴. 그래서 내가 중요하게 생각할 거다 개굴."

구르는 진지하게 말했다.

"생각해 봤는데 아무리 냉정한 인간이라도 자기를 걱정하는 걸 싫어하는 인간은 없다 개굴. 나하는 남이 걱정해 주는 게 어색한 것뿐이다 개굴."

소년은 진심으로 기분이 나빠졌다.

"남의 마음을 멋대로 단정 짓지 마!"

"싫다고 해도 할 거다 개굴. 나는 걱정할 권리가 있다 개굴. 나하는 마왕님의 부활만을 생각하며 나아가라 개굴. 네 걱정은 내가 하겠다 개굴."

"이게 진짜······."

걱정해 주는 게 어색한 것뿐이라고? 전혀 아니다. 걱정할 필요도 없는데 사서 걱정하기에 짐을 덜어 주려 했더니 저런 말이나 하고!

"그래, 네 마음대로 해!"

나하사는 냉정하게 말하고는 구르를 두고 돌아섰다. 이곳을 나가면 작별이다! 어디 잡혀가서 개조되든지 해부되든지 골른 아시오의 마스코트가 되든지 마음대로 하라지. 잔뜩 미간을 찌푸리고 다시 행렬로 향했다. 아직도 검문이 진행 중이었다.

"카메라는 안 됩니다."

엘프가 오골족의 시계에서 초소형 미니카메라를 떼어냈다.

"녹음기도 안 됩니다."

하피족의 날개에서 손가락만 한 녹음기를 꺼냈다.

"무기 소지는 엄금입니다."

인간 중년 사내가 쳇, 하며 단검을 꺼내 버렸다. 마지막 차례의 진이 두건을 벗자 가차 없던 엘프의 손길이 멈추었다.

"……두건을 써 주십시오."

여러 가지 의미로 얼굴이 무기임을 판단한 것이다.

검사가 모두 끝난 후 큐레이터가 사다리를 잡았다. 다시 한 번 말하지만, 그다지 튼튼해 보이지 않았다.

"설마……."

진주 목걸이를 한 곱슬머리 중년 여성이 불안한 듯 물었다.

"거기로 올라가나요?"

"아닙니다."

큐레이터는 웃으며 답했다. 녹색 옷을 입은 소녀가 다가왔다. 십 대 중반으로 보이는 소녀지만, 엘프는 성장이 더디다는 점을 감안하면 아마 마흔이 넘었을 것이다. 소녀는 나무 앞에 서서 양팔을 공중으로 들었다.

"노움."

청량한 목소리가 발음하는 단어에 나하사는 놀랐다.

노움…… 땅의 정령?

"대지를 열어라."

마력이 섞인 언어에 발아래 흙이 반응했다.

"어, 어?"

"으아악!"

인간이고 키메린이고 모두가 비명을 질러대고 하피는 땅을 날아올랐다. 나하사는 녹색 옷을 입은 백금발의 엘프를 보았다.

정령술사. 문을 여는 것이 불가능해진 지금에 와서는 사라진 것과 다름없는 단어, 정령. 사막 엘프 중에 정령술사가 있다는 말이 이제야 생각났다. 사막 엘프 수장과 싸우려 하면 분명히 저 엘프도 끼어들 것이다. 아, 씨!

예상치 못한 변수에 나하사가 머릿속으로 다시 가상 전투를 하고 있을 때, 사람들은 멍하니 살면서 한 번 보기 어려운 정령술을 보고 있었다.

쿠구구궁. 커다란 나무 밑의 흙이 움직이더니 나무를 들었다. 하늘 높이 자란 거대한 고목이 말 그대로 뿌리까지 들렸다. 땅 밑에 굵게 뻗은 뿌리들이 사람들 눈앞에 나타났다.

"세상에……."

"이런 일이……."

경이로운 광경에 사람들은 '세상에 이런 일이'를 절로 읊조렸다. 다만 나하사는 엘프와의 치열한 싸움을 생각하느라 감동할 정신이 없었다.

큐레이터는 나무 밑의 열린 땅속으로 걸어갔다. 사람들은 커다래진 눈으로 멍하니 따랐다. 그들은 흙 안으로 들어갔다.

양옆으로는 흙 속에 파묻힌 나무뿌리들이 보였고 발아래로는 벌레들이 기어 다녔다. 심지어 위에서는 흙 부스러기가 썩은 뿌리와 함께 떨어지곤 했다. 주요봉인소를 볼 유일한 기회가 아니었다면 이런 곳은 당장 나갔을 거라고 여럿이 생각했다.

"다 왔습니다."

큐레이터 엘프가 발걸음을 멈췄다. 다른 엘프 전사와 정령술사도 마찬가지였다. 이번에는 정말 도착한 걸까? 또 더 밑으로 들어가거나 하진 않겠지? 사람들이 웅성대며 앞을 보았다.

"아……!"

더 내려갈 것 같지 않았다. 통로의 끝에는 30평 남짓한 원형의 공간이 있었고, 가운데에 단순한 모양의 등받이가 달린 목제 의자가 있었다. 주요봉인소를 왼쪽 귓불에 단 사막 엘프 수장이 그 의자에 앉아 있었다.

"먼 님."

큐레이터가 원형의 공간에 들어서며 고개를 숙였다.

"손님들이 오셨습니다."

드래곤을 제외한 종족 중 유일하게 통일시대를 겪은 자. 엘프 중에서 유일하게 머리가 희고, 유일하게 늙은 상태로 신체를 유지하고 있는 사막 엘프의 수장 먼이었다.

먼이 꼭대기에 공작새 깃털을 단 지팡이를 짚고 일어났다.

"오셨습니까."

인자한 할아버지 같은 음성이었다. 왼쪽 귓불에서 은청색 아름다운 보석이 반짝였다. 황혼의 눈물이었다. 3년에 한 번 공개하는 사막섬 최고의 보물. 가장 최근에 주요봉인소가 된 보석.

"들어오시지요."

그러나 그 주요봉인소를 보고서도 초대받은 자들은 차마 기쁨의 탄성을 내뱉을 수 없었다. 엘프의 수장 먼은 자리에서 일어나 그들을 직시하고 있었고 다른 엘프들은 수장 앞에서 머리를 숙이고 있었다. 경건하다 못해 강압적인 분위기다. 도저히 즐거운 마음으로 주요봉인소를 감상할 수 없다. 저렇게 활을 들고 검을 들고 창을 들고 있는 이들 앞에서 어떻게……

"안 들어오실 겁니까?"

"아뇨."

"지금 들어갑니다."

그래도 지금 보지 못하면 3년 후다. 사람들은 하나둘 원형 방안에 들어섰다. 엘프 수장은 다시 의자에 앉았다. 사람들이 빙둘러 그의 귀걸이를 구경하는데도 표정 하나 변하지 않았다.

"어?"

나하사도 방 안에 한 발짝 들어서려다가 당황하며 다시 발을 뺐다. 다른 이들은 아무렇지도 않게 그곳을 들락날락했다. 그러나 나하사는 들어갈 수가 없었다.

"왜 그러십니까?"

허리에 찬 검을 철컥거리며 엘프가 다가왔다. 나하사는 엉겁결에 뒤로 물러섰다.

"아, 아무것도 아니에요."

겉으로는 웃었으나 속으로는 울고 있었다. 이런 젠장! 아무것도 아니긴 뭐가 아니야!

"들어가시지요."

"아, 하하. 그래야죠. 하하하."

제길! 그래야죠는 무슨 그래야죠. 그랑죠냐? 나하사는 오랜만에 욕설을 내뱉었다. X.됐.다.

"왜 안 들어가는 거지?"

진은 보란 듯이 둥근 방 안으로 들어갔다.

"나하야?"

냉전 중이던 구르가 이상하게 보며 다가왔다.

"거기서 뭐 하나 개굴?"

"……."

"어서 와라 개굴."

구르가 커다란 눈을 찌푸렸다. 나하사는 들어설 수 없었다. 이렇게 난감한 기분은 오랜만이었다. 어떡하지? 그냥 여기서……. 그러나 상황은 예기치 못한 변수로 인해 바뀌었다.

"X발, 이게 뭐야! 마법 제거벽이잖아!"

나하사의 옆에서 붉은 미녀가 큰 소리로 소리쳤다.

사람들의 시선이 미녀의 출렁거리는 신체 부위에 닿았다가 뒤늦게 얼굴로 옮겨 갔다.

"이딴 거 하면 못 들어갈 줄 알고? 멍청한 족속들!"

명백한 비난과 모욕에 엘프 수장이 일어섰다.

"지금 뭐라 하시는 겁니까?"

큐레이터 엘프가 차가운 눈으로 미녀를 보았다.

"당장 부숴 주지, 이딴 마법벽!"

붉은 머리의 글래머 미녀가 손 안에 마력을 모았다.

"헉! 마법사……!"

사람들이 웅성댔다. 큐레이터는 차갑게 웃으며 손을 들었다.

"드디어 정체를 밝히는군요!"

큐레이터는 손짓으로 활 든 엘프들을 불렀다.

"조준!"

큐레이터가 손을 들자 커다란 활을 들고 있던 엘프들이 일제히 몸을 낮추고 미녀를 겨냥했다.

"이, 이게 무슨 일이지?"

"설마 저 여자가……!"

우왕좌왕하는 사람들에게 창을 든 엘프 셋이 달려왔다.

"이쪽으로 오십시오!"

창을 든 엘프 셋이 소리를 지르며 초대객들을 방 한쪽으로 데려갔다. 흙더미 벽의 어떤 부분을 누르자 흙벽이 열렸다. 비밀 통로였다. 명백했다. 이 상황을 예상하고 있었던 것이다.

"들어가십시오!"

사람들은 엘프 셋의 호위를 받으며 허겁지겁 안으로 들어갔다. 구르는 미녀의 뒤에 있는 나하사에게 소리쳤다.

"피해라 개굴!"

나하사는 이 상황이 이해가 되지 않아 황망히 서 있다가, 구르의 말에 정신을 차리고 엘프들 속으로 피했다.

엘프들은 나하사를 보호해 주어야 하는 존재로 인식하고 소년의 앞에 서서 붉은 머리의 미녀를 둘러쌌다.

"당신이군요."

큐레이터가 붉은 미녀에게 차갑게 말했다.

"뭐가?"

"연이은 봉인 해제 건."

구르가 딸꾹, 딸꾹질을 했다. 미녀는 허리까지 오는 탐스러운 붉은 머리를 신경질적으로 흔들었다.

"X까! 내가 그딴 걸 왜 하고 있어? 귀찮게!"

미녀의 손 안의 마력이 점점 커졌다. 나하사는 상황을 이해할 수 없었다. 저 미녀는 마족이고, 주요봉인소를 보려고 이곳에 왔다. 그리고 현재 마법 제거벽을 부수기 위해 마력을 모으고 있다……

"놈인지 년인지 별 개 같은 새끼들이 봉인을 깨고 다니는 바람에 괜히 경비만 강해졌어!"

확실하다. 저 마족은 현재 침입을 하는 중이다. 갑자기 이게 어떻게 된 거지? 혼란스러워하는 나하사의 눈에, 사막 엘프 수장의 뒤에서 멀뚱히 서 있는 진이 보였다.

"진!"

저 바보가 저기서 뭐하는 거야!

"숨어, 이 시커먼스야!"

이쪽으로 오라고 할 수는 없고 사람들이 도망친 벽 뒤로 숨으라고 말하는데, 진은 팔짱을 끼고 서서 흥미진진하게 관람 중이었다. 어이없게도 엘프 수장과 큐레이터는 숨지 못한 손님을 이제야 발견한 듯싶었다.

"이봐요! 당장 안으로 들어가세요!"

큐레이터가 진의 팔을 잡아끌었다. 그러나 진은 팔을 빼내더니 잡혔던 부분을 탁탁 털었다.

"안쪽에선 보이지 않는다."

엘프들이 속으로 동시에 외쳤다. 관광 왔냐! 나하사는 모든 엘프를 대변해 외쳤다.

"구경할 때가 아니야. 보면 몰라? 위험한 상황이라고!"

"팝콘이 있으면 좋겠군."

"이 시커먼스야! 지금 농담하냐? 팝콘은 오히려 영화에 대한 집중을 흩트려, 차라리 음료수를 마셔!"

왜 이 상황에 조크 중이야? 하고, 보다 못한 큐레이터가 다시 진을 잡아끌 때였다.

"늦었다!"

붉은 머리의 미녀가 소리쳤다.

"이런… 발사, 발사하라!"

큐레이터도 뒤늦게 외쳤다.

"시그·아·로그·빌로하!"

붉은 머리의 미녀가 고대마법을 외우는 소리가 들림과 동시에 엘프들이 활을 쏘았다.

콰아아앙! 고막을 찢을 듯한 굉음과 함께 흙먼지가 피어올랐다. 나하사는 얼굴을 찌푸리고 귀를 막으며 흙먼지 틈새를 보았다. 꽤 강력한 공격 고대마법이었다. 그런데… 이상하다. 어째서 로그가 들어간 고대마법인데 푸른 불꽃이 일지 않는 거지?

흙먼지가 조금 가라앉자 마법벽 안쪽이 보였다. 큐레이터, 진, 엘프의 수장은 너무나 담담한 얼굴로 안쪽에 서 있었다. 마법벽은 깨지지 않았다. 미녀의 마법은 벽에 닿지도 못했다. 아니, 시전조차 되지 못했다.

"고작 이 정도의 실력으로 드래곤 산맥의 봉인을 깬 건가?"

먼이 비웃는 어조로 말했다.

"내가 안 깼다니까, 늙은이가 노망났나."

붉은 머리의 미녀는 아까보다 조금 낮아진 목소리로 말했다. 몸에 화살이 잔뜩 꽂혀 있었다.

"엘프의 화살이 고작 이 정도였나? 간지럽지도 않네."

미녀는 화살을 손으로 빼냈다. 붉은 피가 화살촉에 묻어 나왔으나 상처는 금방 아물었다.

"마족이었군요!"

큐레이터가 놀라서 외쳤다.

"봉인을 깨고 다닌 자가 마족이었다니!"

그건 아닌데……. 나하사는 숨죽이고 가만히 보았다.

"시그·아……."

"아무리 해도 안 될 겁니다."

큐레이터가 마족이 재차 외우는 주문을 막으며 말했다.

"이곳은 거대한 대지의 아래. 위에는 모든 고대마법이 통하지 않는 마법진이 그려져 있습니다."

"……."

"봉인을 깨고 다니는 자가 고대흑마법을 쓴다는 정보가 이미 들어와 있습니다."

엘프 수장이 지팡이를 짚고 마법벽 가까이 다가왔다.

"봉인을 노린다면 분명히 이곳으로 올 줄 알았지. 3년이란 인간의 시간으로는 긴 시간이니까……. 그러나 상대가 마족일 줄은 몰랐군."

"아 글쎄, 나 아니라니까!"

마족은 풍성한 곱슬머리를 손으로 쓸었다.

"내가 필요한 건 노친네 귀에 달린 그것뿐이야. 내놓으면 목숨만은 살려 주지."

고대마법을 실패한 주제에 협박하고 있었다. 마족이 허세를 부리는 건가? 아니면 정말 자신이 있는 건가?

반(反)흑마법은 모든 종류의 흑마법을 무효화시키는데, 그중에서도 이 사막 엘프들이 만든 마법벽은 흑마법이 아닌 고대마법까지도 무효화시키는 강력한 신성마법이었다. 저 마법진 안에서는 신성마법 외에는 쓸 수 없다. 이 반흑마법벽을 해제하기 위해서는 마법진보다 더욱 많은 마력을 주입해야 하는데, 나하사는 충분히 깨뜨릴 자신이 있었다.

"우리를 얕보고 있군. 가져가 보아라, 마족이여."

수장 먼이 깃털이 달린 지팡이를 들고 그녀를 가리켰다.

"벽 뒤에 숨어서 찌질대는 주제에!"

우둑, 우두둑. 뼈대 움직이는 소리와 함께 미녀의 신체가 변해 갔다. 어깨뼈가 등 뒤로 우두둑 튀어나오고, 손톱은 검은색으로 변하며 길어졌다. 끝이 칼처럼 날카로웠다. 열 개의 검을 들고 있는 꼴이었다. 튀어나온 어깨뼈는 마치 빠른 성장을 하듯 길어지더니 커다란 날개 형태가 되었다. 마족이 긴 손톱을 위로 향하자 팟, 검은 깃털이 공중에 생기더니 날개에 붙었다. 환각을 보게 하는 고대마법을 해제한 것이다.

"정체를 드러냈군요!"

이제 고대마법을 해제했으니 마법벽 안으로 들어갈 차례였다. 그러나 마족이 아무리 날카로운 손톱과 강인한 힘을 지니고 있다고 하더라도, 반(反)고대마법의 진 안에서는 신성마법을 쓰는 엘프들이 유리했다. 큐레이터와 정령술을 썼던 소녀 엘프가 먼의 앞에 섰다. 그들의 수장을 지키기 위함이라기보다는 주요봉인소를 지키기 위해서였다.

"포기하시지요!"

"우리부터 통과해야 할 겁니다!"

마족의 신체에 작은 상처도 입히지도 못하는 칼과 창을 든 몇몇이 앞에 서자 마족은 비웃었다.

"비켜라! 거치적거리는 것들!"

"흐아아압!"

드워프의 미스릴 갑옷을 입은 엘프들이 창을 들고 돌진해
왔다. 그건 매우 미련스러운 짓이었다. 그들이 있는 곳은 마법
진 밖이었던 것이다.

"엘프 따위가……!"

마족이 양팔을 위로 들었다. 그녀 주위에 마력이 모였다.

"익스플로전explosion!"

공기를 폭발시키는 강력한 흑마법이다.

퍼버버버벙! 엘프의 피가 사방으로 튀었다. 그들은 비명조
차 지르지 못했다. 살덩이가 조각조각 나서 공중으로 치솟았
다가 떨어지고, 통로 양옆의 나무뿌리가 타들어 갔다. 누구도
살아남지 못했다. 잔혹한 광경에 마법벽 안쪽에 있는 엘프들
이 입을 다물지 못했다.

"저 마족 놈이……!"

그러나 분노를 못 이기고 뛰쳐나갔다가는 같은 꼴을 당할
것이다.

"어디 그 알량한 마법진 밖으로 나와 보시지, 뾰족 귀 여러
분?"

"더러운 쓰레기 족속……!"

큐레이터가 욕설을 내뱉었다. 언제나 고상한 척하는, 종족
차별도 하지 않는 엘프의 입에서 나오는 부정적인 언어는 마
족에게 쾌감을 주었다. 마족은 피비린내 가득한, 살점이 떨어
져 발 디딜 곳도 없는 좁은 통로 가운데에 서서, 도톰한 입술

끝을 올려 고혹적인 미소를 지었다.

"곧 네년들도 같은 꼴로 만들……?"

그녀는 사방을 훑어보다가 멈칫했다. 마법벽 밖의 모든 생명체는 하나도 남김없이 죽었어야 했다. 마족은 표정을 굳히고 살아남은 자를 보았다.

"누구냐, 넌?"

오늘 처음 본 엘프의 죽음을 슬퍼해 줄 시간은 없었다. 급하게 시전한 실드는 자신과 구르밖에 지키지 못했다. 나하사는 실드를 해제하지 않은 채 고개를 들었다.

붉은 머리의 마족이 기척도 없이 바로 앞에 다가와서 나하사의 눈을 마주 보았다. 손톱이 길게 자라고 등에 검은 날개가 생기긴 했지만, 그래도 풍성한 붉은 머리의 육감적인 미녀의 모습이었다. 그런데도 나하사는 두려움에 뒤로 물러섰다. 저 살육의 장면을 보고도 이 미녀에게 호감이 남아 있다면 그건 정신이상자다.

"넌 뭐냐, 꼬마야?"

마족은 키도 컸다. 새카만 검은 눈이 소년을 내려다보았다. 조그만 체구의 나하사가 손을 최대한 뻗어서 실드를 시전해 봤자 결코 넓은 거리는 아니었다. 마족이 실드에 닿지 않게 바싹 붙어서 내려다보고 있으니, 이길 자신이 있어도 왠지 어깨가 움츠러들었다. 마족은 어린아이가 처음으로 병아리를 보았을 때같이 호기심 어린 눈으로 나하사를 보았다.

"너같이 조그만 게 어떻게 나의 마법을 막은 거지?"

목소리는 무척 부드러웠다. 소리에 형체가 있어서 목을 차
갑게 훑은 것 같았다. 목 뒤가 서늘해졌다.

"꼬마야, 누나 말 씹지 말고 좀 씨부려 주지? 누나가 너무
예뻐서 얼었니?"

"......"

"X발, 내가 이딴 실드 못 깰 것 같아? 빨리 대답 안 해, X만
한 게!"

뭐? 뭐만 해? 이렇게 큰 X 봤어? 키 얘기에 민감한 나하사
가 이번엔 이쪽에서 익스플로전을 한 방 날려 주겠다고 결심
할 때였다.

"일개 서큐버스가 어디서 추파냐 개굴!"

일개 개구리가 마족의 정체를 까발리며 실드 밖에 섰다.

"이 개구리가!"

나하사는 당황했다. 뭘 믿고 마족을 약 올리나, 그것도 실드
밖에서!

"한번 건드려 봐라 개굴! 서큐버스 주제에!"

구르는 혀를 내밀어 약 올리고는 재빨리 실드 안으로 도망
쳤다. 같은 편이지만 부끄럽다. 진짜 짜증 나겠다.

"감히 내가 가장 싫어하는 말을 해?"

마족이 음산하게 말하며 실드에 손을 댔다.

"업up!"

나하사는 손톱이 뚫고 들어올 것 같아 실드를 강화했다. 마족의 날카로운 손톱과 나하사의 마력 대결이었다.

"우리는 잊고 있어도 될 만큼 만만한 상대가 아닙니다!"

큐레이터가 외쳤다. 소년 마법사를 돕기 위함인 것이다.

"소울 사인soul sign!"

마족의 등 뒤에서 하얀빛이 날아왔다. 마족은 신성마법을 감지했음에도 슬쩍 돌아보고는 피하지도 않았다.

콰앙! 신성마법과 마족의 날개가 부딪쳤다. 그러나 마족은 아무런 해도 입지 않았다.

"간지럽군."

붉은 머리의 마족이 으스스하게 돌아보았다.

"덤벼라, 마족이여!"

그렇게 외치면서도 엘프들은 여전히 마법벽 안에서 나오지 않았다. 무척 우스운 장면이었다. 늘 고고하고 고상한 척하는 엘프들이, 마족이 두려운 나머지 안전한 마법진 안에서 자신들이 우세인 양 덤비라고 하는 것.

"원하는 대로 먼저 처리해 주지."

마족이 나하사의 눈앞에서 등을 돌렸다. 밤하늘 빛처럼 검은 날개를 보며 나하사는 고민했다. 지금 마족을 해치울까. 아니면… 마족이 엘프들을 해치우길 기다릴까? 아까의 익스플로전으로 인해 통로는 무너지고 있었다. 오래 있을 수 없다.

마족이 마법벽 안으로 들어갔다.

채앵, 챙!

"죽어라!"

칼과 마족의 손톱이 부딪쳐 날카로운 소음을 냈다.

"소울……!"

마족의 움직임은 빨랐다. 엘프가 주문을 외우기도 전에 그 기다란 손톱으로 엘프의 입을 찢고 혀를 잘랐다. 얼굴 아랫부분이 피로 범벅된 엘프들이 쓰러지고 옆에는 잘린 혓바닥들이 떨어졌다.

"크하하하하!"

마족은 얼굴에 튄 엘프의 피를 닦지도 않고 웃으면서 그들을 살육해 갔다. 끔찍한 광경이었다. 마족은 엘프의 신체를 조각내는 것을 즐기는 것 같았다. 혀를 자르고 얼굴을 자르고. 목과 손가락, 팔꿈치, 허리. 날카로운 손톱으로 손쉽게, 마치 생선 살을 분리하듯이 서걱서걱 베었다.

그러나 마족이 우세라고 말할 수는 없었다. 큐레이터와 정령술사, 그리고 몇몇 엘프들의 엄호를 받으며 엘프의 수장, 먼이 긴 주문을 외우고 있었다. 강 건너 불구경하듯 계속 비밀 통로 입구에 서 있던 진이 입구를 바라보며 고개를 갸웃하고는 입구 쪽에서 한 발짝 물러섰다.

"나하야, 이 틈에 도망쳐라 개굴!"

구르는 전혀 먹히지 않을 소리만 하고 있었다. 마족은 조각

난 엘프의 시체를 밟고, 손톱에 묻은 엘프의 붉은 피를 핥으며
먼을 보았다.

"그 보석만 주면 되는데, 그게 아까워서 이들을 희생시켜?"
마족의 차가운 웃음이 진해졌다.

"너희들은 언제나 그렇지. 가증스러운 족속들!"

"더 이상 다가오지 마십시오!"

"가만두지 않겠다!"
큐레이터와 엘프들이 긴장하며 소리쳤다.

마족이 그들을 향해 손톱 날을 세우고 달려들었다.

"소울 페이스트soul paste!"

"노움!"
큐레이터와 정령술사가 동시에 외쳤다. 마족의 머리 위에
눈송이처럼 하얀빛이 떨어졌고 발밑의 흙은 늪처럼 가라앉기
시작했다.

"하, 겨우 이 정도로!"

펄럭, 마족이 검은 날개를 펼치려 했다. 그러나 소울 페이스
트의 영향으로 풀이라도 묻은 것처럼 깃털이 서로 엉켜 완전
히 펼치기가 어려웠다. 나하사는 실드를 해제하고 마법벽 가
까이 다가갔다. 먼은 주문을 마쳐 가고 있었다.

"…그대의 아들, 그대의 그림자, 그대의 종이 간곡히 원하
니, 모든 악을 멸할 수 있는 빛의 힘을 내려 주시어 어둠은 사
라지고……."

"모든 마를 멸하는 최고위 신성마법이야."

가까이에 있는 진도 위험해진다. 나하사가 진을 소리쳐 부르려고 하는데, 문득 이상한 점을 발견했다. 진이 아까 사람들이 도망쳤던 통로를 바라보며 뭔가 얘기하고 있었던 것이다.

"진?"

나하사가 있는 곳에서는 통로에 무엇이 있는지 보이지 않았다. 먼은 주문을 거의 끝맺고 있었다.

"진! 이리 와!"

나하사의 외침에 진이 이쪽을 보았다. 나하사는 당황스러웠다. 저 냉정한 얼굴의 마족이 자신을 도와줄 거라는 생각은 해 본 적도 없지만, 그렇다고 저기 저렇게 떨어져서 뭐 하는 짓인가!

그때였다. 통로 쪽에서 검은 것이 튀어나오는 것을 나하사는 보았다.

"…모든 어둠을 품 안에 안으시는 그대의 축복을 나의 적에 베푸노라. 라, 이칼리노……!"

서걱 하는 소리와 함께 마지막 두 글자를 마치지 못한 수장이 앞으로 고꾸라졌다.

철퍽. 수장의 혓바닥과 끝이 뾰족한 귀가 바닥에 떨어졌다.

"먼 님!"

큐레이터가 당황해 마법이 흐트러지자, 그 틈을 탄 마족이 날개를 완전히 펼쳤다. 펄럭, 검은 깃털이 사방에 날리며 공중으로 날아올랐다. 발을 잡기 위해서 치솟아 오르는 흙을 본 마족은 기다란 손톱으로 녹색 옷을 입은 엘프를 공격했다.

푸욱. 정령술사의 어깨를 기다란 손톱이 찔렀다. 치솟던 흙이 가라앉았다. 마족은 손톱을 빼며 씨익 웃었다.

"굿 타이밍, 긴스."

마족이 바라본 곳에는 이마에 뿔이 세 개 달린 황금색 눈동자의 커다란 키메린이 먼의 왼쪽 귀를 손에 들고 서 있었다.

"혼자서 괜찮다고 자신만만해하더니 귀찮게 하는군."

굵직한 남성의 음성이었다.

"너무 그러지 말라고. 저 늙은이의 주문이 완성되면 너도 위험했잖아?"

푸른색의 거친 털, 이마의 하얀 뿔 세 개. 기다란 꼬리와 이빨이 날카로운 짐승의 얼굴. 영락없는 키메린의 모습을 한 저것이 마족일 줄 누가 알았을까. 이로써 마족이 승기를 잡았다.

"이제 나가지."

"아니, 족쳐 놓은 후에 갈 거야."

미녀 마족은 큐레이터가 열심히 지혈마법을 쓰며 부축하고 있는 엘프 수장을 보았다.

"자기 욕심을 채우기 위해 동족들을 죽음으로 몰아?"

미녀 마족은 손톱 끝을 정확히 먼의 가슴으로 향했다.

"저 뾰족 귀 늙은이의 심장을 잘근잘근 씹어 먹지 않으면 분이 안 풀리겠어."

미녀 마족이 한 걸음 다가갔다. 큐레이터는 급하게 주문을 외웠다.

"소울 사인soul sign!"

"가소롭군."

물론 통하지 않았다. 큐레이터는 주위를 둘러보았다. 정령 술사는 어깨에 상처를 입고 쓰러져 있었다. 다른 살아 있는 엘프는 없었다. 두건을 쓴 남자 하나와 마법벽 밖의 소년 마법사, 그리고 커다란 개구리만이 있을 뿐이었다.

한편 그 소년 마법사, 나하사는 마침 고민을 끝냈다. 마법벽에 손을 댄 채 중얼거렸다.

"익스플로전explosion."

퍼어어엉! 커다란 폭발음이 좁은 공간을 가득 메웠다. 두 마족과 엘프는 눈을 크게 떴다. 아까 마족이 썼을 때와는 다르게 마법벽이 깨진 것이다.

"나하야!"

구르의 부름을 무시하고 나하사는 마족과 엘프의 사이에 섰다. 미녀 마족이 차갑게 웃었다.

"꼬마야, 넌 대체 뭐냐? 어디서 온 거지?"

"그거."

나하사는 키메린 마족이 손에 들고 있는 것을 가리켰다.

"내놔."

마족과 엘프의 싸움에 무작정 끼어드는 것이 자신의 미래에 어떤 영향을 줄지는 생각하지 않았다. 중요한 것은 긴스라고 불린 마족의 손 안에 엘프 수장의 왼쪽 귀가, 주요봉인소가 달린 왼쪽 귀가 있다는 것이었다. 긴스는 무표정하게 소년을 보았다. 늑대의 입을 닮은 입에서는 악취가 났다.

"늙은 엘프의 귀가 갖고 싶다는 건가, 인간의 꼬마?"

"말 돌리지 마. 내가 원하는 건 주요봉인소야."

"이런, 그거 우연이군. 우리도 이걸 원하거든."

긴스는 앞발이라는 표현이 어울리는 양손으로 귓불의 주요봉인소를 뜯어냈다. 사막 엘프 수장의 왼쪽 귀는 땅바닥에 버려졌다. 그러나 소년은 떨어진 살덩이에는 눈길도 주지 않았다. 그 모습을 보고 긴스가 흥미롭다는 듯 웃었다.

"인간의 꼬마야, 너는 늙은 엘프의 편은 아닌 것 같군."

"그래, 나도 단지 주요봉인소를 빼앗기 위해 온 것뿐이니까."

"호오."

긴스가 눈을 가느다랗게 떴다.

"설마하니 봉인소를 해제하고 다니는 게 정말 이런 어린아이일 줄은 몰랐어."

긴스의 말에, 그들을 주시하고 있던 큐레이터와 정령술사, 수장 먼은 믿기지 않는 듯 눈을 크게 떴다. 저 마족들이 봉인 파괴범이 아니었단 말인가. 설마 저 작은 소년이 범인이라고?

나하사도 엘프들의 반응을 눈치챘다. 그러나 지금은 자신의 정체가 밝혀진 것보다 마족의 손에 들어간 주요봉인소가 더욱 중요했다.

"이 보석을 가져가려면 우리와 싸워서 이겨야 한다."

긴스의 말에 나하사는 피식 웃었다.

"원하던 바야."

"너무 건방지면 매력 없다고, 꼬마야."

지켜보기만 하던 붉은 머리 미녀 마족이 손을 활짝 펼쳤다. 피가 잔뜩 묻은 손톱은 징그러웠다. 미녀 마족이 그녀의 무기, 손톱의 날을 세우고 달려들었다.

"혼 · 완!"

나하사의 입에서 고대마법 주문이 나왔다.

"고대마법?"

설마 흑마법이 아닌 고대마법이 나올 줄 몰랐던 마족이 멈칫했다. 악을 사라지게 하는 강력한 고대마법은 안개처럼 미녀 마족을 감쌌다.

"이레이저eraser!"

그러나 키메린 마족 긴스의 외침에 안개는 점차 사라져 갔다.

"바인vine."

나하사가 흙바닥에 손을 댔다. 녹색 마력이 넝쿨 흉내를 내며 긴스의 발밑에서 자라났다.

"스탑stop!"

긴스가 외쳤으나 넝쿨은 멈추지 않았다.

"스탑stop!"

재차 외쳤으나 마찬가지였다. 마법 넝쿨은 원하는 것이 분명한 듯, 긴스의 거칠고 푸른 털로 덮인 두꺼운 발을 타고 올라가 손으로 향했다. 긴스가 다른 쪽 손으로 힘주어 넝쿨을 뜯으려 했으나, 그 손마저 다른 쪽에서 자란 넝쿨로 잡혀 버렸다. 넝쿨은 긴스의 악력을 무시하고 손가락을 꺾더니 황혼의 눈물을 빼냈다. 나하사가 씨익 웃었다.

"윈드wind."

피비린내를 더욱 가증시키는 작은 돌풍이 주요봉인소를 나하사의 손 안으로 안착시켰다. 됐다! 고대마법을 쓰는 와중에 몇 번이나 마법을 사용해 지치기는 했지만, 결국 손에 넣었다. 나하사는 하하… 웃으며 주저앉았다.

"가쉬무!"

아직도 넝쿨에 잡혀 있던 키메린 마족이 미녀 마족을 불렀다. 그녀의 몸을 감싸고 있던 안개는 거의 사라져 있었다.

"X만 한 새끼가 쪼개기는!"

미녀 마족이 손톱의 날을 세우고 다시 달려들고, 소년 마법사가 막 입을 열었다.

"이칼리노, 안티 매직 배리어!"

"스탑stop……!"

소년의 마법은 시전되지 않았다. 반(反)고대마법이 먼저 펼쳐진 것이다. 마법진이 이미 땅에 그려져 있기 때문에 긴 주문이 필요 없었던 탓이었다.

예상치 못한 상황을 만든 것은 녹색 옷을 입은 엘프 소녀였다. 정령술사인 줄만 알았던 엘프가 마족의 손톱에 찔린 어깨를 손으로 감싸고 힘겹게 일어나 반(反)고대마법을 펼쳤다. 짧은 주문으로 급하게 펼친 신성마법이기에 이미 마법진 안에서 활성화되어 있는 마법은 무효화시키지 못했다. 그러나 새로운 고대마법이나 흑마법은 할 수 없었다. 마법진 안에서 마법벽을 깨는 것은 마력이 배로 들었다.

　나하사는 이미 몇 번의 마법으로 지친 상태였고 무엇보다,

　"죽어라……!"

　미녀 마족이 지척에 다가와 있었다.

　"나하야!"

　구르의 비명 같은 외침을 들으며 나하사는 눈을 감았다. 손에는 주요봉인소를 꼭 쥐고.

　고통을 예상하며 눈을 감았으나 아픔은 느껴지지 않았다.

　"나하야."

　구르가 자신을 부르는 게 아주 가까이에서 느껴졌다. 나하사는 슬며시 눈을 떴다.

　"……구르!"

　눈앞에서 구르가 피를 토하고 있었다. 미녀 마족의 기다란 손톱에 가슴이 뚫린 채.

　"괜찮나, 개굴."

"구르!"

나하사의 눈이 커졌다.

"X발, 뭐야! 이 개구리 동족이었잖아!"

미녀 마족이 더러운 것이라도 밟은 듯 소리치며 뒤로 물러
났다. 구르의 가슴을 관통한 손톱은 아직도 빼지 않은 상태라,
물러난 미녀 마족을 따라 구르도 딸려 갔다. 그 모습을 보며
미녀 마족은 자기가 더 고통스러운 듯 소리쳤다.

"왜 끼어들어 가지고!"

나하사는 그 말이 들리지 않는 듯,

"…아, 안 돼……!"

멀어지는 구르를 따라 비틀거리며 일어났다.

"구르… 구르……!"

커다란 녹색 눈동자의 색이 흐려졌다. 믿을 수 없다는 얼굴
의 소년 마법사가 미녀 마족에게 걸어갔다. 호랑이 입에 머리
를 들이미는 것이나 다름없었다. 그러나 나하사는 그런 걸 판
단할 수 있는 상태가 아니었다. 언제나 소년의 머리 위에서 묵
직하게 머리를 누르고 있던 녹색 개구리가 동족의 손톱에 찔
려 피를 토하고 있었다.

"어째서 우리 동족이 인간을 감싼 거지?"

"알 게 뭐야, 젠장! 기분 X 같네!"

동료 키메린 마족에게 욕설을 내뱉은 미녀 마족은 가차 없
이 손톱을 빼냈다. 개구리의 가슴 한복판에 난 구멍에서 마기

와 함께 피가 쏟아졌다.

"구르!"

키메린 마족은 넝쿨에 휘감긴 채, 소년 마법사의 하얗게 질린 얼굴을 보았다. 소년 마법사는 그들에게 다가오고 있었다. 아마 자신이 지금 뭘 하고 있는지 모르는 것 같았다.

"이상하군."

키메린 마족, 긴스가 중얼거렸다. 정말 이상했다. 비틀비틀 걸어오는 인간 소년도, 소년을 감싼 마족도.

"어쨌든 저 녀석을 감싼 이상 우리의 적이야. 죽여."

"안 돼……!"

나하사가 간신히 외쳤다.

"죽이지 마……!"

절박한 부탁이었다. 미녀 마족도 그럴 생각은 없었다. 그녀는 오히려 개구리의 쉴 새 없이 흐르는 피를 막고 있었다.

"X발, 이놈은 동족이란 말이야!"

그렇다, 이 대륙에 몇 남지 않은 동족이다. 키메린 마족의 시선은 소년의 뒤로 향했다. 혓바닥이 잘려 이제는 쓸모가 없는 엘프의 수장과 커다래진 눈으로 상황을 지켜보는 큐레이터, 그리고 두건을 쓴 검은 장발의 사내. 저 사내 역시 마족, 동족이다. 저자는 팔짱을 끼고 서서 소년의 뒷모습을 보고 있었다. 인간 소년의 동료라고 생각했는데, 끼어들 생각은 없다고 아까 분명히 그랬다.

"어이, 인간의 아이야."

긴스가 고민 끝에 말했다.

"내게 건 마법을 해제하라."

놀란 것은 그들과 좀 떨어져서 서 있던 엘프 소녀였다. 저 키메린 마족에게 걸린 마법을 해제하기 위해서는 우선 새로 세워진 마법벽을 깨야만 했다. 저 인간의 아이는 이미 고대마법과 흑마법을 연달아 했다. 불가능할 것이다. 불가능해야만 한다. 또다시 마법을 펼칠 힘은 남아 있지 않을 것이다.

"아이싱icing."

그러나 이미 한계에 다다랐을 소년의 나지막한 음성에, 투명한 마법벽은 얼음이 일더니 그대로 깨져 버렸다.

"이럴 수가……!"

큐레이터가 비명을 지르듯 소리쳤다. 곧 긴스의 몸을 휘감고 있던 넝쿨 역시 사라졌다. 신체가 자유로워지자 긴스는 피를 토하고 있는 개굴족을 만졌다. 아직 살아 있었다.

"이자를 살리고 싶으면……."

"……."

"보석을 내놓아라."

긴스는 말하면서도 이 명령이 통하리라고는 생각지 않았다. 사실 저 인간의 소년은 그의 협박을 들을 필요가 전혀 없었다. 마법벽이 사라진 지금, 소년은 자유롭게 마법을 쓸 수 있었다. 그러나 열여덟 살의 어린 소년은 판단력이 흐려진 상태였다.

소중한 이의 생명에 위협이 닥쳤을 때, 여느 인간이 그렇듯이.

"황혼의 눈물을 가지고 와라."

긴스가 다시 한 번 말하자, 나하사는 고민하지 않았다.

"줄게."

주요봉인소를 손바닥에 올려 내밀었다. 긴스가 직접 다가왔다. 아름다운 은청색의 보석이 피비린내 속에서 빛나고 있었다.

설마 했는데, 정말로 소년 마법사는 움직이지 않았다.

"…하."

긴스는 너무나 손쉽게 주요봉인소 중 유일한 보석을 손에 넣었다.

"재미있군."

긴스가 보석을 자신의 귓불에 달며 말했다.

"가쉬무, 가자."

"안 죽이는 거야?"

"죽이고 싶나?"

그럴 리가 없었다. 이 커다란 개구리는 대륙에 몇 없는 그들의 동족이었다. 긴스는 약속대로 개굴족을 죽이지 않고 소년의 손 위에 올려 주었다.

나하사는 구르를 품에 안은 채 주저앉았다.

"구르!"

구르르무는 눈을 감고 있었다. 마족 둘은 인간의 소년과 상처 입은 동족을 잠시 일별한 후, 여전히 가만히 보고만 있는 진을 지나쳐 통로 밖으로 사라졌다. 엘프들은 마족을 막을 힘이 없었다.

"구르!"

사방은 조용했고 소년의 고통스러운 외침만 울려 퍼졌다. 엘프 수장은 한쪽 귀와 혓바닥을 잃었고 큐레이터는 내내 겁에 질려 움직이지 못했으며 정령술사는 어깨를 크게 다친 상태였다. 그들은 소년을 보았다. 피비린내와 고기 조각 속에서 무릎을 꿇고 계속 개구리 이름만을 말하는 소년을.

"구르⋯⋯."

나하사는 치유마법을 쓰지 못하는 마법사였다.

"왜 피가 멈추지 않는 거야⋯⋯."

나하사는 흐느꼈다. 쓸데없는 걱정하지 말라는 자신의 말에 이 개구리는 뭐라고 답했던가.

'걱정할 거다 개굴.'

삐딱한 자신에게 몇 번이고 해 준 말이 무엇이었던가.

'나는 널 걱정할 거다 개굴.'

구르.

'네가 네 안전을 중요하게 생각하지 않는 거 알고 있다 개굴. 그래서 내가 중요하게 생각할 거다 개굴.'

'나하는 마왕님의 부활만을 생각하며 나아가라 개굴.'

네 말이 맞아. 나는 누군가 나를 걱정해 주는 게 어색한 것뿐이었어.

'네 걱정은 내가 하겠다 개굴.'

"날 걱정하겠다며……."

소년은 기어코 눈물을 흘렸다. 구르의 몸 위로 눈물방울이 뚝뚝 떨어졌다.

"나를 좀 더 걱정해 줘, 구르."

눈물이 떨어져 상처가 치유되는 동화 속 기적은 일어나지 않았다. 구르는 죽어 가고 있었다. 걱정해 주겠다며 호기롭게 외치던 개구리는, 나하사의 품 안에서 죽어 가고 있었다.

"……."

혓바닥이 잘린 사막 엘프 수장 먼이 소년에게 다가왔다. 먼은 무언가 말하고 싶었으나 잘린 혀로는 제대로 발음할 수 없었다. 먼이 옆에 앉아도 소년은 고개조차 들지 않았다.

"이봐요."

큐레이터가 말했다. 그러나 역시 소년의 귀에는 들리지 않는 듯했다. 저 마족 개구리가 입은 상처는 생각보다 심각했다. 하얗고 가느다란 엘프의 손가락이 가쁜 숨을 내쉬고 있는 마족 구르르무의 몸에 닿았다.

"큐어cure."

엘프의 손바닥 아래에서 하얀빛이 뿜어져 나왔다. 모든 종족에게 공평하게 치유의 빛을 내려 주는 백마법. 구르의 상처가 빠른 속도로 치유되고 있었다. 소년이 눈물 젖은 얼굴로 고개를 들었다. 큐레이터는 냉정한 얼굴로 나하사를 내려다보았다.

"완치된 것은 아닙니다. 서큐버스의 손톱에는 독이 있습니다. 신전에 가서 축복을 받아야만 합니다."

마족에게 축복을 내리는 곳은 이바노브 아시오의 이칼리노 제1신전이나 크림 신의 신전 외에는 없다. 나하사는 크림 신전으로 가는 가장 빠른 길을 생각하고 있었다.

큐레이터가 다시 입을 열었다.

"마족과 인간의 우정보다 허무한 건 없습니다."

큐레이터는 소년 마법사의 손목을 잡았다. 입술을 달싹이다가, 먼의 눈짓을 받고 깊게 심호흡을 한 번 하고 입을 열었다.

"금지된 고대마법과 흑마법의 사용, 그리고 주요봉인소를 탈취하려 한 죄로… 당신을 대륙평화협회의 재판에 회부하겠습니다."

나하사는 고개를 떨어뜨렸다. 주요봉인소는 빼앗기고 자신은 정체를 들키고 구르는 중상을 입었다.

첫 패배의 새벽이 저물고 있었다.

『나하사』 2권에서 계속

건아성 판타지 장편소설

FANTASYSTORY & ADVENTURE

스페로스페라

Spero Spera

『은거기인』, 『군림마도』, 『무명서생』의 작가!
건아성 판타지 장편소설

꼭 돌아가리라! 나를 기다릴 황제의 곁으로…….

『스페로 스페라』

황제의 호위무사에서 적의 포로,
노예 다음엔 나이트.
그러나 나는 여전히 황제의 호위무사다!

dream
books
드림북스

백연 신무협 장편소설

종천지애

天

愛

『이원연공』, 『벽력암전』, 『무애광검』으로
진한 무협의 향취와 잊지 못할 감동을 선사한
작가 백연의 신무협 장편소설

하늘도 슬퍼하는 도(刀)가 되어야 했던 한 남자의 이야기.

『종천지애』

사람(人)이 미치면 천하가 어지러워지고,
마(魔)가 미치면 강산이 피로 물들며,
신(神)이 미치면 세상은 혼돈 그 자체가 되리라.

dream
books
드림북스

魔

마인정전

俠傳

김현영 신무협 장편소설

ORIENTAL FANTASY STORY & ADVENTURE

강호의 은원은 그 끝이 없는 법!
마인이라 명명될 능운백의 무림 원정이 펼쳐진다!

김현영 신무협 장편소설
『마인정전』

"사람은 소중한 것을 지키기 위해선 싸울 줄 알아야 한다.
네가 소중하다고 여기는 것이라면 뭘 어떻게 해서든
수단과 방법을 가리지 않고 맞서야 하는 거야."

dream
books
드림북스